Janette Oke

Lisa – Entführung ins Glück

J A N E T T E   O K E

Lisa
Entführung ins Glück

Aus dem Amerikanischen
von Eva Weyandt

B E C H T E R M Ü N Z

Die amerikanische Originalausgabe erschien im Verlag
Bethany House Publishers
unter dem Titel „A Gown Of Spanish Lace“.

Genehmigte Lizenzausgabe
für Weltbild Verlag GmbH, Augsburg

Aus dem Amerikanischen übersetzt von Eva Weyandt
Umschlaggestaltung: Studio Höpfner-Thoma, München
Umschlagmotiv: Agentur Schlück, Garbsen
Gesamtherstellung: Ebner Ulm
Printed in Germany
ISBN 3-8289-6948-8

2004 2003 2002 2001
Die letzte Jahreszahl gibt die aktuelle Lizenzausgabe an.

Ein Mädchen und eine Stadt

Das Schulhaus war ideal gelegen. Die einfachen Holzwände hoben sich kaum von den schiefergrauen Bergen dahinter ab. Eine Holzstufe führte zu einer schweren, behauenen Eichentür mit ihrem Lederriemen und den quietschenden Angeln. Das Haus war an einem sanften Hang errichtet worden und blickte nach Osten. Hinter den Bäumen zog sich ein Fluss durch die Landschaft, der im Augenblick ruhig floss, jedoch von Zeit zu Zeit zu einem reißenden Strom werden konnte. Eine einfache Holzbrücke, die nach jedem Frühling neu gebaut oder zumindest repariert werden musste, spannte sich über das Wasser. Weiter unten auf der anderen Seite des Flusses stand eine ganze Reihe von Holzhäusern. Die Geschäfte der Stadt befanden sich alle an einer langen, gewundenen Straße und schienen auf die einzige Kirche der Stadt hinzuweisen. Aus den Schornsteinen der einfachen Häuser stieg blaugrauer Rauch in den strahlenden Morgenhimmel auf. Alles schien ruhig, nur hier und da rührte sich etwas und deutete darauf hin, dass der eine oder andere Bewohner der Stadt etwas zu tun hatte.

Der Duft von heruntergefallenen Blättern hing in der Luft und mischte sich mit dem von Holzrauch. Das helle Gold der Espen wechselte sich mit dem Grün der Fichten und Tannen ab und tauchte das Tal in eine Farbenpracht, die sich über die sanften Hänge der die kleine Stadt umgebenden Berge erstreckte. Die Vögel, die vor ihrer Reise in den Süden noch die letzten roten Beeren der Bergesche oder die wilden Tollkirschen picken wollten, erfüllten die Morgenluft mit ihrem Gesang und erinnerten die flinken Eichhörnchen daran, dass das Füllhorn des Sommers geteilt werden musste.

Auf den Holzstufen vor der Schule stand eine junge Frau mit

einer Glocke in der Hand. Obwohl sie kaum älter wirkte als ein Schulmädchen, strahlte sie eine friedliche Heiterkeit aus, und in ihren Augen spiegelte sich ihr Verantwortungsbewusstsein.

Doch für den Augenblick schien sie die lärmende kleine Gruppe von Kindern vergessen zu haben. Sie spielten Fangen in dem kleinen Hof, der dem bewaldeten Berghang abgerungen worden war. Das Mädchen schien sogar die Glocke in ihrer Hand vergessen zu haben und was sie damit hatte tun wollen. Ihr Blick ruhte auf der Szene vor sich, und sie schien jede Einzelheit dieses Bildes in sich aufzunehmen. Es war ein wunderschöner Morgen, ein wunderschöner Herbst, ja, und eine wunderschöne, verschlafene kleine Stadt. Smithton. Sie liebte diese Stadt. Alles daran.

Sie bewegte sich leicht und seufzte tief.

Endlich kehrte ihr Blick zu den spielenden Kindern zurück. Ihre Schüler. Auch sie liebte sie.

Mit einer schnellen Bewegung ihres Handgelenkes läutete sie die Glocke. Der klare Glockenton veranlasste die Menschen unten in der Stadt, zum Schulhaus hinaufzusehen. Sie konnte erkennen, wie die wenigen Fußgänger die Köpfe in ihre Richtung drehten oder mitten im Gehen stehen blieben, um nach oben zu blicken, bevor sie weitereilten. Sie wusste, dass die Menschen, die unter ihr durch die Straßen liefen, ihre Liebe zu der Stadt, die sie ihre Heimat nannte, teilten.

Die Glocke bewirkte eine Veränderung in dem Lärm, der vom Schulhof zu ihr drang. Er wurde nicht weniger, er veränderte sich nur, als sich Jungen und Mädchen der verschiedensten Altersstufen und mit den unterschiedlichsten Begabungen in Reihe und Glied aufstellten, um schließlich in angemessener Haltung in den Klassenraum geführt zu werden.

Die junge Frau ging durch den Raum hindurch nach vorne und drehte sich zu ihrer kleinen Truppe um. Nachdem die Kinder ihre Lunchpakete und Bücher verstaut hatten, eilten sie zu ihren Plätzen auf den einfachen Holzbänken. Die kleine Mannschaft stand stramm, die Hände an die Seiten gelegt.

Die Lehrerin ließ ihren Blick über die Gruppe gleiten. Alle waren da. Niemand fehlte wegen einer Erkältung oder Grippe. Das würde in den Wintermonaten sicher wieder anders werden. Sie nahm sich vor, die schönen Tage und die gute Gesundheit der Kinder zu nutzen.

„Guten Morgen, Kinder", sagte sie mit ruhiger Stimme, wobei sie sich bemühte, die Freude, die sie innerlich empfand, sich nicht zu sehr anmerken zu lassen.

„Guten Morgen, Miss Benson", erwiderten die Kinder einstimmig.

„Wir wollen unsere Fahne grüßen", forderte die Lehrerin die Kinder auf und drehte ihrer Klasse den Rücken zu, um sich dem verblassten Stück Stoff zuzuwenden, das an der Wand über der Tafel befestigt war*.

Die Schule war stolz auf ihre Fahne, denn nicht alle Schulen in der Umgebung konnten ein solches Symbol für ihr Heimatland ihr Eigen nennen. In den Augen Außenstehender mochte sie vielleicht schon ein wenig mitgenommen und verblasst wirken, aber diese Fahne hatte ihre Pflicht getan. Sie hatte einmal einen Trupp von Soldaten in blauen Uniformen in die Schlacht geführt, um dem Westen Gesetz und Ordnung zu sichern.

Die Stimmen der fünfzehn Schüler fielen in die der Lehrerin ein, während sie mit ernster Stimme den Treueid auf Land und Fahne aufsagten. Obwohl Miss Benson ihre Schüler nicht sehen konnte, war sie sicher, dass alle fünfzehn stramm standen und die rechte Hand auf ihr Herz gelegt hatten, während sie die Worte sprachen.

Nach dem Treueid drehte sich die Lehrerin um und nahm eine Bibel von ihrem Tisch. Sie hatte den Abschnitt für heute bereits gekennzeichnet. Sprüche, Kapitel drei. Diesen Absatz las sie mit klarer Stimme vor und betonte dabei die Worte, die die Kinder in besonderer Weise hören und verstehen sollten. Als sie schließlich an den fünften Vers kam, hob sie kurz den Blick und betrachtete ihr kleines Publikum. „Verlass dich auf den Herrn von ganzem

---

* Es handelt sich hier um eine amerikanische Tradition, die die Verbundenheit der Bürger mit dem Vaterland ausdrücken soll. In den meisten Schulen wird auch heute noch der Unterricht mit dem „Tribute to the flag" (der Ehrung der Fahne) begonnen.

Herzen“, las sie vor, „und verlass dich nicht auf deinen Verstand, sondern gedenke an ihn in allen deinen Wegen, so wird er dich recht führen.“

Sie schloss die Bibel und ließ ihren Blick über ihre Schüler gleiten. Wie sehr wünschte sie sich, dass sie diese Worte richtig verstanden und beachteten. Doch gleichzeitig fragte sie sich, wie genau sie selbst sich diese Verse zu Eigen gemacht hatte. Im Stillen schwor sie sich, in den kommenden Tagen intensiver über die Bedeutung dieser Bibelstelle für ihr Leben nachzudenken.

Sie konnte diese Verse auswendig aufsagen. Dafür hatten ihre Eltern gesorgt. Nun mussten sie nur noch von ihrem Kopf in ihr Herz vordringen. Sie musste lernen, nach diesen Versen zu handeln.

„Wir wollen zusammen beten“, sagte sie mit leiser Stimme, und fünfzehn Köpfe neigten sich, während die Kinder mit ihrer Lehrerin gemeinsam das Vaterunser aufsagten.

Ein allgemeines Rascheln entstand, als die Schüler sich hinsetzten. Die Aufmerksamkeit der Lehrerin wandte sich nun den Lektionen des heutigen Tages zu.

*

Nachdem sie die Schüler am Ende des Schultages entlassen hatte, blieb Lisa noch zurück und korrigierte Hefte. Danach wandte sie ihre Aufmerksamkeit den Vorbereitungen für den nächsten Tag zu. Sie brauchte Stunden der sorgfältigen Planung, um sicherzustellen, dass sie für jeden Schüler der acht Klassen eine produktive und nützliche Aufgabe parat hatte. Da dies Lisas erstes Jahr als Lehrerin war und sie gerade erst sechzehn geworden war, fühlte sie sich mit dieser Aufgabe manchmal ein wenig überfordert.

Aber sie liebte das Unterrichten. Wie dankbar war sie ihren Eltern für die Opfer, die sie gebracht hatten, damit sie Lehrerin werden konnte. Lisa konnte sich nicht vorstellen, in ihrem Leben etwas anderes zu tun. Das Leuchten in den Augen eines Kindes, wenn es eine neue Entdeckung gemacht hatte, machten die vielen Stunden der Vorbereitung und ihre Bemühungen, das Lernen so aufregend und fröhlich wie möglich zu gestalten, wett.

Der letzte Schimmer der Dämmerung versank gerade am Horizont, als Lisa endlich ihre Bücher schloss, ihren Schal nahm, vorsichtig ihren Hut aufsetzte und mit zwei Nadeln feststeckte.

Sie war müde. Doch sie hatte zu Hause aufregende Neuigkeiten zu erzählen. Der kleine Jeff Newcome hatte zum ersten Mal das ganze Alphabet aufgesagt. Wie sehr hatte sie daran gearbeitet und dafür gebetet. Sie hatte schon befürchtet, er würde die Buchstaben nie lernen. Aber heute – heute hatte er sich stolz erhoben und das ganze Alphabet von vorne bis hinten aufgesagt. Sie hatte ihn gebeten, es noch einmal zu wiederholen und befürchtet, dass dieses eine Mal vielleicht nur ein Glücksfall gewesen war. Aber auch das zweite Mal hatte er es wieder fehlerlos geschafft. Lisa freute sich darüber fast genauso sehr wie er selbst. Zur Belohnung hatte sie ihm einen Schokoriegel aus Barkers Geschäft überreicht.

Sorgfältig zog sie die schwere Tür hinter sich zu. Die Holztür mit ihren ausgeleierten Angeln ließ sich nicht gut schließen und der Lederriemen rutschte einem leicht aus den Händen. Lisa zog erneut – nur um sicher zu sein, dass die Tür auch wirklich zu war. Sie sah zu dem steinigen Weg hinüber, der von dem Hang über die Brücke in die Stadt hinunter führte.

Es war bereits dunkler, als sie erwartet hatte. Die Sonne versank schnell hinter den Bergen und ließ die Nacht über der Stadt hereinbrechen, bevor man es überhaupt bemerkte. Lisa beschleunigte ihren Schritt. Sie wollte nicht, dass ihre Mutter sich Sorgen um sie machte.

*

„Es ist Samstag", sagte Mrs. Benson mit sanfter, gleichzeitig aber fester Stimme.

Lisa hob den Kopf von dem vor ihr auf dem Tisch liegenden Buch. Sie blickte ihre Mutter verständnislos an, fragte aber nicht zurück.

„Es ist Samstag", wiederholte ihre Mutter. „Meinst du nicht, du könntest wenigstens einen Tag lang deine Bücher beiseite legen?"

Lisa rutschte unruhig auf ihrem Stuhl hin und her. Sie wünschte, sie könnte die Bücher tatsächlich weglegen, denn ihre Augen waren müde vom Lesen. Erschöpft rieb sie sich den Nacken.

„Ich weiß nicht genug über die industrielle Revolution, um meine beiden Achtklässler herausfordern zu können“, erwiderte sie.

„Ich würde meinen, jedes noch so geringe Wissen über die industrielle Revolution ist mehr als das, was sie besitzen“, entgegnete Mrs. Benson.

Lisa schob das Buch zurück. Sie straffte ihre müden Schultern und strich sich eine Locke zurück, die ihr in die Stirn gefallen war. In ihrem Innern stöhnte sie über die Tatsache, dass ihre Haare so weich waren und sich so schlecht feststecken ließen. Sie sah ihre Mutter an.

„Du hast jetzt schon den ganzen Vormittag über diesem Buch gebrütet“, fuhr ihre Mutter fort.

„Sollte ich dir bei irgendetwas helfen?“, fragte Lisa, die immer sehr sorgfältig darauf achtete, dass auch sie ihren Teil an der Hausarbeit erledigte.

„Nein. Nein – außer, dass du dir vielleicht ein wenig Ruhe gönnen solltest. Du kannst nicht die ganze Zeit lernen.“

Seufzend schloss Lisa das Buch und erhob sich.

„Du hast Recht“, gab sie widerstrebend zu. „Aber es ist so schwer, Schritt zu halten.“

Lisa ließ ihren Blick zum offenen Fenster wandern. Ihre Mutter ließ gerade frische Luft ins Haus. Der Herbstduft zog durch den Raum und die leichte Brise spielte mit den Vorhängen.

„Das ist nicht dasselbe wie spazieren zu gehen, wo du die Luft tief einatmen kannst“, sagte ihre Mutter, als könnte sie Lisas Gedanken lesen.

Lisas Blick blieb am Fenster hängen. Ein weiterer herrlicher Tag rief – ja er lockte. Sie sehnte sich danach, einmal ihre Verantwortung als Lehrerin zu vergessen und ihrem Herzen zu folgen, indem sie den gewunden Pfad entlang in den Wald lief. Sie wusste, der kleine Bach würde singen. Die heruntergefallenen Espen- und Birkenblätter würden unter ihren Füßen rascheln. Über den Himmel würden gerade so viele flockige Wolken ziehen, dass man seine Phantasie wandern lassen konnte. Lisa sehnte sich danach, draußen im Sonnenschein zu sein, die Frische des Tages genießen zu können. Dann würde sie sich wieder wie ein Kind fühlen können. Danach sehnte sie sich. Sie wünschte sich, die Verantwortung der Erwachsenen wenn auch nur für wenige Stunden ablegen zu können.

Lisa streckte sich und straffte ihre Schultern. Die Arbeit wartete. Sie musste noch mindestens eine Stunde lesen, um auf den Unterricht am Montagmorgen richtig vorbereitet zu sein.

„Ich muss wirklich –", begann sie.

„Du musst jetzt wirklich nach draußen gehen", forderte ihre Mutter sie auf. „Bestimmt wird dir eine Pause gut tun. Danach kannst du das, was du liest, auch wieder besser aufnehmen."

Lisa dachte über den Vorschlag nach und nickte schließlich langsam. „Du hast Recht", meinte sie. Ihre Stimme zitterte ein wenig vor Erwartung. „Ich werde, nur einen kleinen Spaziergang machen. Ich kann ja später noch weitermachen."

Sie versetzte ihrem Buch einen kleinen Stoß, wie um ihm mitzuteilen, dass sie für den Augenblick fertig war.

„Wo ist Papa eigentlich?", fragte sie.

„In der Kirche. Er überarbeitet seine Predigt für Sonntag."

„Soll ich ihm eine Tasse Tee bringen?"

„Das würde ihn bestimmt freuen."

Lisas Mutter lächelte und ging in die Küche, um den Tee zu kochen, während Lisa die Stufen zu ihrem Zimmer hinaufstieg, um ihren Schal zu holen und für ihren Spaziergang die passenden Schuhe anzuziehen. Als sie wieder herunterkam, hatte ihre Mutter ein kleines Tablett vorbereitet, auf dem eine in einen Teewärmer gehüllte Teekanne und eine Tasse stand. Außerdem hatte sie ein Stück Toast mit Heidelbeermarmelade dazugelegt.

„Denk daran, es wird jetzt früher dunkel", warnte ihre Mutter und gab ihr einen Kuss auf die Wange.

Lisa nickte.

Nachdem sie die Tür hinter sich ins Schloss gezogen hatte, atmete Lisa tief durch. Ein Funkeln trat in ihre Augen. Sie beschleunigte ihren Schritt und hob das Kinn. Ihre Mutter hatte Recht. Die frische Luft und der Herbstsonnenschein würden ihr gut tun.

Ein Junge und ein Lager

Hohe Bäume überschatteten den schmalen Pfad. Schwer zu entdecken lag er zwischen den Bäumen, und nur der Adler, der sich auf den Luftströmen hoch über die Spalten und Abgründe tragen ließ, konnte ihn sehen.

Für die Menschen unten wirkte der Berg unverändert – unbewohnt und von keiner Menschenseele berührt. Ungeübte Blicke würden wohl die leichten Fußabdrücke übersehen haben, die zu einem Durchgang führten, der durch hohe Felsbrocken sicher verborgen in ein kleines Tal führte.

Es war der ideale Ort für jemanden, der ein Versteck brauchte: Räuber, Banditen, Desperados, Verbrecher. Im Laufe der Jahre hatten sie viele Namen bekommen, aber diese Namen zeugten von Feindschaft und Hass. Diese Menschen wurden als Parasiten betrachtet, denn indem sie Terror und Gewalt verbreiteten, lebten sie von der Hände Arbeit ehrlicher Leute.

Aber der junge Mann, der seinen fleckigen Hut abnahm und in die helle Mittagssonne blinzelte, machte sich wenig aus diesen Namen. Hasserfüllte Blicke prallten an ihm ab. Die Worte der Verachtung berührten ihn nicht. Er war in dem versteckten Lager aufgewachsen; er hatte kein anderes Leben gekannt, keine andere Familie – falls man die Bande rauer, fluchender und gewalttätiger Männer überhaupt eine *Familie* nennen konnte.

Er war von seinem Vater zu dem kleinen Hügel geschickt worden, um das Tal unten genau zu beobachten. Es war nicht ungewöhnlich, dass sie das Tal im Auge behielten. Das Lager wurde rund um die Uhr von einem Wachtposten bewacht, damit sie früh genug vor eventuellen Angreifern gewarnt wurden. Genau wie jeder andere Mann im Lager übernahm auch er eine Schicht. Aber trotzdem – irgendetwas war dieses Mal anders. Er wusste zwar nicht genau, was es war, aber er hatte ein ganz ungutes Gefühl in der Magengegend …

Er konnte McDuff sehen, der bereits auf dem Felsvorsprung stand. Von dort aus konnte er den gesamten Bereich überblicken – die Berge, die Flüsse, das Tal und die anschließenden Täler. Es gab nur einen Weg in das Lager hinein. Falls jemand auf dem parallel zum Fluss verlaufenden Pfad näher kam, würde McDuff ihn entdecken. Warum hatte sein Vater also das Gefühl, dass noch eine zusätzliche Wache notwendig war? Hatte sein Pa Grund zur Annahme, dass sie verfolgt wurden? Oder gebrauchte er das womöglich nur als Vorwand, ihn für eine Zeit lang aus dem Lager loszuwerden? Aber warum? Was konnte sein Pa planen, das er nicht wissen durfte?

Der junge Mann fächelte sich ein wenig Luft zu. Dafür, dass bereits Herbst war, war es an diesem Tag ungewöhnlich warm. Indianersommer wurde diese Art von Wetterlage genannt. Im Indianersommer konnte es noch einmal so heiß werden wie im Juli. Er trat zurück in den Schatten einer großen Tanne, bevor er sich noch heftiger Luft zufächelte. Denn selbst die kleinste Bewegung konnte in einer sonst bewegungslosen Umgebung wahrgenommen werden.

Er ließ seinen Blick über den Abhang wandern und nahm alles in sich auf – das Aufflattern eines Vogels, das Rascheln des hohen Grases, als ein vorsichtiges kleines Lebewesen auf Futtersuche ging, das übermütig umhertollende Eichhörnchen. Er hatte sogar die Handbewegung von McDuff auf seinem Aussichtsposten gesehen, als er nach einer lästigen Fliege schlug. McDuff wurde unvorsichtig. Sein Gewehr lag für alle deutlich sichtbar auf dem Felsvorsprung. Nicht dass irgendjemand von unten die Winchester erkennen konnte, aber wenn nun die Nachmittagssonne von dem Gewehrlauf widergespiegelt wurde? McDuff musste vorsichtiger werden. Der junge Mann runzelte die Stirn, als er an die Gefahr dachte, in die das ganze Lager durch die Sorglosigkeit eines Einzelnen geraten konnte. Er würde jedoch seinem Pa nichts davon sagen, denn das würde nur unnötige Aufregung verursachen. Er würde selbst mit McDuff sprechen, wenn sie beide wieder im Lager waren.

Nachdem er noch einmal genau das Tal betrachtet hatte, war er sicher, dass sie keinen Grund hatten, ungebetene Besucher zu fürchten.

Gäste waren im Lager der Bande nicht willkommen. Nicht einmal Gäste eines ähnlichen Berufszweiges. Die Jahre ihres Lebens am Rande der Gesellschaft hatten ihnen klargemacht, dass sie niemandem trauen konnten. Sie hatten gelernt, sich sogar vor ihren eigenen Kumpels in Acht zu nehmen. Und nie hinterließ man eine Spur, der ein anderer folgen konnte, oder ritt über eine Ebene, ohne immer wieder über die Schulter zurückzusehen.

Langsam trat er aus dem Schatten heraus und setzte seinen fleckigen Stetson auf. Seine Schritte waren geschmeidig, überlegt und weich. Er war stolz auf seinen muskulösen und durchtrainierten Körper und er hatte vor, darauf zu achten, dass er auch so blieb. Nichts verabscheute er mehr als die Vernachlässigung von Körper und Geist, die er bei seinen Kumpanen beobachtete, mit denen er die einfachen Holzhütten in dem kleinen Lager teilte. Er schrieb ihre Nachlässigkeit, ihre Schlaffheit und ihre vorstehenden Bäuche ihrer Sauferei und der Untätigkeit zu. Abgesehen von den nächtlichen Ausflügen, bei denen sie den Lebensunterhalt der Gruppe beschafften, taten sie wenig anderes, als herumzulungern und Wache zu stehen. Er hatte nicht die Absicht, so wie sie zu werden. Insgeheim bewunderte er die starken Körper und die geraden Rücken der Krieger des hier ansässigen Indianerstammes – aber er würde sich hüten, jemals diesen Gedanken seinem Pa gegenüber auszusprechen.

Sein Pa hatte für die Indianer nichts übrig. Das zeigte sich jedes Mal, wenn einer von ihnen gesichtet wurde oder man über sie sprach. Sein Vater, der häufig schlechter Laune war, spuckte dann auf den Boden, fluchte und spuckte erneut aus. „Der einzige gute Indianer ist ein toter Indianer“, diesen Satz hatte der Junge im Laufe seines jungen Lebens immer wieder gehört. Er wusste es besser. Und doch war er klug genug, seinem Pa nicht zu widersprechen.

„Nun – da unten ist nichts los“, murmelte er zu seinem Pferd.

Er griff nach den Zügeln. Das Pferd warf den Kopf zurück und schnaubte.

Mit einer leichten Bewegung saß er im Sattel. Das Pferd tänzelte vor Ungeduld, doch der Reiter hielt es zurück. Aus einem Grund, den er selbst nicht verstehen konnte, widerstrebte es ihm, ins Lager zurückzukehren, obwohl er sich eigentlich vorgenommen hatte, den größten Teil des Nachmittags damit zu verbringen, seine Schnelligkeit im Pistolenziehen zu verbessern. Nach dem Überfall in der vorhergehenden Nacht hatte er nun genügend Munition dazu. Denn sein Pa erlaubte ihm nicht, Schießübungen zu machen, wenn ihr Munitionsvorrat mal wieder zur Neige ging.

Er liebte das Gefühl des kühlen, mit Elfenbein verzierten Pistolengriffes in seiner Hand. Er liebte das Gewicht, wenn der Revolver in seinem Halfter an seinem Gürtel hing. Das Klicken des Schlagbolzens – das Gefühl seines Fingers, der eins wurde mit dem kalten Metall, wenn er einen Schuss abgab. Er fühlte sich seiner Pistole nahe. Es war, als wäre sie ein Teil von ihm. Er fühlte sich seiner Pistole sogar näher als jedem der Männer in den Hütten unten im Tal. Sie war als Kind sein einziges „Spielzeug" gewesen. Als Junge hatte er sich damit die Zeit vertrieben, als junger Mann stellte sie für ihn eine Herausforderung dar, seine Geschicklichkeit unter Beweis zu stellen.

Und nun juckte es ihm in den Fingern, sich über den neuen Munitionsvorrat herzumachen. Und doch spürte er eine seltsame Zurückhaltung. Irgendetwas Ungewöhnliches ging vor. Er konnte es beinahe schmecken. Er musste versuchen, darüber nachzudenken, musste sehen, ob er das Puzzle vielleicht lösen konnte. Man hatte ihm kein Wort darüber gesagt – aber er konnte es spüren. Und es hatte etwas mit ihm zu tun. Sein Pa schien ungewöhnlich mürrisch zu sein – er war heute Morgen miesester Stimmung, obwohl der Überfall in der Nacht zuvor noch erfolgreicher gewesen war, als sie zu hoffen gewagt hatten. Kein einziger Mann – auch kein Pferd – war verloren oder auch nur getroffen worden. Sie waren mit Vorräten zurückgekehrt, die sie, wenn nötig, über den Winter bringen würden, und außerdem auch noch mit Bargeld, das ihren Besitz vergrößerte.

Es war gute Arbeit gewesen. Und niemand schien sich an ihre Fersen geheftet zu haben. Warum also diese Anspannung? Warum die mürrischen Gesichter in der Gruppe? Er hatte keine Ahnung.

Sein Pferd setzte sich in Bewegung. Er würde nicht ins Lager zurückkehren. Noch nicht. Er würde erst mal abwarten, bis sich die Spannung ein wenig gelegt hatte, und seinem Vater Zeit geben, sich mit Whisky voll laufen zu lassen.

Er führte sein Pferd den schmalen Pfad entlang. Wenn er unten ankam, würde er die linke Abzweigung nehmen und zu der Stelle reiten, wo die Quelle einen tiefen, kristallklaren kleinen See bildete. Ein kurzes Bad in dem kühlen Wasser würde ihm gut tun. Vielleicht würde es ihm helfen, den Kopf klar zu bekommen und nachzudenken.

*

„Ich weiß gar nicht, warum du so sauer bist."

Der Mann mit Namen Sam war der Einzige in der kleinen Gruppe von Männern, der es wagte, so mit dem „Boss" zu sprechen. Vielleicht wagte er es, weil sie schon so viele Jahre zusammen waren. Vielleicht wusste er auch, dass sich unter dem schwitzenden, stampfenden und fluchenden Äußeren ein Mann verbarg, der – von Zeit zu Zeit – bereit war, auf einen vernünftigen Rat zu hören. Vielleicht war Sam auch einfach nur zu abgebrüht, als dass es ihn interessierte, was der andere von seinen Worten hielt. Er war schneller mit seiner Pistole und beide Männer wussten das.

„Er ist ein Feigling", sagte der Boss mit einem Fluch und spuckte in den dicken Staub auf dem Boden des Raumes. „Nichts als ein dickbäuchiger Feigling."

„Du weißt, dass das nicht so ist, darum werde ich dir darauf nicht einmal eine Antwort geben", sagte der erste Mann und schnitt sich ein Stück von dem dunklen Kautabak ab. Er steckte den Rest Tabak in seine Tasche zurück und stopfte sich das Stück in den Mund.

„Er erledigt seine Aufgaben – er macht sie sogar gut. Aber er ist trotzdem ein Feigling." Der große, finster blickende Mann fluchte erneut und trat gegen den einzigen Stuhl in dem Raum. Er fiel um. Das Bein, das schon mehrmals repariert worden war, brach erneut ab.

„Verflixt, Boss", schimpfte der kleinere Mann verärgert. „Ich weiß nicht, wie oft ich dieses Ding noch reparieren kann." Jetzt war es an ihm zu fluchen. Aber seine Stimme war weicher, weniger drohend.

„Vergiss den Stuhl. Wir sprechen jetzt von dem Jungen." Will Russell hörte auf, im Raum herumzugehen und wandte sich dem Mann auf einem der Holzklötze zu, die außer dem Stuhl die einzige Sitzmöglichkeit in dem Raum boten. Er beugte sich über den Tabak kauenden Mann und funkelte ihn an.

„Er macht seine Arbeit." Er brüllte die Worte dem kleineren Mann beinahe ins Gesicht. „Er –"

„Geh zurück", sagte Sam und versetzte dem Anderen einen Stoß gegen die Brust. „Ich habe keine Lust, deinen Whisky mit dir zu teilen. Nicht, wenn du ihn bereits getrunken hast."

Der große Mann funkelte ihn an, richtete sich aber auf und wich einen Schritt zurück. Seine Hand zitterte. Er fluchte erneut, dieses Mal mehr aus Gewohnheit als aus Zorn, und marschierte mit düsterem Blick zum Fenster, dessen Glas zerbrochen und vom Rauch geschwärzt war .

„Was hat er denn nun schon wieder falsch gemacht?", fragte Sam, der noch immer unberührt zu sein schien. Er spuckte in die Ecke.

Zuerst funkelte Will ihn einfach nur an, so als müsse er ihn auch ohne Worte verstehen. Dann erklärte er wütend. „Er hatte gestern die Gelegenheit, diesen nichtsnutzigen Revolverhelden fertig zu machen. Ihn fertig zu machen. Und was tut er? Versetzt ihm nur einen Kinnhaken. Nur einen Kinnhaken! Er ist ein Feigling."

Der kleine Mann war nicht seiner Meinung. „Sieh mal, Boss – wenn das Kind Unrecht hat, dann hat es halt Unrecht. Aber er ist kein Feigling. Ich kenne ihn genauso lange wie du. Ich habe ihn aufwachsen sehen. Er ist kein Feigling – und du weißt das genauso gut wie ich."

Der große Mann starrte auch weiterhin aus dem Fenster.

„Er kann besser schießen und schneller ziehen als jeder andere, den ich kenne", fuhr Sam von seinem Platz auf dem Holzklotz fort. „Er ist stark wie ein Bär und gewandt wie eine Wildkatze und er hat Augen wie ein Adler – er trifft sogar den Flügel einer Motte. Nicht einmal das leiseste Rascheln entgeht ihm. In einem Tornado kann kein Blatt zu Boden fallen, ohne dass er das hört, und außerdem hat er einen guten Spürsinn – dieses Gefühl in den Knochen, wenn etwas nicht stimmt. Du wärst am Widder Pass doch geradewegs in einen Hinterhalt gelaufen, wenn er nicht gewesen wäre. Und du wärst niemals mit heiler Haut davongekommen, wenn –"

„Halt den Mund", brüllte der Mann, den man „Boss" nannte.

„Ich wollte dich ja nur noch mal daran erinnern", meinte der Tabakkauer sanft und spuckte erneut in die Ecke.

„Das brauchst du nicht. Ich weiß das, Sam. Denkst du, ich wäre sonst wo gewesen, als er aufgewachsen ist? Ich weiß das alles."

„Was ist denn dann los? Ich kann mir das einfach nicht erklären."

Schweigen hing in der Luft, während Sam seinen Tabak kaute und Will Russell, der Boss, hinaus in die Ferne starrte. Letzterer fuhr sich mit der Hand durch sein dunkles, fettiges Haar. „Ich weiß auch nicht", meinte er schließlich. „Es ist nur, ich habe ein ungutes Gefühl. Diese – eine seltsame Furcht, dass er, wenn es wirklich mal drauf ankommt – einen Rückzieher macht."

„Einen Rückzieher?" Sam spuckte wieder in die Ecke. Der große Mann wirbelte herum und kam auf ihn zu. Er senkte seine Stimme, obwohl man nicht sagen konnte, dass er leise sprach.

„Hast du jemals gesehen, dass er einen Mann erschossen hat?", zischte er.

„Na sicher – er ist der schnellste und –"

„Hast du je gesehen, dass er einen Mann erschossen hat?", beharrte der Boss.

„Sicher. Das habe ich doch gesagt."

„Tot?"

Stille. Sam starrte in das finstere Gesicht vor sich. „Glaube nicht, dass er tot war. Er hat nur – auf den Arm gezielt."

„Genau. Ganz genau."

Sam zuckte die Achseln. Seine steife Lederweste hob und senkte sich. „Was paßt dir denn daran nicht? Auf jeden Fall können sie eine Zeit lang nicht mehr schießen."

„Aber er hat sie niemals umgeblasen. Niemals."

„Aber –"

„Aber – denkst du nicht, die Männer würden das bemerken? Denkst du nicht, dass sich das herumspricht? Da ist ein Bursche, der zwar schnell mit seiner Pistole ist – aber er schießt niemals, um zu töten. Schon bald wird jeder Revolverheld im Westen dieses kleine Geheimnis kennen."

Der große Mann trat nach dem umgefallenen Stuhl und schickte ihn quer durch den Raum, bis er gegen die Holzwand der Hütte krachte.

Er fluchte und Sam stimmte mit ein.

„Wie gut, dass diese Hütte stabil ist, sonst wäre sie mittlerweile umgefallen", beschwerte er sich.

„Koch mal Kaffee", brummte der Boss. Sam stemmte sich von seinem Sitzplatz hoch und ging zu der geschwärzten Kochstelle neben der Hüttentür.

Will begab sich zu dem Stuhl und begutachtete den Schaden. „Repariere dieses Ding, wenn du dazu kommst", trug er Sam auf. „Ich hasse es, auf einem Holzklotz zu sitzen. Ist noch schlimmer, als auf einem Felsen zu hocken."

Sam zuckte die Achseln, nickte und legte neues Holz nach. Er füllte den geschwärzten Kaffeetopf mit Wasser, riss eine kleine Tüte mit Kaffeepulver auf und maß großzügig von dem Pulver ab.

Die beiden Männer schwiegen, bis Sam seine Aufgabe erledigt hatte und zu seinem Holzklotz zurückkehrte.

„Wir sollten uns noch ein paar Stühle besorgen", sagte er mehr zu sich als zu seinem Boss.

„Es ist schwierig, einen Stuhl hinter sich auf den Sattel zu binden", brummte der Boss. Er streckte die Hand aus und trommelte nervös auf der Tischplatte herum.

Wieder herrschte Schweigen zwischen den Männern. Schließlich ergriff Sam das Wort.

„Du machst dir also Sorgen um ihn?", fragte er. Seine Stimme war jetzt leiser – seine Haltung weniger abwehrend.

„Ich mache mir tatsächlich Sorgen“, gestand Will.

„Ich denke, er kommt schon klar.“

„Vielleicht“, erwiderte der Boss. „Aber es passieren die seltsamsten Dinge.“

„Wie meinst du das?“

Die Finger trommelten nun schneller auf der Tischplatte.

„Stell dir nur Folgendes vor. Ein Mann zwingt ihn zu ziehen – ein anderer kommt dazu – zieht seine Aufmerksamkeit auf sich. Der erste Mann hat die Chance zu einem langsamen, gezielten Schuss mit seiner guten Hand. Und trifft ihn.“

„Komm schon, Boss“, höhnte Sam. „Wie oft hast du so etwas schon erlebt?“

„Es könnte passieren.“

„Die Sonne könnte auch im Westen aufgehen, denke ich – aber ich habe das noch nicht erlebt.“

„Es könnte passieren“, beharrte Will.

Sam stand auf, um nach dem Kaffee zu sehen. Er kochte noch nicht.

„Sicher wird eine schöne Tasse Kaffee uns gut tun“, murmelte er. „Dieses Zeug, das wir bisher getrunken haben, schmeckte wie Spülwasser.“

Er trug zwei angeschlagene, schmutzige Tassen zum Tisch.

„Weißt du, was ich denke?“, fragte er leise.

Es kam keine Antwort, darum fuhr er nach einer Weile fort. „Ich denke, du machst dir zu viele Gedanken. Der Junge ist in Ordnung. Er macht sich gut. Ich könnte mir keinen besseren Spurenleser vorstellen. Außerdem ist er ein kleverer Mann des Waldes, der sehr gut auch das im Auge behält, was hinter seinem Rücken geschieht – also wirklich, ich wette, es gibt keinen besseren In…“

Er brach ab. Will hatte zu fluchen und spucken begonnen. Schnell wechselte Sam das Thema.

„Du machst dir ja nur Sorgen, weil du sein Pa bist“, beeilte er sich zu sagen. „Die Jungs werden dich für ein aufgeregtes altes Waschweib halten, wenn du nicht –“

Der große Mann rutschte unruhig hin und her, und seine Flüche wurden lauter. Sam stand auf und sah nach dem Kaffee. Er hoffte, dass er kochte. Vielleicht war er etwas zu weit gegangen. Jetzt war die Zeit zum Rückzug gekommen.

„Ich weiß, dass er selbst auf sich aufpassen kann“, brummte Will. „Wenn er will – und das ist der Knackpunkt. Er muss lernen, dass man seinen Gegner töten muss. Tote können nicht hassen. Kein Mann, der klug ist, lässt eine Spur einarmiger Männer zurück, die einen mit Bitterkeit gefüllten Eimer mit sich herumschleppen. Früher oder später wird einer dieser Halunken auftauchen und der wird nicht darauf aus sein, einen fairen Kampf zu führen.“

Das war ein neuer Gedanke für Sam und der erste, dem er zustimmen konnte. Er goss den Kaffee aus und stellte den Topf auf den Herd zurück.

„Es ist zu heiß, um Kaffee zu trinken“, murmelte er vor sich hin, obwohl er genüsslich das volle Aroma einsog.

Er kehrte zu seinem Platz zurück und nahm einen Schluck von der kochend heißen Flüssigkeit. Der Kaffee brannte und trieb ihm die Tränen in die Augen. Als er sich erholt hatte, nahm er das Gespräch wieder auf.

„Und was hast du vor?“

Will Russell umklammerte seine Tasse und schwieg.

„Ich muss ihn zwingen“, meinte er schließlich.

„Du willst ihn zwingen? Du meinst – ihn zwingen, einen Mann zu erschießen?“

Der Boss nickte. Seine Augen funkelten.

„Und wie willst du das zustande bringen? Willst du ihn persönlich zum Duell fordern?“

Auf diese lächerliche Frage antwortete Will Russell mit einem düsteren Blick.

„Ist ja schon gut“, beeilte sich Sam zu sagen. „Das war eine dumme Frage. Ich nehme an, du hast eine bessere Idee.“

Der große Mann trank seinen Kaffee in kleinen Schlucken. Das war klüger, als das, was Sam gemacht hatte.

„Also –“, drängte Sam.

„Was ist das Einzige, wofür ein Mann – fast jeder Mann – töten würde?“, fragte der Boss.

„Geld?“

Der große Mann fluchte. „Das haben wir doch“, erinnerte er Sam. „Gut versteckt. Und wir können mehr bekommen – jederzeit, wann wir nur wollen.“

„Was dann –?“ Sam ließ die Frage zwischen ihnen stehen.

„Eine Frau“, erwiderte Will einfach.

„Eine was?“

Sam konnte nicht glauben, was er gerade gehört hatte. Der Boss nickte nur.

„Hier gibt es im Umkreis von vielen Meilen keine Frau“, erinnerte Sam ihn.

„Das bedeutet, dass wir eine suchen müssen.“

„Eine suchen. Wie?“

„Das weiß ich noch nicht so genau, aber ich werde es schon noch herausfinden.“

„Und wenn du eine findest – wie willst du die beiden zusammenbringen? Und wieso bist du so sicher, dass er auch auf sie fliegt? Er hat doch überhaupt keine Ahnung, was es mit den Frauen auf sich hat.“

Der große Mann sah den kleineren verächtlich an und wandte sich dann wieder dem Tisch zu, als verdiene diese absurde Bemerkung keine Antwort. Er rutschte noch etwas näher an den Tisch heran und trommelte wieder verärgert auf die Tischplatte. Tief in düstere Gedanken versunken runzelte er die Stirn.

Schließlich drehte er sich wieder um. „Wir müssen uns etwas Gutes ausdenken, Sam“, sagte er und deutete mit dem Kopf auf den Kaffeetopf, um anzudeuten, dass seine Tasse erneut gefüllt werden sollte.

Lisa

Die Spaziergänge am Samstag wurden nun zum festen Bestandteil von Lisas Woche. Sie freute sich sogar darauf und widersetzte sich nicht mehr länger dem Rat ihrer Mutter. Sie hatte die Erfahrung gemacht, dass sie nach einem Spaziergang durch die Wälder oder am Fluss entlang sehr viel produktiver weiterarbeiten konnte. Häufig forderte sie den einen oder anderen ihrer Schüler auf, sie zu begleiten. In dieser Zeit konnte sie Beziehungen zu ihnen aufbauen oder Lektionen vermitteln, die sie im Klassenzimmer so nicht weitergeben konnte.

Lisa betete außerdem, sie möge in der Lage sein, den Schülern nicht nur etwas über das Leben beizubringen, sondern auch mit dem Schöpfer allen Lebens bekannt zu machen. Sie wollte nicht nur wissenschaftliche Tatsachen über die Welt vermitteln, sondern von demjenigen erzählen, der die Naturgesetze festgelegt hatte. Es ging ihr nicht nur darum, Mathematik zu lehren, sondern von dem Schöpfer zu berichten, der die Beständigkeit der Mathematik überhaupt erst ermöglicht hatte.

„Gott hat uns eine geordnete Welt geschenkt", sagte sie häufig und sie hoffte, dass ihre Schüler, wenn sie die Welt um sich herum betrachteten, verstehen würden, was sie ihnen damit begreiflich machen wollte.

Falls es Eltern gab, die der Meinung waren, die Tochter des Predigers würde „zu viel Religion" in den Unterricht einbringen, so behielten sie das für sich. Sogar der Besitzer des Saloons in der Stadt meinte, „ein wenig Gesetz und Ordnung könnte seinen beiden Kindern nicht schaden". Er war der Meinung, die Welt würde früher oder später sowieso jedes „überflüssige Gute" in ihnen abschleifen.

„Wir brauchen nun mal hohe Prinzipien“, sagte der Vorsitzende der Schulleitung während einer Sitzung des örtlichen Gemeinderates. „Und ich für meinen Teil weiß nicht, wo man sie finden sollte, außer in der Bibel. Was mich betrifft, so kann das kleine Mädchen so viel Bibelwissen in die Schüler hineintrichtern, wie nur hineingeht. So wie ich das sehe, macht sie das auf jeden Fall zu aufrechten Bürgern.“

Andere schienen derselben Meinung zu sein. Lisa betrachtete ihren Unterricht in der Schule als Ergänzung zu ihrem Sonntagsschulunterricht in der Gemeinde ihres Vaters. Der Sonntagsgottesdienst war aber nicht für alle Einwohner der Stadt eine innere Notwendigkeit. Deshalb waren auch ihre Samstagsspaziergänge eine gute Möglichkeit, den Schülern, die nicht in die Kirche kamen, wertvolle Erkenntnisse mit auf den Weg zu geben.

Nur sehr wenige Leute brachten nur geringe Begeisterung dafür auf, dass sie ihren Schülern aus der Bibel vorlas. Aber man konnte in diesen Fällen sagen, dass es sich hier im Großen und Ganzen um Menschen handelte, die ohnehin für Bildung wenig übrig hatten.

„Kann mir nicht vorstellen, wieso ein Junge seines Alters überhaupt in die Schule geht. Als ich so alt war, habe ich ein Gespann Maultiere gelenkt und ein 243 km^2 großes Feld bestellt“, schimpfte ein älterer Mann.

„Und wozu brauchen junge Mädchen eigentlich alle diese Bücher?“, höhnte ein anderer. „Das hilft ihnen nicht beim Kochen oder im Garten beim Unkrautjäten.“

Lisa ignorierte solche Bemerkungen. Aber oft musste sie sich auf die Zunge beißen, um darauf nicht mit einer Belehrung zu reagieren.

„Wenn der Westen jemals zivilisiert werden soll“, würde sie am liebsten darauf antworten, „brauchen wir gebildete Menschen. Gebildet nicht nur in Bezug auf reines Bücherwissen, sondern auch im moralischen Lebenswandel. Das ist unsere einzige Möglichkeit, den Westen zu zähmen und ihn zu einem Land zu machen, in dem sich die Hoffnungen zukünftiger Generationen erfüllen.“

Lisa war entschlossen, ihre Schüler so gut sie konnte auf die

Zukunft vorzubereiten, ob nun alle Einwohner der Stadt damit einverstanden waren oder nicht.

*

„Du hast so schöne Kleider."

Diese Worte klangen so sehnsüchtig, dass Lisa sich beinahe schuldig fühlte. Sie hatte Chloe Travis, eine Schülerin aus der siebten Klasse, gebeten, sie auf ihrem Spaziergang zu begleiten. Das Mädchen war sehr dünn und zerbrechlich. Es kam aus einem armen Elternhaus am Rande der Stadt. Lisa vermutete, dass das Mädchen so dünn war, weil es zu wenig zu essen bekam. Ihr Vater arbeitete nur selten und ihre Mutter saß von Sonnenaufgang bis Sonnenuntergang auf ihrer Veranda.

„Die arme Frau muss krank sein", hatte Lisas Mutter in aufrichtiger Besorgnis gesagt. „Kein gesunder Mensch könnte damit zufrieden sein, einfach nur herumzusitzen und die Familie sich selbst zu überlassen."

Lisas Mutter hatte ein gutes Herz. Dann und wann wurde ein Topf mit Eintopf oder ein gebratenes Hühnchen aus dem Pfarrhaus zu dieser Familie geschickt. Von den Erwachsenen in der Familie kam daraufhin kaum eine Reaktion, aber die Blicke auf den Gesichtern der hungrigen Kinder waren der Pfarrersfrau bereits Dank genug.

Lisa wandte sich dem Mädchen in dem geflickten Kleid zu. „Meine Mama näht", sagte sie einfach.

„Ich wünschte, meine Mama könnte auch nähen", erwiderte das Mädchen.

„Vielleicht, wenn –" Aber Lisa gestattete sich nicht, den Satz zu Ende zu sprechen.

„Nein, sie will nich. Selbs wenn sie 'ne Maschine haben würde, würde sie niemals nix tun. Sie tut eben am liebsten nix."

Lisa war versucht, ihre Grammatik zu korrigieren, aber dann müsste sie diese traurigen Sätze wiederholen. Und das wollte sie nicht.

„Du hast wirklich Glück", fuhr das Mädchen fort.

„Ja", erwiderte Lisa aufrichtig. „Ich … habe wirklich Glück

… nur … nur sehe ich das nicht als Glück an. Für mich ist das –“

Sie brach ab. Sie wollte sagen, dass es ihr gut ging, weil Gott gut zu ihr war. Aber wie konnte sie so etwas sagen?

Wie konnte sie behaupten, dass Gott sie liebte und für sie sorgte – und zusah, wie Chloe in einer Familie aufwuchs, die nicht einmal richtig funktionierte? Lisa biss sich auf die Lippe.

„Sollen wir uns einen Augenblick hinsetzen und ausruhen?“, fragte sie stattdessen. „Mama hat mir etwas zu essen mitgegeben.“

Die Augen des Mädchens leuchteten auf, und Lisa konnte sehen, wie sie sich schnell mit der Zunge über die Unterlippe fuhr.

Sie suchten sich einen Platz zum Sitzen. Lisa holte die Brote mit dem kalten Fleisch hervor. Sie hielt dem jungen Mädchen eines hin und beobachtete, wie sie es hungrig verschlang. Lisa brach sich ein Stück des anderen Sandwiches ab und biss hinein. Auch sie war hungrig. Die frische Herbstluft machte ihr ordentlich Appetit. Aber sie hielt sich im Zaum. Wenn sie nach Hause kam, würde wieder reichlich Essen auf dem Tisch stehen. Wer wusste jedoch schon, wann Chloe die nächste Mahlzeit bekommen würde?

Lisa war mit ihren Gedanken noch bei dem Gespräch. Sie wünschte, sie könnte dem kleinen Mädchen etwas mehr sagen. Etwas, das auch Sinn machte. Etwas, das ihr Grund zur Hoffnung geben würde. Lisa wusste kaum, wo sie anfangen sollte.

„Weißt du“, begann sie, als sie den Rest ihres Sandwiches an Chloe weitergab, „du sagtest, ich hätte Glück – und ich bin auch tatsächlich sehr glücklich. Ich bin … gesegnet. Meine Eltern sind einfach wundervoll. Ich liebe sie sehr. Ich bin wirklich gesegnet …“

Sie ließ die Worte verklingen, während sie darüber nachdachte. Dann wandte sie sich wieder an das junge Mädchen und fuhr fort. „Es war – nun, es war nicht immer so. Wusstest du das?“

Lisa atmete tief durch, bevor sie weitererzählte. „Meine Eltern, meine richtigen Eltern, wurden … sie wurden bei einem Indianerüberfall getötet als ich noch ein Baby war. Alle Menschen in dem Treck wurden getötet.“

Lisa sah, wie das junge Mädchen erstaunt und zugleich entsetzt die Augen aufriss.

„Was ist passiert?“, fragte Chloe, während sie den Rest des Sandwiches in den Mund steckte.

„Wir fuhren nach Westen, um ein neues Leben zu beginnen. Ein neuer Anfang. Ich … ich erinnere mich natürlich nicht mehr daran. Ich war ja noch ein Baby. Aber eines Nachts griffen aus irgendeinem mir nicht bekannten Grund die Indianer an. In diesem Gebiet hatte es schon öfter Ärger gegeben. Ich weiß nicht genau, was damals passiert war, aber einige Indianer waren wohl getötet worden. Sie gaben den Scouts unseres Trecks die Schuld dafür und darum hatten sie beschlossen, Rache zu üben.“ Sie hielt einen Augenblick inne.

„Auf jeden Fall wurden die Leute, die zu diesem Treck gehörten, getötet“, erzählte sie dem jungen Mädchen. „Alle außer mir und meiner Tante Lucy.“

„Wer ist Tante Lucy?“, fragte das Mädchen flüsternd.

„Tante Lucy war eine liebe alte Frau. Sie war nicht meine richtige Tante und auch nicht richtig alt, denke ich, obwohl sie mir damals alt erschien. Sie war eine Freundin meiner Mama. Ich denke immer an sie als meine zweite Mama.“ Lisas Stimme drohte zu brechen. „Sie hat auf jeden Fall für mich gesorgt, bis ich fünf Jahre alt war. Ich weiß nicht, wie sie das geschafft hat. Sie war nämlich verkrüppelt – von einem Sturz und …“

Lisa brach erneut ab.

„Als die Indianer damals angriffen“, brachte sie schließlich heraus, „hat Tante Lucy mich geschnappt und ist mit mir davongerannt. In der Nähe war eine felsige Klippe. Tante Lucy hat mich fest an sich gedrückt und ist gesprungen. Sie ist einfach von dem Felsen gesprungen. Danach hatte sie beide Beine gebrochen. Die Indianer waren sich wohl sicher, dass wir beide bei dem Sturz ums Leben gekommen waren. Sie sind nicht einmal zu uns heruntergeklettert, um nachzusehen. Sie haben nur über den Rand gesehen, erzählte Tante Lucy mir später, und mit den Fingern auf uns gezeigt und geschrien. Schreie, dass einem das Blut in den Adern gefrieren konnte, sagte Tante Lucy.

Dann haben sie ihren Überfall beendet und die Wagen in Brand gesteckt. Ein Gewitter zog auf, und schon bald regnete es in Strömen. Einige der Wagen fingen nicht einmal Feuer.

Später hörte Tante Lucy jemanden zu der Wagenkolonne kommen. Es waren wohl Rancher aus der Gegend oder vielleicht auch Soldaten aus dem nahe gelegenen Fort. Sie wusste es nicht. Zuerst befürchtete sie, die Indianer könnten zurückgekommen sein, aber sie sprachen Englisch. Sie hörte sie fluchen, als sie das Blutbad sahen. Sie rief und rief, bis sie heiser war, aber sie war bereits sehr schwach und konnte die Leute nicht auf sich aufmerksam machen.

Drei Tage lagen wir nur da. Es war heiß. Tante Lucy tauchte die Hand in eine Wasserpfütze und gab mir aus ihrer Hand zu trinken. Sie war aber davon überzeugt, dass ich sterben würde, bevor Hilfe eintraf.

Am dritten Tag kam dann eine Gruppe Soldaten vorbei. Tante Lucy konnte sie auf sich aufmerksam machen, und sie kamen uns zur Hilfe. Sie sahen auch noch einmal in der Wagenkolonne nach. Es gab keine weiteren Überlebenden, aber sie retteten ein paar Dinge, die meiner Mutter gehört hatten. Tante Lucy bestand darauf, dass sie sie mitnahmen, als sie uns in die Stadt brachten.

Ganz allmählich heilten Tante Lucys Beine so weit, dass sie sich mit zwei Krücken fortbewegen konnte. Sie ist nie wieder richtig gesund geworden. Sie hatte auch einige innere Verletzungen davongetragen, aber in diesen ersten fünf Jahren meines Lebens hat sie mich versorgt. Ich weiß nicht, wie sie das Geld beschafft hat, um uns durchzubringen, aber ganz sicher hat sie häufig für mich gehungert.

Tante Lucy wurde irgendwann immer schwächer und ich hörte sie oft für mich beten. Sie bat Gott, er möge für mich sorgen, wenn sie tot sei. Und dann geschah ein Wunder. Zumindest sagte Tante Lucy, es sei ein Wunder. Ein Prediger zog in die Stadt. Tante Lucy besuchte ihn und er und seine Frau erklärten sich bereit, mich zu sich zu nehmen, denn sie hatten selbst keine eigenen Kinder."

„Die Bensons?", fragte Chloe mit aufgerissenen Augen.

„Die Bensons", nickte Lisa.

„Ich dachte, sie wären deine richtigen Eltern."

„Das sind sie auch – jetzt“, lächelte Lisa.

„Und was ist mit Tante Lucy?“

Lisas Augen füllten sich mit Tränen. „Sie starb zwei Monate, nachdem ich zu den Bensons gezogen war“, erklärte sie leise.

Das junge Mädchen schüttelte den Kopf. „Das ist wirklich schrecklich“, sagte sie.

„Ja“, erwiderte Lisa. „Ja, das war es. Für meine Eltern – für all die Menschen in dem Treck und für Tante Lucy. Ich bin diejenige, die gesegnet worden ist und ich weiß wirklich nicht, warum. Noch nicht. Ich hoffe, dass ich eines Tages herausfinde, warum Gott beschlossen hat, ein einziges Baby zu verschonen. Welche Aufgabe hält er wohl für mich bereit? Immer wieder sage ich mir, dass es einen Grund geben muss, und ich glaube, ich habe ihn gefunden. Ich glaube, das alles ist so gekommen, damit ich Lehrerin werden kann. Damit ich dir und anderen helfen kann, zu erkennen, wirklich zu verstehen, dass Gott wirklich existiert. Dass er für uns sorgt, egal, in welcher Lebenssituation wir stecken.“

Lisa legte ihre Hand auf den verblichenen Ärmel des Kindes. „Er sorgt nämlich wirklich für uns, weißt du.“

Chloe starrte ihr ins Gesicht.

„Er liebt dich, Chloe“, sagte Lisa sanft. „Er weiß alles über dich und er liebt dich. Kannst du das glauben?“

Das Mädchen zögerte. Sie blickte an ihrem alten Kleid herunter, betrachtete ihre Schuhe mit den Löchern in der Sohle. Dann sah sie ihr wieder in die Augen und nickte langsam.

*

„Darf ich Sie nach Hause begleiten?“

Lisa war gerade aus der Kirchentür getreten. Sie blickte in das angespannte Gesicht des jungen Mannes, der vor ihr stand. Es war kein attraktives Gesicht. Willis Boyd war vermutlich der Letzte, von dem sie sich einen solchen Vorschlag gewünscht hätte. Seine Haut war vernarbt von der Akne während seiner Pubertät und seine Ohren waren viel zu groß für seinen Kopf. Seine schiefen Zähne waren fleckig vom Kautabak und sein Haar sah aus, als würde es nur gewaschen, wenn er zufällig in einen Regenguss kam.

Und doch brachte sein hoffnungsvoller Blick sie zum Lächeln. Sie schluckte. Wie konnte sie ihn abweisen, nur wegen seines Aussehens? Das wäre grausam. Vor allem, da er seit kurzem regelmäßig in die Gemeinde ihres Vaters kam.

Sie wollte ihm gerade eine Antwort geben, als sich jemand zwischen sie drängte. Bernard Dikerson stand vor ihr. Er lächelte und strich mit seiner manikürten Hand seine weichen, dunklen Haare zurück. Unwillkürlich fiel Lisas Blick auf seine glatt gebügelte Hose, das gut sitzende Jackett und die ordentlich gebundene Krawatte. Bernard Dikerson war der Sohn des Bankiers am Ort und wohnte noch nicht lange in der Stadt. Jedes Mädchen im Ort hatte ein Auge auf den Bankierssohn geworfen.

Bernard sagte keinen Ton – er reichte ihr einfach nur wortlos seinen Arm.

Lisa stieß ein stummes Stoßgebet aus – *Was soll ich tun, Herr?* – und betrachtete die beiden jungen Männer. Innerlich kämpfte sie mit sich. *Ich sollte eigentlich mit Willis gehen. Er wird so beschämt sein, wenn ich … alle sehen zu uns hin … er wird … vielleicht kommt er dann nicht mehr in die Kirche …, aber … aber Bernard …*

Willis war zurückgetreten. Sein Gesicht war vor Verlegenheit ganz rot geworden. Bernard hielt ihr noch immer den Arm hin. Sein zuversichtliches Lächeln verlieh ihm einen jungenhaften Charme.

Verlass dich auf den Herrn von ganzem Herzen, sagte eine leise innere Stimme zu Lisa.

Aber ich … ich … das ist doch die Gelegenheit, von der ich geträumt habe, widersprach Lisa dieser Stimme. *Wenn ich … aber …*

Lisa blickte zu dem verlegenen Willis hinüber und lächelte Bernard dann strahlend an.

„Vielen Dank für Ihr freundliches Angebot, Mr. Dikerson", erwiderte sie höflich, „und unter anderen Umständen hätte ich es auch gern angenommen. Aber Mr. Boyd hat mir bereits angeboten, mich nach Hause zu begleiten. Vielleicht an einem anderen Sonntag."

Lisa lächelte ihn noch einmal an und nahm dann den schlaffen

Arm von Willis Boyd. Er errötete erneut, dieses Mal jedoch vor Vergnügen.

Oh Herr, betete Lisa, als sie mit hoch erhobenem Kopf davonging, obwohl sie am liebsten geweint hätte, *Bernard wird jetzt bestimmt nie wieder mit mir sprechen ...*

Vertraue ... vertraue, ermutigte sie die innere Stimme. *Verlass dich auf den Herrn von ganzem Herzen und verlass dich nicht auf deinen Verstand ...*

Lisa hob den Kopf noch ein wenig höher. Sie schluckte die Tränen der Enttäuschung herunter und wandte sich dann dem eifrigen jungen Mann an ihrer Seite zu.

„Haben Sie einen schönen Herbst gehabt, Willis?", fragte sie freundlich, aber es fiel ihr sehr schwer, sich auf seine Antwort zu konzentrieren.

*

Lisa und ihre Schüler arbeiteten hart, um die Weihnachtsaufführung vorzubereiten. Es wurde ein großer Erfolg. Sogar einige Einwohner der Stadt, die keine schulpflichtigen Kinder hatten, nahmen daran teil und freuten sich an dem Gesang und den einzelnen Aufführungen. In der darauf folgenden Woche war Lisa dann noch einmal mit der Vorbereitung des Weihnachtsprogramms für die kleine Gemeinde sehr beschäftigt. Sie war erleichtert, als beide Veranstaltungen vorüber waren. Nun konnte sie sich entspannen und sich ganz auf die Weihnachtsfeier im Kreis ihrer Familie konzentrieren.

Als sie an diesem Abend aus der Kirchentür trat, nahm sie an, dass alle bereits nach Hause gegangen waren, außer ihrem Vater, der noch ein wenig aufräumte. Da wurde sie unverhofft von einer Stimme angesprochen: „Wäre nun der geeignete Zeitpunkt, Sie zu fragen, ob ich Sie nach Hause begleiten darf, Miss Benson?"

Bernard Dikerson trat aus dem Schatten und sah zu ihr hinauf. Lisa stockte der Atem. Bernard Dikerson hatte seit dem Zwischenfall zwei Monate zuvor keine Anstalten mehr gemacht, eine Begegnung mit ihr herbeizuführen.

Lisa schluckte und nickte langsam. Aus Angst, er könnte ihre wortlose Zustimmung in der Dunkelheit vielleicht nicht erkennen, zwang sie sich zum Sprechen. „Ja … ja, ich denke schon."

„Wunderbar", erwiderte er begeistert. Er trat vor und reichte ihr den Arm.

Noch immer sprachlos vor Erstaunen kam Lisa die Treppe herunter und nahm seinen Arm.

„Ich hoffe, Sie haben mein Schweigen nicht als Desinteresse gewertet", begann er, als sie nebeneinander hergingen.

„Ich … ich habe wirklich …", stammelte Lisa, aber sie wusste nicht, was sie eigentlich sagen sollte. Sie hatte es tatsächlich gedacht – das konnte sie nicht leugnen. Sie hatte sich ihre Gedanken gemacht und war enttäuscht gewesen. Was sollte sie nun antworten, ohne zuzugeben, dass es tatsächlich so gewesen war?

„Ich weiß, wie beschäftigt Sie mit den Weihnachtsvorbereitungen gewesen sind – Ihre Vorführungen sowohl in der Schule als auch in der Kirche waren übrigens ganz hervorragend, wenn ich meine bescheidene Meinung dazu sagen darf", meinte Bernard. Er lachte leise.

Lisa lächelte in sich hinein. Irgendwie konnte sie sich nicht vorstellen, dass er eine bescheidene Meinung hatte – zu irgendeinem Thema. Aber trotz seiner förmlichen Worte schien er wirklich interessiert zu sein.

„Darum dachte ich, ich sollte Geduld üben. Aber ich habe Sie beobachtet – mit Bewunderung."

Lisa legte ihren Kopf ein wenig zur Seite, um einen Blick auf sein Gesicht zu erhaschen. Er klang so ernst. Ihre Kehle war wie zugeschnürt.

„Aber nun, da Sie nicht mehr so beschäftigt sind, hoffe ich, dass Sie ein wenig Zeit für … für … für das Vergnügen haben. Arbeit ohne Abwechslung kann …"

„Oh, aber ich liebe das Unterrichten", unterbrach Lisa ihn.

Sie spürte, wie er aufmunternd ihre Finger drückte, die auf seinem Arm lagen. „Davon bin ich überzeugt", meinte er und lächelte sie an. „Aber vielleicht ist jetzt die Zeit für Sie gekommen, ein paar andere Dinge zu entdecken, die Ihnen womöglich auch gefallen."

Lisa war verwirrt und hatte keine Ahnung, was er mit einer solchen Bemerkung meinen könnte.

Sie erreichten das Pfarrhaus. Er blieb stehen und Lisa war gezwungen, ebenfalls neben ihm stehen zu bleiben, da er noch immer ihre Hand festhielt.

„Möchten Sie – möchten Sie noch ein wenig mit hereinkommen?", fragte sie, obwohl sie sich nicht sicher war, ob diese Einladung passend war.

„Nein, nicht heute Abend. Es ist schon spät und Sie müssen sehr müde sein. Aber ich werde mich wieder melden. Bald."

Das letzte Wort betonte er ganz besonders. Wieder war Lisas Kehle wie zugeschnürt. Er ließ ihre Hand los und tippte sich zum Gruß an den Hut.

„Gute Nacht, Miss Benson", sagte er förmlich.

„Gute Nacht … Mr. Dikerson", erwiderte Lisa.

Als sie die Stufen zur Veranda hochstieg, drehte sich alles um sie.

*

„Wann?", fragte Sam, als er mit seinem Boss an dem Holztisch saß.

„Beim nächsten großen Schneesturm", kam die brummige Antwort.

„Im Schneesturm? Bist du von Sinnen? Kein vernünftiger Mensch ist bei einem Schneesturm unterwegs. Du weißt doch, wie solche Stürme hier in dieser Gegend aussehen können."

„Allerdings. Und darum werden wir einen solchen Sturm abwarten. Bei einem Schneesturm ist es unmöglich, uns zu verfolgen."

„Na ja, das hängt davon ab. Bei leichtem Schneefall können sie uns sehr leicht verfolgen."

„Wir werden uns keinen leichten Schneefall aussuchen."

„Und woher willst du vorher wissen, ob es ein richtiger Schneesturm wird?", schnaubte Sam. Aber es war tatsächlich fast ein wenig unheimlich, wie sein Boss das Wetter voraussagen konnte.

„Ich weiß das."

Sam schnaubte wieder. „Das klingt mir zu riskant. In einem solchen Schneesturm kann man leicht erfrieren."

„Wir haben doch schon solche Schneestürme miterlebt und sind nicht erfroren."

„Was meinst du mit wir? Ich werde bei einem Schneesturm keinen Fuß vor die Tür setzen, das sage ich dir. Ich nicht. Nicht für – für niemanden."

Das flackernde Licht des offenen Feuers warf unheimliche Schatten auf das dunkle Gesicht des größeren Mannes. In dem Licht wirkten seine dunklen Augen noch bedrohlicher. „Wenn ich sage, du reitest, reitest du", brummte er. „Niemand hat dich hier zum Boss gemacht – noch nicht."

Lautstark und mit derben Worten sagten sich die beiden Männer gegenseitig die Meinung.

„Wer kommt mit?", fragte Sam schließlich. Er hatte die Tatsache akzeptiert, dass er mitreiten würde, wenn der Boss es sagte.

„Nur du und ich."

„Nur … Das ist einfach verrückt. Zwei sind nicht genug. Wir werden in dem Schneesturm bestimmt umkommen. Ganz zu schweigen von dem Mädchen. Sie wird es nie schaffen und sie wird uns daran hindern, es zu schaffen."

„Halt den Mund", fuhr Will ihn an. „Du wirst bestimmt nicht vor deiner Zeit sterben. Wenn du dran bist, bist du halt dran."

„Aber ganz bestimmt habe ich nicht die Absicht, dem durch einen Schneesturm ein wenig nachzuhelfen", widersprach Sam erneut.

„Besser als ein Schuss in den Rücken."

„Sicher nicht. Zumindest würde es bei einem Schuss in den Rücken schneller gehen."

Sam ging zum Feuer, um ein Holzscheit nachzulegen. Die Funken stoben den Rauchabzug hinauf.

„Beim nächsten Schneesturm!", wiederholte Will. „Du wirst bereit sein, morgen aufzubrechen. Wir werden etwas näher heranreiten und uns in der alten Trapperhütte unten am Fluss verstecken. Von da aus werden wir unseren Plan durchführen."

„Das ist Indianerland", wandte Sam ein.

Will stellte seine Whiskyflasche auf den Tisch und spuckte und fluchte bei der Erwähnung des Indianerstammes, der sich im Tal angesiedelt hatte. Dann nahm er einen weiteren großen Schluck aus der Flasche.

„Sei morgen bereit, loszureiten“, fuhr er ihn an. „Ich habe einen Plan ausgearbeitet. Bist du dir ganz sicher mit dem Mädchen?“

Sam nickte. „Sie wird da sein“, antwortete er langsam.

Der Schneesturm

Will wandte sich an seinen Sohn. „Weiß nicht genau, wann wir wieder zurück sein werden", erklärte er ihm.

John achtete darauf, keine Gefühlsregung zu zeigen, aber ihm gefiel die Tatsache überhaupt nicht, dass sein Vater und Sam fortritten, wo gerade ein Schneesturm bevorstand.

„Irgendwelche Befehle?" fragte er leise. Die Entscheidung seines Vaters konnte er nicht offen in Frage stellen, obwohl er fand, dass es total unvernünftig war. Irgendwie hatte er das starke Gefühl, dass Sam mit seiner Einschätzung übereinstimmte, obwohl er nichts sagte. Trotzdem, Sam stapfte fluchend herum und stieg mit finsterer Miene auf sein Pferd. Ihre Sachen waren auf zwei anderen Pferden festgebunden.

„Keine Befehle", erwiderte Will kurz. „Du kennst die Regeln."

Der junge Mann nickte. Dies war die Art seines Vaters zu sagen, dass er nun die Verantwortung trug.

Sein Blick wanderte zu den wartenden Pferden. Das Pferd seines Vaters tänzelte herum und schnaubte. Seine Nüstern zitterten. Auch das Tier schien den Schutz des Lagers nur ungern verlassen zu wollen, doch wenn es schon sein musste, dann wollte es nun nicht mehr länger warten. Sams Pferd stand mit hängendem Kopf da, die Augen zum Schutz vor dem beißenden Wind geschlossen. Es wurde langsam alt, aber Sam weigerte sich, es gegen ein jüngeres Pferd einzutauschen.

Die beiden Packpferde standen, wie um Wärme zu suchen, eng aneinander gepresst. Die Augen des jungen Mannes verengten sich leicht, als er die beiden Tiere betrachtete. Warum zwei? So viele Sachen hatten sie ja nun auch wieder nicht mit. Eines von ihnen hätte gut alles bewältigen können. Und noch etwas war seltsam. Eine Decke lag über den Sachen – als sollte irgendetwas verborgen werden. Vor wem nur? Er war verwirrt, wusste jedoch, dass er keine Fragen stellen durfte.

„Bist du sicher, dass dieses Seil …“, begann er unbekümmert und trat vor, um das Seil zu überprüfen, mit dem die Ladung festgebunden war. Er ließ seine Hand über die Decke gleiten. Wieder blieb sein Gesicht ausdruckslos, aber er entdeckte das Geheimnis der Decke. Ein Sattel war darunter verborgen, getarnt durch kleine Päckchen, die darauf lagen. Und ganz bestimmt war es kein Packsattel. Es war ein Reitsattel. Warum brauchte sein Vater ein drittes Pferd für einen Reiter?

Er trat zurück und nickte Sam zu, wie um zu bestätigen, dass das Seil sicher war. Sam fluchte leise.

„Denkst du, ich wüsste nicht mehr, wie ich ein Pferd packen muss?“, brummte er.

Der junge Mann antwortete nicht. Er wusste, dass von ihm keine Antwort erwartet wurde. In der Bande war es üblich, dass man schwieg, es sei denn, man wurde gefragt. Eine der Regeln hatte er bereits gebrochen. Er hatte jemanden, der in seinem Rang über ihm stand, in Frage gestellt. Doch alle anderen wären darüber ärgerlicher gewesen als Sam.

Es wurde kein Abschied genommen. Niemand rief ihnen „Ich wünsche euch eine sichere Reise“ oder „Bis bald“ nach. Die beiden Männer stiegen schweigend auf ihre Pferde; jeder nahm die Zügel eines Packpferdes und steuerte den Pfad an, der sich durch die groben Holzhütten hindurch schlängelte. Die wenigen zurückbleibenden Männer blieben nicht stehen und sahen ihnen nach oder hoben auch nur die Hand, um ihnen nachzuwinken. Sie drehten sich einfach um und wandten sich ihrer jeweiligen Beschäftigung zu, was in den meisten Fällen bedeutete, beim Feuer zu stehen und sich zu wärmen.

„Skidder, du steigst am besten hinauf und löst Henry ab“, sagte der junge Mann, als sie die Hütte betraten.

„Er steht doch noch keine vier Stunden dort oben“, protestierte der Mann mit Namen Skidder.

John blieb stehen. Er starrte den Mann an, der nur wenige Meter von ihm entfernt stand. Irgendetwas hatte sich an Johns Haltung verändert. Nicht, dass sein Gesicht oder seine Körperhaltung viel verrieten, abgesehen davon, dass er wachsam war. Bereit für was auch immer kommen mochte.

Beide wussten, dass irgendetwas zwischen ihnen stand. Die ganze Bande wusste das. Er hatte es immer gespürt, obwohl niemand genau sagen konnte, was der eigentliche Auslöser gewesen war. Die Männer in der Hütte warteten angespannt.

„Ich glaube nicht, dass ich gefragt habe, wie lange er schon dort draußen steht", erwiderte John mit eiskalter und beherrschter Stimme. „Ich habe nur gesagt, es wird Zeit, dass er abgelöst wird."

Er brach ab, aber seine Augen vermittelten eine eigene Botschaft. Die anderen Männer in der Hütte rührten sich leicht. John schien locker und ungezwungen, gleichzeitig jedoch innerlich zusammengerollt wie eine Schlange, die zuschlagen will. Alle wussten, dass Skidder mit seiner Frage den jungen Mann in seiner Eigenschaft als Führer in Frage gestellt hatte.

Nun ergriff John erneut das Wort. Er ließ damit durchblicken, dass er nicht auf einen Streit aus war, dass er aber die Verantwortung trug. „Es ist kalt draußen. Wir werden kürzere Wachen einführen", erklärte er. Er zögerte, doch dann fuhr er langsam, aber sehr nachdrücklich fort: „Es sei denn, natürlich, dass du eine extra lange Schicht schieben möchtest."

Skidder trat nervös von einem Bein aufs andere, schien aber erleichtert zu sein. Denn wenn er zum Beispiel Will widersprochen hätte, würde seine Leiche vermutlich bereits hinter der Hütte verrotten. Will hatte als Boss noch nie einem Bandenmitglied eine zweite Chance gewährt. Und Will machte sich auch niemals die Mühe, einen Befehl zu erklären. „Es gibt nur einen Boss hier", sagte er kalt zu jedem, der es hören wollte. „Und das bist nicht du." Die Bedeutung seiner Worte wurde von allen verstanden.

Skidder, der den größten Teil seines Lebens bei den Banditen verbracht hatte, hatte bereits herausgefunden, dass Kid, wie John im Lager von allen genannt wurde, niemals jemanden erschießen würde. Trotzdem, er verspürte nicht unbedingt den Wunsch, einen Schuss in den Arm zu bekommen.

Ohne einen weiteren Blick auf John zu werfen, griff Skidder

nach seinem schweren Mantel und seinem Gewehr. Die Männer im Raum entspannten sich. Wie es schien, war ein Blutvergießen abgewendet worden. Shadow holte ein Kartenspiel hervor und James zog sich einen Holzklotz an den Tisch heran, um ihm zu zeigen, dass er mit von der Partie war.

John ging zum Feuer und legte ein Holzscheit nach. Das war noch mal gut gegangen, aber in Zukunft würde er vermutlich besser aufpassen müssen.

*

In einer anderen Hütte in einiger Entfernung warf Sam ebenfalls ein Holzscheit auf das Feuer. Trotz der Funken, die aufsprühten, zitterte er.

„In dieser Hütte gibt es Ritzen, die sind so groß, dass ein Bär hindurchkriechen könnte“, brummte er.

Will achtete nicht auf seine Klagen. Er saß mit seiner Whiskyflasche am Tisch und nahm dann und wann einen großen Schluck.

„Man muss hier drinnen sogar seinen Hut tragen, damit einem die Ohren nicht abfrieren“, fuhr Sam fort. Er rieb sich die Hände, damit das Blut zirkulierte.

„Warum setzt du dich nicht hin und hörst auf, dich ewig zu beklagen?“, fragte Will verstimmt.

„Muss uns noch mehr Holz für das Feuer holen, darum kann ich mich nicht hinsetzen“, schleuderte Sam ihm entgegen. „Wie lange müssen wir dieses Feuer eigentlich noch in Gang halten?“

„Bis der Schneesturm kommt.“

„Und wann kommt dein Sturm?“ Sams Sarkasmus war eigentlich eher zu spüren als herauszuhören.

Will runzelte seine Stirn und bewegte sich langsam. Sam fragte sich, ob er wohl zu weit gegangen war, und er war erleichtert, als Will nur nach der Whiskyflasche griff. Ein Mensch konnte nicht gleichzeitig eine Pistole und eine Flasche in der Hand halten.

„Bald“, antwortete er beinahe höflich. „Ich kann ihn schon spüren. Es wird nicht mehr lange dauern.“

Sam sagte nichts mehr, sondern nahm das Beil und ging hinaus, um noch mehr Feuerholz zu holen.

*

Lisa seufzte und legte die korrigierten Aufgaben in einem ordentlichen Stapel auf ihr Pult. Sie war froh, dass sie die Korrektur beendet hatte und endlich nach Hause gehen konnte. Der Himmel hatte sich verfinstert und die Temperatur war erheblich gesunken. Obwohl sie erst vor kurzem Holz im Ofen nachgelegt hatte, war es kalt im Klassenraum. Deshalb stampfte sie mit den Füßen auf den Boden, um sie in Bewegung zu halten, während sie noch an ihrem Pult saß.

Sie musste nur noch einige Aufgaben für den nächsten Tag vorbereiten und für die Morgenandacht eine Stelle aus der Bibel auswählen, dann konnte sie das Feuer löschen und nach Hause gehen. Sie zog sich ihren Pullover ein wenig enger um den Körper.

Plötzlich ging die schwere Tür auf und Lisa hob den Kopf. Zwei Männer in langen, schweren Büffelmänteln und schwarzen Hüten, die sie tief ins Gesicht gezogen hatten, traten durch die Türöffnung. Sie brachten ein paar Schneeflocken mit herein. Lisa hatte diese Männer noch nie zuvor gesehen.

„Hallo“, sagte sie freundlich, weil sie dachte, sie hätten sich vielleicht verirrt. „Kann ich Ihnen helfen?“

Keine Antwort. Die beiden Männer kamen näher. Lisa sah, wie ihre dunklen Augen schnell durch den Raum glitten und jedes Detail in sich aufnahmen. Sie hatte ein ungutes Gefühl. Irgendeine Gefahr ging von den Männern aus. Lisa erhob sich.

„Kann ich Ihnen helfen?“, wiederholte sie. „Falls Sie die Stadt suchen …“

Der kleinere Mann blickte sehnsüchtig nach dem Eisenofen. Lisa sah, wie er seine Hand danach ausstreckte, als wollte er, wenn auch nur für einen Augenblick, seine Wärme spüren.

„Sie können sich gern ein wenig aufwärmen, bevor Sie weiterziehen“, bot Lisa an. Furcht durchströmte sie.

„Ich denke, wir haben keine Zeit, uns aufzuwärmen“, sagte der größere Mann grob. „Wir müssen noch eine Strecke reiten. Wenn

Sie jetzt also bitte Ihren Mantel holen würden, Miss – wir würden Sie gerne mitnehmen."

Lisa starrte ihn ungläubig an.

„Was?"

„Holen Sie Ihren Mantel, Miss." Der Befehl wurde etwas lauter wiederholt. Lisa erstarrte.

„Ich denke, Sie tun besser, was er gesagt hat, Miss", riet der kleinere Mann. „Es wäre leichter, wenn Sie sich gefügig zeigen würden."

„Aber ich … ich kann nicht mitkommen. Meine Familie erwartet mich."

„Dann wird Ihre Familie halt noch eine ganze Weile warten müssen", konterte der große Mann. Lisa sah den Lauf einer Pistole aus dem Ärmel seines schweren Mantels hervorschauen.

„Aber ich …"

Lisa versteifte sich und richtete sich zu ihrer vollen Größe auf. Sie atmete tief durch und redete sich selbst gut zu. Keine Panik. Gleichzeitig zitterte sie am ganzen Körper. Sie hatte Angst, ohnmächtig zu werden.

Sie schloss die Augen und klammerte sich nun mit beiden Händen an ihrem Pult fest. *Verlass dich auf den Herrn,* sagte sie sich innerlich. Weiter kam sie nicht mit ihrem Gebet.

„Hol deinen Mantel", brüllte der große Mann erneut. „Und ich rate dir, dir noch andere Sachen mitzunehmen, die dich warm halten. Wir haben noch einen langen Weg vor uns."

„Wenn Sie denken, ich hätte die Absicht, mit Ihnen zu reiten …", begann Lisa. Sie war selbst erstaunt, dass sie den Mut dazu aufbrachte.

Ihre Worte wurden durch ein heiseres Lachen unterbrochen. Der große Mann wandte sich an den kleineren. „Du hast uns eine ausgesucht, die Mumm hat, Sam." Er lachte erneut. „Das gefällt mir. Könnte sich zu unseren Gunsten auswirken – später." Seine Augen wurden wieder kalt. „Aber nicht jetzt. Also, hol deinen Mantel!"

Lisa schob ihr Kinn vor und versuchte sich zu beruhigen. „Ich werde nirgendwohin mitgehen", stieß sie mühsam hervor.

Der große Mann packte Lisa am Handgelenk. Sie zuckte vor

Schmerzen zusammen. Grob zerrte er sie zu dem Haken, an dem ihr Mantel hing. Sie wehrte sich gegen seinen Griff und wand sich hin und her, um sich zu befreien. Doch der Griff um ihr Handgelenk verstärkte sich nur noch.

In einem letzten Versuch wirbelte Lisa herum und zerkratzte ihrem Angreifer das Gesicht. Blutstropfen zeigten sich in den Striemen auf seiner Wange, bevor er sie zu Boden schleuderte.

Der Mann stieß finstere Flüche aus. „Sam, hol mir das Seil!", rief er.

Der andere Mann trat vor. Ein hässliches Seil lag nun in seiner Hand. Einen Augenblick lang blieb er stehen und starrte auf sie hinunter, während er an seinem Schnurrbart kaute. Lisa kämpfte gegen ihre Tränen an. Ihr Handgelenk schmerzte, als wäre es gebrochen.

„Brauchen wir das, Miss, oder werden Sie vernünftig sein?", fragte der Mann mit Namen Sam.

Lisa nickte stumm. Der große Mann zerrte sie grob wieder auf die Beine. „Dann nimm deinen Mantel und ich sage das nicht noch einmal!", brummte er.

Lisa hatte keine Wahl als zu gehorchen.

„Nehmen Sie alles mit, was Sie brauchen werden", sagte der kleinere Mann. „Sie werden eine Weile nicht zurückkommen."

Lisa hatte das Gefühl, dass in seiner Stimme eine Spur von Mitleid lag. Ihr Instinkt riet ihr, seinen Anweisungen widerspruchslos zu gehorchen. Vielleicht würde sie, wenn sie keinen Widerstand leistete, im Laufe der Zeit in ihm einen Verbündeten finden.

Schnell ging sie zu ihrem Mantel. Sie ließ ihren Blick durch den Raum gleiten, um zu sehen, was sie mitnehmen und was ihr in einer ungewissen Zukunft von Nutzen sein könnte. Mit ihrer schmerzenden Hand nahm sie ihren schweren Mantel vom Haken, zog ihn an und knöpfte ihn zu. Dann steckte sie ein paar Sachen in ihre Stofftasche. Sie hatte nur wenige Dinge ins Schulhaus mitgebracht. Gerade als sie gehen wollte, bemerkte sie ihre Bibel und steckte sie schnell noch in ihre Tasche. Sie hatte den

Eindruck, dass sie ihr in der kommenden Zeit noch wichtiger werden würde als je zuvor.

Sie konnte sich des Gefühls nicht erwehren, einen schrecklichen Alptraum zu erleben. Nichts von alledem schien wirklich zu sein. Sie betete, dass es tatsächlich ein Traum sein möge, dass sie bald aufwachen und ihr Leben wie gewohnt weiterführen würde. Aber der Schmerz in ihrem Handgelenk war eine Erinnerung daran, wie real ihre gegenwärtige Situation wirklich war. Sie musste etwas unternehmen. Sie musste sich irgendwie schützen. Aber was konnte sie tun?

Ihre Hände zitterten und sie fühlte sich schwach. Es hatte keinen Zweck, zu schreien – niemand würde sie hören. Es hatte auch keinen Zweck, sich zu wehren. Und sie konnte auch nicht davonlaufen, zumindest nicht im Augenblick.

Sie wurde entführt. Grausam *entführt* – von zwei Banditen. Sie wusste nicht, warum, und sie wusste auch nicht, wo sie sie hinbringen würden, aber sie zitterte bei all den Fragen, die ihr im Kopf herumgingen. Was würden sie mit ihr machen, was würden sie ihr antun? Würde sie jemals ihr Zuhause wieder sehen? Was würden ihre Eltern denken? Ihre arme Mutter? Ihre Schüler? Bernard Dikerson? Ihr …

Nein! Nein, sie musste aufhören zu denken. Das würde sie verrückt machen. Sie musste beten. Sie musste Gott vertrauen. Sie musste.

Aber es war schwer, sich auf Bibelstellen zu konzentrieren, während sie grob zur Tür gestoßen und zu den wartenden Pferden gezerrt wurde. Es war schwer, vernünftig zu beten. Sie konnte nicht einmal richtig denken.

„Oh Gott“, war alles, was sie herausbrachte.

Sie wurde auf eines der Pferde gesetzt. Einer der Männer legte ihr eine Decke über die Beine.

„Wickeln Sie sich fest ein. Es ist bitterkalt“, sagte der kleinere der Männer.

Widerstrebend gehorchte Lisa.

„Können Sie reiten?“, fragte der größere Mann.

„Ein wenig“, erwiderte Lisa mit zitternder Stimme.

Er nickte, als wäre das in Ordnung. „Sie werden jetzt reiten“, sagte er mit seiner rauen Stimme und nahm das Führseil, das am Zaumzeug ihres Pferdes angeknotet war. Sie ritten los. Ein Mann vor ihr, einer hinter ihr.

Es schneite jetzt schon ziemlich stark.

⁂

Mrs. Benson ließ den Vorhang zurückfallen. Ihre Augen waren dunkel vor Sorge, als sie sich wieder dem Küchenherd zuwandte, wo das Abendessen wartete. Sie war sehr besorgt. Lisa kam nie so spät. Und es schneite. Ziemlich stark sogar. Das gefiel ihr gar nicht. Sie ging zum Wohnzimmer, um erneut mit ihrem Mann zu sprechen. Vielleicht sollte er …

Als sie zur Tür kam, zog er sich gerade seinen schweren Wintermantel an. „Ich denke, ich gehe ihr entgegen“, sagte er. Es sollte gelassen klingen.

Erleichtert lächelte sie ihn an. „Nimmst du die Laterne mit?“, fragte sie einfach.

Er blickte zum Fenster hinaus auf den fallenden Schnee. Es wurde immer dunkler. Er nickte langsam.

„Ist vielleicht gar nicht schlecht“, erwiderte er. „Vermutlich arbeitet sie noch und hat die Zeit vergessen. Sie hat bestimmt nicht gemerkt, dass ein Schneesturm aufgezogen ist.“

Mrs. Benson wusste, dass er versuchte, sie damit zu beruhigen. Sie wusste auch, dass ihre Lisa niemals die Zeit vergaß oder das Wetter nicht bemerkte.

„Vielleicht ist sie aber auch ausgerutscht und hat sich den Knöchel verrenkt, oder so etwas“, erwiderte sie. „Es ist schrecklich …“

„Na komm schon, Mutter“, beruhigte ihr Mann sie. „Wir wollen doch nicht den Teufel an die Wand malen.“

Seine Worte vermochten jedoch nicht, sie zu beruhigen.

Sie zündete schnell die Laterne an und brachte sie ihm. „Vielleicht ist sie noch im Schreibwarenladen vorbeigegangen“, sagte sie, um eine Erklärung zu finden. „Sie sagte, sie brauche noch Tinte.“

„Wahrscheinlich hat sie sich mit einem ihrer Schüler verplaudert, oder mit Freunden und hat …“ Er brach ab.

Mrs. Benson wusste, dass er sagen wollte: „Und hat die Zeit vergessen."

„Dort werde ich zuerst nachfragen", sagte er stattdessen.

Besorgt sah sie ihm nach. Sie fühlte sich ganz elend. Lisa war noch nie so spät gekommen, dass sie sich hätte Sorgen machen müssen. Es sah ihr gar nicht ähnlich.

Mrs. Benson kehrte in die Küche zurück. Sie würde versuchen müssen, das Abendessen genießbar zu halten.

Die Suche

Sie ritten die ganze Nacht hindurch bis lange in den nächsten Tag hinein. Lisa hatte schon längst die Orientierung und jegliches Zeitgefühl verloren. Nur ein einziges Mal hielten sie an. Sam stieg ab und ging zu Lisa.

„Am besten ziehen Sie Ihre Schuhe aus und diese hier an", meinte er. Lisa war derart kalt, dass sie keine Kraft hatte zu widersprechen. Der Mann zog ihr die Schuhe von den Füßen und streifte ihr weiche, mit Fell gefütterte Mokassins über. Ihre Schuhe steckte er in eine der Satteltaschen des Packpferdes. Dann reichte er Lisa schwere Pelzhandschuhe. „Ziehen Sie die an", befahl er und Lisa gehorchte.

Zumindest kümmerten sie sich um sie – in gewisser Weise. Aber warum? Warum hatten sie sie entführt? Was war der Grund dafür, sich eine einfache Lehrerin auszusuchen? Sie mussten sie mit jemand anderem verwechselt haben. Ihr Vater war doch nur ein einfacher Gemeindepfarrer – kein reicher Mann. Er hatte kein Geld, um für ihre Freilassung zu bezahlen. Aber falls ein Lösegeld nicht das Motiv war, was denn dann?

Die Frage ließ Lisa das Blut in den Adern gefrieren. Sollte sie vielleicht ein Schicksal erleiden, das schlimmer war als der Tod?

„Oh Gott – bitte nicht das", hauchte sie in die kalte Nachtluft hinein.

Es war bereits dunkel, als Lisa die verschwommenen Umrisse einer Hütte entdeckte. Der Mann mit Namen Sam half ihr vom Pferd und führte, nein, er trug sie beinahe in die Hütte, in der es kaum wärmer war als draußen.

Sam machte sich sofort daran, ein Feuer anzuzünden und deutete mit dem Kopf zu den Flammen, als er Lisa ansprach.

„Gehen Sie nur nicht zu schnell zu dicht heran. Sie könnten ohnmächtig werden."

Damit ließ er sie bei dem großen, finsteren Mann zurück und verschwand nach draußen, um sich um die Pferde zu kümmern.

Der große Mann sagte keinen Ton. Er setzte weder seinen Hut ab noch zog er seinen Mantel aus, sondern ging zu einem groben Holzgestell in der Ecke, das anscheinend ein Bett sein sollte.

„Ich muss mal eine Mütze voll Schlaf nehmen", sagte er und sogar diese Worte klangen drohend. „Machen Sie aber keine Dummheiten. Ich habe schon mehr als einen Mann im Schlaf erschossen."

Lisa zitterte und das kam nicht nur von der Kälte. Sie biss sich auf die Lippe, um nicht in Tränen auszubrechen, und kauerte sich trotz Sams Warnung noch dichter ans Feuer heran.

Als Sam wieder hereinkam, kochte er einen Topf Kaffee. Lisa war erstaunt, wie gut er roch. Sie fragte sich, wie ihr Magen trotz der Umstände darauf reagieren konnte.

Sam goss ihr eine Tasse ein, dann wühlte er in einer Satteltasche herum, die er mit hereingebracht hatte, und reichte ihr etwas. Es sah nur leider nicht gut aus und roch auch nicht gut. Lisas Magen revoltierte, obwohl er sich nach etwas Essbarem sehnte.

„Dörrfleisch", erklärte ihr der Mann. „Der Boss hat eigentlich nicht viel für Indianerdinge übrig – außer für Dörrfleisch. Er lässt es mich so zubereiten, wie ich es gelernt habe von –" Er brach abrupt ab und drückte ihr dann noch etwas anderes in die Hand. „Schiffszwieback. Essen Sie. Das ist alles, was Sie in der nächsten Zeit bekommen werden und Sie werden Ihre Kräfte noch brauchen."

Lisa warf einen Blick in die Ecke der Hütte. Sie konnte den anderen Mann bereits schnarchen hören. Vorsichtig biss sie in den Schiffszwieback. Er schmeckte nach nichts und war schwer zu kauen, aber es hätte schlimmer sein können. Sie nahm noch einen Bissen und spülte ihn mit dem Kaffee hinunter.

Wieder warf sie einen Blick auf den Mann in der Ecke. Konnte sie es wagen, Sam Fragen zu stellen?

„Ich … ich verstehe nicht … was das alles soll", sagte sie vorsichtig. „Hier muss ein Irrtum vorliegen. Ich … ich bin nicht die, für die Sie mich anscheinend halten.“

Sam biss ein großes Stück von dem Dörrfleisch ab und brauchte eine Weile, bis er es gekaut hatte. Erst dann gab er eine Antwort.

„Und für wen halten wir Sie?“

„Ich … ich habe keine Ahnung. Ich … ich bin doch bloß eine Lehrerin“, sagte sie stotternd.

„Ich habe nichts gegen Lehrerinnen“, meinte der Mann und nahm einen Schluck des heißen Kaffees, um das Dörrfleisch hinunterzuspülen.

„Aber warum …?“

„Also, Miss, darüber machen Sie sich mal keine Gedanken.“

Er biss erneut ein Stück vom Dörrfleisch ab.

„Ich soll mir keine Gedanken machen!“, rief daraufhin Lisa mit lauter Stimme und erhob sich.

Sam warf einen schnellen Blick in die Ecke und erinnerte Lisa daran, dass sie besser vorsichtig sei.

Vor dem Feuer sank sie nun wieder in sich zusammen. Trotz ihrer Entschlossenheit stiegen ihr Tränen in die Augen und liefen an ihren noch immer eiskalten Wangen hinunter. Mit zitternder Hand wischte sie sie fort. Währenddessen verspeiste Sam seelenruhig sein Dörrfleisch.

Lisa sagte nichts mehr. Es war Sam, der das Schweigen schließlich brach. Er hatte seinen Anteil an den Vorräten hinuntergeschlungen und sogar seine dritte Tasse Kaffee getrunken. Jetzt wischte er sich mit dem Handrücken über seinen Schnurrbart und schniefte.

„Wie geht’s Ihrem Handgelenk?“, fragte er, als wäre das eine ganz gewöhnliche Frage.

Lisa blickte ihn erstaunt an, sagte aber nichts.

„Lassen Sie mich mal sehen“, schlug er vor.

Sie zögerte einen Augenblick, hielt es ihm dann jedoch gehorsam hin.

Er nahm ihr Handgelenk in beide Hände und fuhr mit Daumen und Zeigefinger über den schmerzenden Bereich, er bewegte es hin und her und betastete während dieser Bewegung jeden Knochen und Muskel. Lisa kämpfte gegen ihre Tränen an.

„Glaube nicht, dass es gebrochen ist“, sagte er schließlich, „aber es wird wohl noch eine Weile wehtun.“

Das war keine Entschuldigung und auch kein Angebot, ihr die Schmerzen irgendwie zu erleichtern. Er ließ ihre Hand los und holte sich die nächste Tasse Kaffee.

Während er die dicke, dampfende Flüssigkeit ausgoss, begann er erneut: „Wenn ich Sie wäre, würde ich mich jetzt neben dem Feuer zusammenrollen und ein wenig schlafen. Ich denke, dass wir morgen früh weiterziehen werden und es liegt noch ein mächtig anstrengender Ritt vor uns.“

Lisa nickte. Das Feuer machte sie schläfrig.

„Hier, nehmen Sie das“, sagte Sam und warf ihr seinen Mantel aus Büffelfell hin. Lisa nahm ihn und breitete ihn mit ungeschickten Bewegungen vor dem Feuer aus.

*

Sobald Mrs. Benson den Schritt ihres Mannes hörte, öffnete sie die Tür. Schnell blickte sie hinaus in die Dunkelheit. Sehr zu ihrem Entsetzen stand er alleine im Schnee.

„Was –?“, begann sie, doch er eilte an ihr vorbei in den Raum.

Erst jetzt sah sie sein Gesicht und erkannte, dass er genauso besorgt war wie sie.

„Ich … ich habe sie nicht gefunden“, gestand er.

„Hast du es denn im Laden versucht?“

Er nickte. „Dahin bin ich zuerst gegangen.“

„Warst du auch in der Schule?“

„Natürlich war ich in der Schule.“ Seine Angst ließ ihn kurz angebunden werden, was höchst ungewöhnlich für ihn war. Bei seinen scharfen Worten wurde sie nun von Furcht ergriffen.

Tränen stiegen ihr in die Augen und sie rang aufgeregt die Hände. Er trat vor und zog sie an sich heran. „Ruhig, mein Schatz“, sagte er, doch sie spürte, dass auch er mit den Tränen kämpfte. „Wir wollen keine voreiligen Schlüsse ziehen. Ich bin sicher, es gibt irgendeinen Grund, dass …“

„Welchen Grund?“, unterbrach sie ihn. Sie zog sich von ihm zurück. „Was kann nur …?“

„Ich weiß es nicht."

„Sie ist doch noch nie zu spät gekommen. Das passt gar nicht zu ihr."

„Vielleicht hat es einen Notfall mit einem ihrer Schüler gegeben."

Das war etwas, woran sie sich klammern konnte. Sie betete, dass er Recht haben möge. Doch noch während er die Worte aussprach, begann ihr Herz zu zweifeln.

„Aber, sie hätte uns dann doch irgendwie benachrichtigt. Sie weiß, dass wir uns Sorgen machen."

„Vielleicht war es ihr nicht möglich, uns zu benachrichtigen. Vielleicht hatte sie keine Zeit dazu", fuhr er fort.

„Komm zu Tisch", sagte sie und klopfte ihm den Schnee vom Mantel. „Das Abendessen ist fertig." Ihre Stimme klang erschöpft – wie erloschen.

Er wehrte sich. „Nein, nein, ich bin nur gekommen, um dir Bescheid zu sagen …" Seine Stimme verklang. „Wir – ich habe mit dem Sheriff gesprochen – mit einigen Leuten aus der Stadt. Wir werden weitersuchen. Wir werden in den Häusern aller Schüler nachfragen, um sicherzustellen …"

„Aber es ist dunkel. Und der Schneesturm …"

„Wir werden Laternen nehmen."

Ihr nächster Einwand blieb ihr im Hals stecken, zwischen der Sorge um ihren Mann und der Angst um ihre Tochter. Stumm nickte sie. „Geht aber immer zu zweit", meinte sie leise. „Bist du warm genug angezogen?"

Er nickte.

Wieder zog er sie an sich. Ihre Sorge hatte sich nun zu Angst gesteigert, und jetzt hatte sie das Gefühl, als würde ihr die Luft abgedrückt. Sie gestattete es sich, in seiner Umarmung zu ruhen. Tränen tropften auf seinen Mantel und mischten sich mit dem schmelzenden Schnee auf seiner Schulter.

Sie spürte, wie er den Kopf neigte und ihr silbergraues Haar küsste.

„Wir werden sie finden", versprach er mit zittriger Stimme.

Sie hob den Kopf und suchte nach ihrem Taschentuch. „Du solltest etwas essen", sagte sie schniefend.

„Später."

„Geht immer zu zweit", erinnerte sie ihn erneut.

Er nickte.

„Du solltest dickere Handschuhe anziehen", meinte sie.

Er nickte. „Würdest du sie mir bitte holen?", bat er.

Sie wusste, er versuchte nur sie abzulenken, aber sie brachte ihm trotzdem die Handschuhe und sah zu, wie er die Handschuhe, die er trug, abstreifte, und die dickeren anzog.

„Ich werde beten", sagte sie und wischte sich erneut mit ihrem Taschentuch die Tränen ab.

Wieder streckte er ihr die Arme entgegen und sie ließ sich von ihm an sich ziehen. Er war jetzt ihr Seelsorger, nicht nur ihr Mann. Gemeinsam neigten sie den Kopf und beteten inbrünstig. Mit einem letzten Kuss auf die Stirn ließ er sie los und ging zurück in die dunkle Nacht.

*

Die Suche nach Lisa wurde so lange fortgesetzt, bis es schließlich unmöglich wurde, noch weiterzumachen. Bei jedem Schüler der Schule wurde nachgefragt. Die Antwort war immer dieselbe. Die Kinder waren entsetzt und verwirrt. „Sie war noch da, als wir gingen – genau wie immer", lautete die stets gleiche Antwort auf ihre Frage.

Die kleinen Mädchen weinten und die Jungen liefen aufgeregt herum. Es passte überhaupt nicht zu ihrer Lehrerin, einfach zu verschwinden. Da musste irgendetwas Schreckliches passiert sein.

Endlich kehrten die erschöpften und hungrigen Suchenden nach Hause zurück, durchgefroren von dem eisigen Wind. Es hatte einfach keinen Sinn, die Suche in der Dunkelheit noch fortzusetzen.

*

Trotz des unablässig fallenden Schnees stellte der Sheriff am folgenden Morgen eine Gruppe von Leuten zusammen, die die umliegenden Berge durchstreiften und sogar über die Berge hinaus die Ebene absuchten. Besonders intensiv wurde am Flussufer gesucht, weil man befürchtete, Lisa wäre vielleicht ausgerutscht und in den Fluss gefallen, als sie die Brücke überquerte. Aber man fand keinerlei Hinweise.

Bernard Dikerson bat seinen Vater, für ihre sichere Rückkehr eine Belohnung auszusetzen. Er erklärte sich dazu sofort bereit. Doch als im Laufe des Tages die Suchmannschaften zurückkamen brachten sie keine Neuigkeiten mit. Die ganze Stadt war fassungslos.

Nichts – keine Spur der vermissten jungen Frau war gefunden worden. Die Türen der Schule waren geschlossen und die Einwohner der Stadt standen flüsternd in kleinen Grüppchen zusammen, entsetzt und traurig über das tragische und geheimnisvolle Verschwinden ihrer geliebten Lehrerin.

Im Pfarrhaus war die Furcht und Trauer in jedem Raum zu spüren. Die Bensons klammerten sich verzweifelt aneinander. Sie beteten, sie weinten, sie erinnerten sich gegenseitig daran, dass sie an einen souveränen Gott glaubten und dann beteten und weinten sie erneut.

„Bestimmt … bestimmt weiß Gott, wo sie ist, und … und er kann sie auch beschützen", sagte Pastor Benson immer wieder. Mrs. Benson umklammerte ihr Taschentuch und nickte mit tränenüberströmten Wangen.

❋

Lisa konnte nicht sagen, ob es Tag oder Nacht war, als sie durch den Stoß eines Stiefels aus dem Schlaf gerissen wurde. Der große Mann stand über ihr und starrte ihr ins Gesicht.

„Es ist Zeit, aufzubrechen", befahl er.

Lisa erhob sich mühsam. Sie kam näher ans Feuer und strich sich vergeblich über ihren verknitterten Rock. Die Tür öffnete sich und Sam kam herein. Er zitterte vor Kälte und murmelte etwas vor sich hin.

„Verrücktes Wetter, um draußen zu sein", hörte sie ihn brummen.

„Wo ist denn dein Mantel, du blöder Ochse?", fragte der große Mann ohne Mitleid in der Stimme.

„Dachte nicht, dass ich ihn brauchen würde, um die Pferde fertig zu machen", erwiderte Sam, den Blick fest auf den Kaffee gerichtet, den er sich gerade in die Tasse goss.

Lisas Blick wanderte zu ihren Füßen. Sams schwerer Mantel hatte ihr in der Nacht als Bett gedient. Sie spürte, wie ihre Wangen warm wurden bei dem Gedanken, dass er lieber ohne Mantel in die eisige Kälte hinausgegangen war, als sie aufzuwecken. Es machte sie verlegen, gleichzeitig vermittelte es ihr aber auch Hoffnung. Vielleicht war dieser Mann doch gar nicht so bösartig.

„Was ist mit den Pferden?", fragte Will, während er seinen Kaffee trank.

Sam nickte. „Sind fast erfroren, glaube ich. Sie können es gar nicht erwarten, sich zu bewegen, damit ihr Blut wieder zu fließen beginnt."

„Dann lass uns aufbrechen", sagte Will und trank seinen Kaffee aus.

„Das Mädchen hat noch nichts gegessen", bemerkte Sam.

Will wandte sich Lisa zu und runzelte die Stirn. „Am besten nimmst du dir einen Zwieback oder zwei. Wir werden bestimmt nicht anhalten, um Tee zu trinken."

Lisa trat vor. Jeder Knochen in ihrem Körper protestierte. Zuerst der Ritt durch die Kälte. Dann die Nacht auf dem Boden. Ja, die ganze schreckliche Situation.

Sie griff nach einem Zwieback, doch der Schmerz in ihrem Handgelenk ließ sie nach Luft schnappen. Einen Augenblick lang hatte sie das Gefühl, ohnmächtig zu werden. Verzweifelt kämpfte sie dagegen an.

Sam machte eine Bewegung, als wollte er ihr zu Hilfe kommen und sie stützen, doch dann hielt er inne. Keiner sagte ein Wort.

Sobald der Schwindel nachließ und sie wieder klar sehen konnte, nahm sich Lisa mit ihrer linken Hand den Zwieback vom Tisch. Sie wechselte ihn in die rechte Hand, damit sie mit der linken von Sam den Kaffee entgegennehmen konnte.

Der Zwieback war hart, der härteste, den sie je gegessen hatte. Zögernd dippte sie ihn in ihren Kaffee und biss die aufgeweichte Hälfte ab. Es schmeckte nicht besonders, war aber zumindest genießbar.

Niemand musste Lisa erst dazu ermutigen, sich so warm wie möglich anzuziehen. Sie nahm die dicken Handschuhe entgegen und auch die Decke zusammen mit der mottenzerfressenen Pelzkappe für ihren Kopf. Trotzdem zitterte sie vor Kälte.

Sie wusste kaum, ob Tag oder Nacht war. Denn es schneite noch immer und der Schnee verdunkelte die Sonne, falls sie überhaupt irgendwo am Himmel stand. Die wirbelnde weiße Schneemasse ließ alle Orientierungspunkte verschwimmen. Lisa fragte sich, ob die beiden Männer wirklich wussten, wo sie waren, oder ob sie einfach nur durch den Schnee irrten. Sie wagte jedoch nicht, irgendwelche Fragen zu stellen.

Nach, wie es ihr schien, unendlichen Stunden des Umherirrens, brachte Will sein Pferd zum Stehen. Die anderen Pferde hinter ihm blieben ebenfalls stehen.

„Der Schnee ist zu tief", sagte er, als Sam näher kam. „Ich denke, wir sollten heute Nacht hier kampieren."

„Ich dachte, wir würden es heute schaffen. Würde gern in meinem eigenen Bett schlafen", sagte Sam.

„Das dauert zu lange. Ich glaube nicht, dass wir das Lager heute noch erreichen werden. Es ist zu riskant auf dem Felsvorsprung."

Sam nickte. Er schien nicht widersprechen zu können.

„Hier muss irgendwo eine Höhle sein", überlegte Will. „Sieh mal nach, ob du sie finden kannst."

Sam entfernte sich schimpfend. „Ich hoffe nur, dass kein großer Bär sie vor uns gefunden hat", hörte Lisa ihn sagen.

Will wandte sich an sie. „Steigen Sie ab", sagte er. Er bot ihr keine Hilfe an. Und obwohl Lisa sich nicht sicher war, ob ihre Beine sie tragen würden, stieg sie mit steifen Gliedern ab.

Es war genau, wie sie befürchtet hatte. Obwohl sie sich an das Pferd geklammert hatte, konnte sie nicht aufrecht stehen bleiben. Ihre Beine gaben unter ihr nach, und sie fand sich im Schnee wieder.

„Frauen!", schimpfte Will und fluchte laut. „Haben nicht mehr Rückgrat als eine Schlange."

Lisa rechnete damit, im Schnee liegen zu bleiben, bis sie die Kraft fand, wieder aufzustehen – oder Sam sich ihrer erbarmte. Aber sehr zu ihrem Erstaunen bückte sich Will und hob sie hoch.

Mit Leichtigkeit trug er sie auf die andere Seite des Pfades und setzte sie grob auf einem Baumstumpf ab, ohne vorher den Schnee davon zu entfernen.

Lisa blieb schweigend sitzen. Unter keinen Umständen wollte sie in Tränen ausbrechen. Sie würden nur an ihren eiskalten Wangen festfrieren und sie noch unglücklicher machen, als sie ohnehin schon war.

Nach einiger Zeit kam Sam zurück und verkündete, er hätte die Höhle gefunden – und sie sei unbewohnt.

Sam zog die Pferde hinter sich her und Lisa schaffte es sogar, einen Fuß vor den anderen zu setzen. Unter großen Schwierigkeiten folgte sie dem Pfad, den Sam und die Pferde hinterließen. Will bildete das Schlusslicht.

Sie suchten Schutz in der Höhle. Sam machte ein Lagerfeuer, und zu Lisas Erstaunen war es dort wärmer als in der Hütte. Aber schon bald erfüllte grauer Rauch die Höhle und brannte in ihren Augen. Deshalb zog sie sich in die hinterste Ecke zurück, obwohl sie sich nach der Wärme des Feuers sehnte. Sam machte Kaffee. Zum Abendessen gab es erneut harten Zwieback und Dörrfleisch. Nach diesem kärglichen Mahl war Lisa nur zu gern bereit, sich auf Tannenzweigen und Sams Mantel auszustrecken, denn sie war total erschöpft. Außerdem konnte sie nur im Schlaf den Schrecken ihrer gegenwärtigen Situation vergessen – wenn auch nur für wenige Stunden.

Ankunft

Als sie am folgenden Tag weiterritten, war Lisa sehr traurig, weil jede Stunde, die verging, sie weiter von ihrer Familie und ihrer Heimat fortführte. Sie sehnte sich nach ihrem Vater und ihrer Mutter. Wenn sie sich nur irgendwie mit ihnen in Verbindung setzen, ja, Sie benachrichtigen könnte, dass ihr nichts zugestoßen war – zumindest noch nicht. Sie machte sich Gedanken um ihre Schüler. Was würden sie tun? Was würden sie von ihr denken, wenn sie nicht zum Unterricht erschien?

Sie betete und machte sich dann erneut Sorgen. Immer wieder dachte sie über Fluchtmöglichkeiten nach, doch dann klammerte sie sich an das eine Wort: Vertrauen. *Bestimmt weiß Gott, wo ich bin, auch wenn ich das nicht weiß,* beruhigte sie sich in Gedanken, doch lange hielt der Trost dieses Gedankens nicht an.

Hör auf damit, ermahnte sie sich. *Du kannst nicht vertrauen und dir gleichzeitig Sorgen machen – oder doch?*

Aber es war so schwer, sich daran zu halten.

Der blendende Schnee wirbelte um sie herum. Ihr müdes Pferd stolperte weiter. Ihre Knochen taten weh. Ihr Körper war vor Kälte wie betäubt. Manchmal fragte sie sich, ob sie nicht mehr tot als lebendig war – aber sie ritten weiter durch die blendend weiße Landschaft.

Es musste Nachmittag sein, als sie das seltsame Gefühl hatte, dass mehr als nur der fallende Schnee sie auf dem Weg behinderte. Sie sah sich um, konnte aber nur wenig erkennen. Manchmal spürte sie, dass sie sehr dicht an irgendetwas vorbeiritt. Immer wieder erhaschte sie einen Blick auf festes Gestein. *Ist das vielleicht irgendein Durchgang?* fragte sie sich. Aber sie konnte nicht gut genug sehen, um ihre Frage zu beantworten.

Zusammengesunken hockte sie auf ihrem Sattel, die Augen halb geschlossen, als sie spürte, dass ihr Pferd schneller wurde. Dann hörte sie ein Wiehern von dem großen Schwarzen, den der Mann vor ihr ritt. Sams Pferd drückte von hinten gegen ihres.

Ganz in der Nähe kam als Antwort ebenfalls ein Wiehern. Lisa spürte die Aufregung der Tiere und der beiden Männer, die sie führten. Gebäude tauchten vor ihr auf. Durch den Schnee hindurch konnte sie sie leider nicht deutlich erkennen und sie konnte sie auch nicht zählen. War das womöglich eine Stadt? Aber nein, sie wirkten zu verfallen. Baufällig. Und dann hörte sie, wie Will mit seiner lauten, heiseren Stimme „Hoo“ sagte und alle Pferde gleichzeitig stehen blieben.

Lisa rührte sich nicht. Sie merkte, dass jemand neben ihr stand und fragte sich, ob man sie vom Pferd heben oder sie herunterfallen lassen würde.

„Bring sie zu der hinteren Hütte. Einer von den Jungs soll sich um die Pferde kümmern“, befahl Will. Ihr Pferd setzte sich wieder in Bewegung. Sam führte es.

Es war ausgeschlossen, dass sie es vom Pferd allein in die Hütte schaffte. Deshalb trug Sam sie halb, halb stützte er sie. In der Hütte setzte er sie dann auf einer Holzkoje ab.

„Ich werde Feuer machen“, verkündete er. „Bald wird es hier recht erträglich sein.“

Lisa antwortete nicht.

Sie hörte zwar, wie der Mann in der Hütte umherging und spürte, dass das Feuer brannte, aber es war ihr egal. Es war ihr vollkommen egal. Sie war total durchgefroren und unglaublich müde. Ihr geschwollenes Handgelenk tat im Augenblick nicht mehr weh als ihr gesamter Körper. Sie schloss die Augen und fiel fast augenblicklich in einen tiefen Schlaf.

*

Steif und vollkommen verspannt wachte Lisa an einem seltsamen Ort auf. Sie hatte keine Ahnung, wie lange sie geschlafen hatte.

Ihr erster bewusster Gedanke war, dass nach diesem fürchterlichen Schneesturm endlich die Sonne schien. Sie konnte zumindest ihren schwachen Schein durch das schmutzige Fenster sehen. Sofort sprach sie ein Dankgebet für die Sonne, denn jetzt war es möglich, dass sich ihre Familie und ihre Freunde auf die Suche nach ihr machten. Jetzt konnte sie darauf hoffen, gefunden zu werden.

Ihr nächster klarer Gedanke war, dass sie merkte, dass sie nicht allein war. Sie spürte Panik in sich aufsteigen, als ihr Blick suchend durch den Raum glitt.

Sie erspähte Sam, der auf einem Holzklotz saß, den Rücken gegen die Hüttenwand gelehnt. Die Füße hatte er auf den groben Tisch gelegt.

„Morgen“, sagte er träge, als sich ihre Blicke begegneten.

Lisa stöhnte nur. Das brachte ihn zum Lachen.

„Ein wenig steif, was?“, fragte er gut gelaunt.

Lisa richtete sich auf und stellte die Füße auf den Boden. Jede Bewegung tat ihr weh.

„Sie müssen Ihre Knochen ausschütteln“, meinte Sam und schnitt sich ein Stück Tabak ab.

„Habe Ihnen Sachen gebracht, die Sie vielleicht brauchen werden“, fuhr Sam fort und nahm seine Füße vom Tisch.

Lisa sah sich um. Das Zimmer war sehr klein. Ein Ofen stand darin, der raue Holztisch, zwei Holzklötze als Stühle und die Pritsche in der Ecke, auf der sie geschlafen hatte. Drüben bei der Tür entdeckte sie auf einem Regal eine angeschlagene Waschschüssel und einen grünen Emaillekrug. Auf dem Boden stand ein Eimer mit Wasser.

Ein zweiter Eimer stand daneben. Sam deutete mit dem Kopf darauf.

„Für das schmutzige Wasser“, erklärte er. „Das Fenster ist übrigens zugenagelt, Sie brauchen also nur zu warten, bis wir kommen und es wegbringen.“

Lisa bemerkte ihre Schultasche auf dem Tisch. Wenigstens ein kleines Stück von zu Hause hatten sie ihr gelassen. Das tröstete sie etwas.

Sam erhob sich. „Schätze, Sie wollen sich jetzt waschen. Das Wasser im Kessel ist heiß.“

Lisa hatte den Kessel auf dem Ofen nicht gesehen.

„Ich bringe Ihnen noch ein paar Handtücher."

Sam schlurfte zur Tür.

Lisa machte Anstalten, ihm zu folgen. Sie wollte dem unrasierten Mann hinterherrufen. Sie hatte so viele Fragen. Wo war sie? Würde sie hier bleiben müssen? Wie lange? Warum? *Warum?*

Doch noch bevor sie zum Sprechen ansetzen konnte, war er schon fort. Sie hörte, wie der schwere Riegel von außen wieder vorgeschoben wurde. Sie war eingeschlossen!

*

Den größten Teil der ersten beiden Tage ihrer Gefangenschaft in der Hütte verbrachte Lisa in Tränen der Furcht und Verzweiflung. Sie war eingeschlossen. Es gab kein Entrinnen. Sie wusste nicht, wo sie war, oder warum sie hier festgehalten wurde. Am meisten Angst machte ihr, dass sie nicht wusste, was die Männer, die sie gefangen hielten, mit ihr vorhatten.

Es gab keinen Ausweg. Sie hatte bereits mit aller Kraft an der Tür gerüttelt und versucht, die Bretter vor dem Fenster zu entfernen, bis ihre Fingerspitzen bluteten. Sie konnte nichts tun. Nichts außer weinen und beten.

Als Lisa schließlich am dritten Tag aufwachte, sah sie ihre Situation auf einmal mit anderen Augen. Bis zu diesem Zeitpunkt war ihr nichts allzu Schlimmes zugestoßen. Sie war eine Gefangene, das war natürlich schlimm, aber abgesehen von ihrer ersten Begegnung mit den beiden Männern und ihrem verletzten Handgelenk, war sie nicht verletzt oder gar misshandelt worden, zumindest bisher nicht. Und während dieser Zeit war auch nur Sam in die Hütte gekommen – obwohl sie draußen auf dem Weg auch andere Stimmen und Schritte gehört hatte. Sie war Gott dankbar für jeden Tag, an dem ihr nicht noch Grausameres zugestoßen war. Ihr Vater und die Leute aus der Stadt würden sicherlich nach ihr suchen, angeführt durch den Sheriff und seine Männer. Vielleicht waren sie schon ganz in der Nähe. Sie musste Geduld haben, ruhig bleiben und lernen, ihrem Vater im Himmel zu vertrauen. Ihre

Tränen und ihre Verzweiflung halfen ihr dabei nicht weiter. Lisa fuhr sich deshalb über die Augen und beschloss, dass dies ihre letzten Tränen gewesen waren.

*

„So, du hast sie jetzt hier – was nun?"

Sam spuckte ins Feuer und blickte seinen Boss an. Will sagte nichts. Er schien nachzudenken.

Endlich rührte er sich und wandte sich an Sam. „Bisher ist der Plan doch prima gelaufen", meinte er zufrieden. „Du hast dir ein gutes Mädchen ausgesucht. Hübsch und – na ja, sie kann das Blut von einem Mann schon in Wallung bringen. Sogar von einem, der so kühl und berechnend ist wie Kid."

Er brach ab und lachte. Es war kein angenehmes Geräusch. Sam rutschte nervös auf seinem Holzklotz herum.

„Der Schneesturm hat seinen Zweck erfüllt", fuhr Will Russell fort, und wieder brach er ab, spuckte aus und fluchte. „Nicht mal ein Indianer kann unsere Spur finden."

Bei dem Gedanken an den Schneesturm fuhr Sam ein eisiger Schauer über den Rücken. Mehr als einmal hatte er gedacht, sie würden im Sattel erfrieren.

„Also –", drängte Sam.

Will runzelte die Stirn. „Worüber machst du dir Gedanken?", brummte er.

„Ich mache mir keine Gedanken", gab Sam grob zurück. „Ich frage mich nur, wie lange ich noch das Kindermädchen für die kleine Lehrerin spielen soll."

Will stapfte durch den Raum und blickte zum Fenster hinaus. Der Schnee funkelte in der Sonne; die Hütten trugen flaumige Schneekappen, und die Bäume neigten sich unter dem Gewicht der weißen Masse. Es war eine wunderschöne Welt.

Aber Sam spürte, dass er gedanklich ganz woanders war. „Es wird Zeit, dass wir ein Treffen veranstalten", sagte Will und verzog sein Gesicht zu einem hässlichen Grinsen, das seine fleckigen Zähne entblößte und die gezackte Narbe an seiner Wange noch deutlicher hervortreten ließ.

Er wandte sich wieder an Sam. „Sag den Leuten, sie sollen nach dem Abendessen alle hier erscheinen. Wer hat Wache?“

Sam dachte kurz nach. „Im Augenblick – James. Danach Curly. Die erste Nachtschicht – McDuff.“

„Gut“, meinte Will. „Ich will sicher sein, dass Skidder heute Abend hier ist. Und Kid. Sieh zu, dass Kid hier ist!“

*

Will Russell begann wie üblich; er spuckte auf den Boden und räusperte sich. Sein Sohn beobachtete, wie der Blick seines Vaters über die Gruppe der rauen Männer glitt. Es war eine kunterbunt zusammengewürfelte Mannschaft.

„Ihr alle wisst, dass wir einen Gast haben“, begann er. Er hielt inne. Es kam keine Reaktion.

„Dieser Gast ist etwas Besonderes. Ich kann euch keine Einzelheiten nennen, ich will euch nur sagen, dass wir ihn unter allen Umständen behalten müssen. Mehr braucht ihr nicht zu wissen. Falls unserem – Gast – irgendetwas zustoßen sollte, das heißt, falls irgendetwas dazu führen sollte, dass er entkommt, nun, das würde ich gar nicht gern sehen.“

Er hielt erneut inne und ließ seinen Blick langsam über die Männer gleiten, wobei er ihn herausfordernd auf jedem Einzelnen ein paar Sekunden lang ruhen ließ.

„Habt ihr mich verstanden?“, brummte er.

Niemand rührte sich. John wusste, dass alle verstanden hatten. Der Gefangene durfte nicht entkommen.

„Das bedeutet, dass wir zusätzliche Wachen aufstellen müssen.“

Er ließ die Worte schwer in der Luft hängen und sah seinen Sohn an. John zwang sich, nicht zusammenzuzucken.

„Kid“, sagte er, „diese Aufgabe fällt dir zu.“

Das Gesicht des jungen Mannes zeigte keine Gefühlsregung. Er nickte nicht einmal. Es war nicht nötig, seine Zustimmung zu zeigen. Selbstverständlich würde er dem Befehl nachkommen.

„Von jetzt an bist du von deinem normalen Wachdienst befreit. Du hast nur noch die einzige Aufgabe, die Hütte zu bewachen.“

Will blickte seinen Sohn an. Ihre Blicke hingen einen Augenblick ineinander. Noch nie war er von seinem Vater begünstigt worden. Er erwartete keine Vergünstigungen. Und doch schien es ihm nicht gerecht zu sein, dass ihm die alleinige Verantwortung für den Mann in der Hütte übertragen wurde. Wen hielt sein Vater überhaupt dort fest? Irgendeinen Bankdirektor vielleicht, einen reichen Rancher, einen Politiker vielleicht oder einen Indianerhäuptling? Und was sollte das überhaupt alles? Wollte er ein Lösegeld erpressen? Das gefiel John nicht. Es gefiel ihm überhaupt nicht. Er hatte gespürt – ja er hatte gewusst – dass irgendetwas Seltsames im Busch war. Er hoffte nur, dass die Männer im Lager es nicht würden ausbaden müssen.

„Wie ich schon sagte", fuhr sein Vater fort. Sein dunkler Bart und die dunklen Augen ließen sein Gesicht noch drohender erscheinen. „Ich wäre überhaupt nicht glücklich, falls irgendetwas passieren würde – egal wer auch immer es zulässt."

Die Bedeutung dieser Worte war John klar. Er war für den Gefangenen verantwortlich und es würde ihm gar nicht gut ergehen, sollte etwas schief gehen.

*

„Bitte", sagte Lisa, als Sam die Tür einen Spalt öffnete und ihr einen Teller geruchlosen Essens reichte. „Bitte – können Sie nicht … können Sie nicht eine Minute warten? Ich muss wirklich … mit Ihnen reden."

Sam sah sich im Lager um. Niemand in Sicht. Unruhig trat er von einem Fuß auf den anderen. Dann schob er die Tür noch weiter auf und schlüpfte in den Raum.

„Ich … ich …", Lisa sah an sich hinunter. „Ich muss mich wirklich … frisch machen", sagte sie vorsichtig. „Ich habe diese Kleider nun schon … seit Tagen an." Sie hatte die Tage nicht gezählt und mittlerweile jedes Zeitgefühl verloren.

Einen Augenblick lang zeigte Sam Mitgefühl, doch dann zuckte er die Achseln. „Missy", sagte er, „falls Sie es noch nicht bemerkt haben, hier in der Nähe gibt es kein Geschäft für Damenkleidung."

„Aber bestimmt … bestimmt gibt es doch irgendeine Möglichkeit zu baden. Meine … meine Haare zu waschen und meine Kleider!“, protestierte Lisa. „Ich bin schmutzig.“

Der Mann zuckte erneut die Achseln. „Ich werde sehen, was ich tun kann“, versprach er und wandte sich um zum Gehen. Doch schnell fügte er noch hinzu: „Aber erwarten Sie nicht zu viel. Ich habe keine Ahnung, wo ich hier eine Badewanne auftreiben soll.“

„Vielen Dank“, hauchte Lisa, als er ging.

Seit sie hier angekommen waren, hatte sie versucht, nicht nachzudenken und einen Tag nach dem anderen bewältigt. Die meiste Zeit hatte sie damit zugebracht, in ihrer Bibel zu lesen. Nur so konnte sie die Unsicherheit und auch Langeweile überstehen. Und ab und an kam Sam, jedoch nur, um ihr einen neuen Vorrat an Holz und frischem Wasser zu bringen. Er leerte den Eimer mit dem gebrauchten Wasser und brachte ihr einen Teller voll Essen. Außer Sam sah sie niemanden.

Das einzige Fenster, durch das sie auch hindurchsehen konnte, ging nach hinten zu den Wäldern hinaus. Das kleine Fenster zum Lager war vernagelt worden, sodass Lisa noch immer keine Ahnung hatte, wo sie sich befand. Täglich betete sie für ihre Freilassung und jeden Abend dankte sie Gott dafür, dass man sie in Ruhe ließ. Aber sie hatte gleichzeitig das Gefühl, dass irgendetwas passieren musste – bald –, sonst würde sie noch den Verstand verlieren. Wie lange war sie nun schon hier? Sechs Tage? Eine Woche? Länger? Sie wusste es nicht. Aber jeder Tag schien sich endlos hinzuziehen.

Lustlos stocherte sie in ihrem Essen herum. An ihrer Gabel war ein Zinken abgebrochen. Plötzlich hörte sie jemanden an der Tür. Es war Sam, der den Kopf hereinsteckte.

„Sie haben eine gefunden?“, rief sie und sprang auf.

Er winkte ab.

„Habe noch nicht die Zeit gehabt, danach zu suchen“, erklärte er schnell. „Ich wollte etwas anderes.“

Lisa setzte sich enttäuscht wieder.

Sam betrat den Raum und senkte die Stimme, als fürchte er, jemand könnte ihr Gespräch belauschen.

„Ich dachte nur, Sie sollten wissen“, flüsterte er mit rauer

Stimme, „dass sich die Situation geändert hat. Ich werde nicht mehr kommen. Der Boss hat …“

Ein schreckliches Entsetzen erfasste Lisa. Mit zitternden Knien erhob sie sich und streckte die Hand nach ihm aus.

„Bitte, bitte“, flehte sie, „bitte keinen anderen. Ich … ich möchte nicht …“

„Beruhigen Sie sich doch“, sagte Sam leicht verärgert. „So schlimm wird das nicht werden. Kid wird sich Ihrer annehmen. Sie … Sie brauchen sich nur zu benehmen und …“

„Wer ist Kid?“, fragte Lisa mit vor Entsetzen weit aufgerissenen Augen.

„Ach, er ist gar nicht so übel. Das ist der Sohn vom Boss.“

Das Bild, dass sie sich von Will, den sie Boss nannten, die ganze Zeit über gemacht hatte, stand Lisa nun plastisch vor Augen. Sie hatte ihn wegen des vielen Schnees und auch in den dunklen Unterkünften zwar nie ganz deutlich sehen können, aber sie wusste genug, um ihn zu fürchten. Kaltes Entsetzen beschlich sie, als sie auch nur an seine Gegenwart dachte. Unbewusst rieb sie sich ihr rechtes Handgelenk. Zwar war es schon besser geworden, doch sie erinnerte sich noch immer an den stechenden Schmerz. Sams Boss war ein Verrückter. Und jetzt sollte sie von *seinem* Sohn bewacht werden! Sie begann am ganzen Körper zu zittern.

Sam wandte sich zum Gehen. „Dachte nur, Sie sollten es wissen“, sagte er, als er den Raum verließ und die Tür hinter sich ins Schloss zog. Lisa hörte, wie der Riegel vorgeschoben wurde.

*

In dieser Nacht fand Lisa nur wenig Schlaf. Sie vergaß ihr ungekämmtes Haar. Ihre verknitterten Kleider. Sie vergaß sogar, Holz nachzulegen. Stunde um Stunde lag sie zitternd in der Dunkelheit. Zitternd vor Furcht.

Sie versuchte zu beten, ja, sie versuchte zu vertrauen, aber jedes Mal, wenn sie die Augen schloss, sah sie das finstere Gesicht des Mannes vor sich, den sie den Boss nannten. Was würde nun mit ihr passieren? Lisa wünschte, sie wäre in dem Schneesturm umgekommen.

*

Lisa wachte auf, als sie vor ihrer Tür Schritte hörte. Anscheinend brachte Sam das Frühstück. Doch dann kam sie richtig zu sich und erinnerte sich daran, dass Sam ja überhaupt nicht mehr kommen würde. Dass von nun an der Sohn vom Boss sie versorgen würde.

Außer sich vor Angst ließ sie auf der Suche nach einem geeigneten Versteck den Blick durch den Raum gleiten. Gerade als sie sich eingestehen musste, dass es keines gab, wurde die Tür aufgestoßen.

Ein großer junger Mann zog den Kopf ein, als er eintrat. Sie sah, dass seine Hand an seiner Pistole lag, während er sich schnell im Raum umsah. Als er sie entdeckte, erstarrte er, und für einige Sekunden lag ein verwirrter und erschrockener Ausdruck auf seinem Gesicht.

Das Dilemma

Er stand wie angewurzelt im Türrahmen und starrte sie an. Das Essen in seiner linken Hand drohte vom Teller zu rutschen. Noch einmal ließ er seinen Blick schnell durch das Zimmer gleiten, als hätte er Angst, irgendetwas übersehen zu haben, und schließlich blieb er an ihr hängen.

Sie starrte ihn mit weit aufgerissenen Augen verängstigt an. Mit beiden Händen umklammerte sie die dünne Decke und hielt sie wie einen Schutzschild vor sich. Dann stieß sie einen erschreckten Schrei aus.

Dieses Geräusch schien ihn in die Wirklichkeit zurückzuholen. Mit seiner rechten Hand schob er seinen Hut ein wenig zurück. Aus der Art, wie er sich bewegte, schätzte sie, dass es aus reiner Nervosität geschah. Und doch wirkte er ruhig und gefasst. Sie hatte sich noch immer nicht erhoben, sondern saß auf dem Rand der Pritsche, bereit, jederzeit die Flucht zu ergreifen.

Er nickte ihr schweigend zu und trat ein.

Wortlos stellte er den Teller auf den Tisch. Noch einmal ließ er seinen Blick durch das Zimmer gleiten. Sie entdeckte eine Angstmachende Härte in seinem Gesicht und wusste instinktiv, dass sie diesen jungen Mann niemals bewusst herausfordern würde. Er wirkte irgendwie zornig – als ob ihn etwas sehr stark verärgert hätte. Aber was konnte sie nur getan haben?

Schließlich warf er noch einen Blick auf ihren Ofen und ohne ein Wort zu sagen, machte er Feuer. Dann nahm er ihren Wassereimer, füllte damit den Kessel und stellte diesen auf den Ofen. Das restliche Wasser füllte er in die leere Waschschüssel.

Noch immer hatte er kein Wort gesprochen und Lisa hatte den Teller mit dem Essen nicht angerührt. Er schenkte ihr keinen weiteren Blick, sondern ging mit dem Wassereimer nach draußen.

Der Holzriegel an ihrer Tür wurde vorgeschoben. Lisa hörte seine Schritte in dem frisch gefallenen Schnee knirschen. Und dann war er fort – so schnell und still wie er gekommen war.

Lisa zitterte von neuem. Sie fühlte sich nun ganz schwach und noch verängstigter – aber sie wusste nicht, warum.

Wer immer ihre Hütte betreten hatte, er hatte kein Bisschen *bösartig* ausgesehen. Er hatte ganz und gar nicht wie der Mann ausgesehen, den Sam den Boss nannte. Der Boss war dunkel und stämmig, dieser Mann war groß und geschmeidig. Er war auch sehr viel heller. Seine Augen waren nicht fast schwarz, sondern blau.

Aber die Erinnerung an diese durchdringenden blauen Augen ließen sie erneut erschaudern. Sie sehnte sich danach, dass Sam wiederkommen möge. Es war schon schlimm genug, gefangen gehalten zu werden, aber sich auch noch mit einem neuen Bewacher abfinden zu müssen …

Lisa straffte ihre Schultern und legte ihre Arme fest um sich, um so gegen die Furcht anzukämpfen, die sich ihrer bemächtigte. Dieser neue Bewacher hatte etwas zu Essen gebracht und sie musste essen, wenn sie bei Kräften bleiben wollte. Denn sie hoffte sehr darauf, dass bald der Tag käme, an dem sie einen Fluchtweg aus ihrem Gefängnis finden würde. Dafür musste sie bereit sein.

Trotz ihrer Angst und ihrem mangelnden Interesse an dem mit Essen vollgehäuften Teller knurrte ihr der Magen. Sie zwang sich also aufzustehen und ging zu dem Ständer mit der Waschschüssel.

Sie spritzte sich frisches Wasser ins Gesicht und wusch sich die Hände so gut sie konnte. Ohne Seife hatte sie immer das Gefühl, sich gar nicht richtig gewaschen zu haben. Trotzdem war es erfrischend. Anschließend goss sie das Wasser in den Eimer zu ihren Füßen, doch er war voll!

Er hatte vergessen, den Eimer mit dem gebrauchten Wasser zu leeren.

*

Noch nie in seinem Leben war John so durcheinander gewesen. Zuerst hatte ihn die Geheimnistuerei seines Vaters in Bezug auf seinen Auftrag beunruhigt, dazu kamen die strikten Befehle bezüglich der Bedeutung des Gefangenen, die das ganze Lager in dem Glauben ließen, sie hätten einen bewaffneten Desperado oder einen hochrangigen Regierungsbeamten in der Hütte eingesperrt. Und jetzt das – ein Mädchen. Nur ein Mädchen. Ein Mädchen gehörte nicht in ein Männerlager. In kein Männerlager. Und ganz bestimmt nicht in ihr Lager. Er zitterte schier vor Wut. Noch nie hatte er seinen Vater zur Rede gestellt, aber jetzt würde er ihn um ein paar Antworten bitten.

Doch zuerst musste er sich beruhigen. In diesem Zustand konnte er weder eine Konfrontation mit seinem Vater herbeiführen noch einen zweiten Besuch bei der Gefangenen wagen. Er schlug den Pfad durch den Wald ein zu der Quelle, wo sie ihr Wasser holten. Wie froh war er, dass ihm der Eimer in seiner Hand eine gute Entschuldigung lieferte.

Als er schließlich sein Ziel erreichte, hatte er sich noch immer nicht beruhigt. John starrte die Quelle an. Der kleine Teich war in der Nacht wieder zugefroren. Also nahm er die Axt zur Hand, froh darüber, seine Wut ein wenig abreagieren zu können.

Mit der Axt schlug er ein Loch in das Eis, das schon bald groß genug war, den Eimer hineinzutauchen, doch trotzdem hackte er weiter. Die Eisstücke flogen ihm nur so um die Ohren und landeten auf der frischen Schneedecke.

Warum hatte sein Vater das getan? Warum? Was steckte hinter dieser ganzen Sache? Bestimmt brachte das Mädchen der Bande nichts ein. Oder vielleicht doch? War sie vielleicht die Tochter irgendeines reichen Ranchers? Würden sie ein hohes Lösegeld erpressen können? Wenn das so war, dann hoffte er, dass es schnell gezahlt werden würde, damit sie wieder dahin zurückkehren konnte, wo sie hingehörte.

Er wusste nichts über Frauen, aber ihm gefiel der Gedanke nicht, eine von ihnen im Lager zu haben. Instinktiv wusste er, dass ihre Anwesenheit nur Ärger verursachen würde.

Schließlich legte er die Axt beiseite und tauchte den Eimer ins

Wasser. Aber er war noch nicht bereit, ihr wieder gegenüberzutreten. Noch nicht. Er zitterte noch immer von ihrer ersten Begegnung. Sie war so jung, so zart und ihr Haar hing ihr um die Schultern wie …

Er erschauderte und verdrängte diese Erinnerung. Er wollte nicht einmal daran denken. Schnell goss er das Wasser wieder in den Teich und hängte den Eimer an einen Ast. Zuerst würde er seine Pferde tränken. Vielleicht würde er sich danach wieder unter Kontrolle haben.

*

„Ich würde gern mit dir reden."

John stand vor seinem Vater in der Haupthütte, in der sich die Bande tagsüber aufhielt. Alle Männer waren versammelt, außer Shadow, der Wache hielt. Sieben Augenpaare hefteten sich bei diesen einfachen Worten auf ihn. Seine Stimme klang irgendwie anders als sonst.

„Allein", fügte er hinzu.

Will Russell sah nicht von seinem Kartenspiel auf, er nickte nur. Die Männer begannen, sich ohne weitere Fragen oder Anweisungen von ihren Plätzen zu erheben und verließen den Raum. Im Vorbeigehen nahmen sie ihre Jacken und Mäntel von den Haken neben der Tür.

Auf ein weiteres Nicken von seinem Boss hin nahm Sam wieder Platz. John erhob keine Einwände.

Ein paar der Männer wagten es, beim Hinausgehen leise zu fluchen. Obwohl die Sonne schien, war es draußen eisig kalt, und einige waren gerade mitten in einem Kartenspiel. McDuff schimpfte besonders laut. „Gerade wo ich so gute Karten hatte", hörte John ihn murmeln.

Die Tür schloss sich und es wurde still im Raum. Will Russell spielte unbeirrt weiter. Sam rutschte unbehaglich hin und her, schließlich holte er seinen Tabak aus der Tasche und schnitt sich ein großes Stück ab.

„Was ist los?", brummte Will, den Blick noch immer fest auf sein Spiel gerichtet.

John atmete tief durch, um seine Gefühle zu beruhigen und seine Stimme unter Kontrolle zu bekommen.

„Ich habe das Gefühl, dass du das sehr genau weißt", erwiderte er.

Noch nie hatten sie einander etwas vorgemacht. Will sah nun von seinem Spiel auf und begegnete dem stahlharten Blick seines Sohnes.

„Das Mädchen?", fragte er einfach.

John nickte.

Ein drückendes Schweigen lastete auf dem Raum. Will spielte ein paar Karten aus.

„Was tut sie hier?", fragte John mit kontrollierter, aber harter Stimme.

Will sah auf. „Du wagst es, mir Fragen zu stellen, Junge?", fragte der Mann drohend, dessen Augen immer dunkler wurden.

Sam rutschte erneut auf seinem Holzklotz hin und her.

„Ich bitte dich nur um eine Information – von Mann zu Mann", erwiderte John kalt.

Sein Vater schien sich zu beruhigen und widmete sich wieder seinen Karten.

„Pa?", drängte John.

Will schob sein Kartenspiel zurück und sah zu dem schlanken jungen Mann auf. Er deutete mit dem Kopf auf einen weiteren Holzklotz in der Nähe des Tisches und John wusste, dass er sich setzen sollte. Gehorsam zog er sich den Holzklotz heran und nahm Platz.

„Wir müssen uns doch noch ein paar Stühle besorgen", brummte Will.

„Das Mädchen", erinnerte ihn John.

„Hübsches kleines Ding, nicht?", erwiderte sein Vater und John spürte, wie er rot wurde. Es war eine neue Erfahrung für ihn, vor Zorn zu erröten. Sein Vater missverstand jedoch die Röte in seinen Wangen und lachte aus vollem Hals, schlug John auf den Rücken und blinzelte Sam zu.

Johns Zornesröte vertiefte sich. Nur mit Mühe behielt er seine Ruhe. Er *musste* unter allen Umständen ruhig bleiben.

„Sie ist tatsächlich hübsch", stimmte er zu, um seinen Vater abzulenken, aber gleichzeitig versuchte er, nicht an ihre Locken zu denken, nicht an ihre verängstigten Augen.

„Wie lange soll sie denn hier bleiben?“, fragte John.

Will blickte Sam an. „Na ja“, erklärte er mit seiner heiseren Stimme. „Das hängt davon ab.“

„Wieso ist sie hier?“, fragte John.

„Junge, du stellst aber wirklich viele Fragen, nicht wahr?“, erwiderte sein Vater. Seine Stimme klang ein wenig verärgert. John hütete sich davor, seinen Vater zu reizen.

„Ich dachte nur, weil ich zur Bande gehöre …“

„Ich muss solche Angelegenheiten mit der Bande nicht besprechen“, unterbrach ihn sein Vater.

John hatte Probleme, an sich halten, und am liebsten hätte er sofort die Hütte verlassen. Sein Vater ließ einfach nicht mit sich reden.

Aber er brauchte unbedingt noch ein paar Antworten. Er atmete also tief durch, um seine Nerven zu beruhigen, und beschloss, einen anderen Ansatz zu wagen.

„Na ja, ich meine, weil ich dein Sohn bin …“

So etwas hatte er noch nie zuvor getan, mit keinem Wort hatte er jemals angedeutet, dass er anders behandelt werden wollte als die anderen Bandenmitglieder, nur weil er der Sohn vom Boss war.

Deshalb nahm sein Vater auch diese Worte ganz und gar nicht freundlich auf. Mit seinen dunklen Augen und gerunzelter Stirn blickte er ihn an. „Und ich sage“, donnerte er und ließ seine Faust auf den Tisch krachen, dass seine Karten hochsprangen, „wenn die Zeit kommt, dass du bestimmte Privilegien bekommst, dann nur, weil ich sie dir gebe! Verstanden?“

„Jawohl, Sir“, antwortete John und berührte seinen Hut mit unbewusster Unterwürfigkeit.

„Und jetzt verschwinde hier und befolge Deine Befehle!“, bellte sein Vater.

John nickte und verließ den Raum, wobei er nicht unbedingt beruhigter war als zuvor.

⁕

„Denkst du wirklich, dass das funktionieren wird?“, fragte Sam, als er ihnen beiden eine Tasse Kaffee eingoss, nachdem sich der Boss ein wenig beruhigt hatte.

Will blickte auf und zwinkerte mit den Augen. „Natürlich wird es funktionieren“, brummte er fröhlich. „Er ist doch schon ganz schön in Rage.“

*

Erst am späten Vormittag fühlte sich John stark genug, Lisa den Eimer mit dem frischen Wasser in die Hütte zu bringen. Ganz bewusst machte er viel Lärm mit dem Riegel, um sie zu warnen, dass er kam.

Sie saß gerade auf dem Holzklotz am Tisch. Ein offenes Buch lag vor ihr und sie blickte irritiert davon hoch, als er die Tür öffnete.

Ihr Haar hing ihr nun nicht mehr auf den Schultern, sondern sie hatte es an ihrem Hinterkopf hoch gesteckt. Dadurch wirkte ihr Gesicht noch kleiner und ihre Augen noch größer. Sie waren dunkelblau und blickten sie offen an. Gleichzeitig wirkte sie verängstigt und verwirrt. John blickte schnell zur Seite, denn er hatte das Gefühl, ihr direkt in die Seele zu blicken und so in ihre Privatsphäre einzudringen.

„Habe Ihnen Wasser gebracht“, sagte er, nur um die Stille zu durchbrechen, denn sie konnte ja sehr wohl sehen, dass er einen Eimer in der Hand hatte.

Der Teller stand noch auf dem Tisch. Sie hatte zwar etwas gegessen, aber nicht so viel, wie sie eigentlich gesollt hätte. Er nahm an, dass sie unter den gegebenen Umständen wenig Appetit hatte.

John sah nach dem Feuer, stellte aber fest, dass sie bereits Holz nachgelegt hatte. *Wenigstens kann sie für sich selbst sorgen,* dachte er.

Weil er sich in ihrer Gegenwart schrecklich verlegen fühlte, wäre er am liebsten ohne ein weiteres Wort wieder verschwunden. Doch er wollte sie zuerst noch fragen, ob sie etwas brauchte. Sie saß da, beobachtete ihn und sprach kein Wort. Sie wirkte allein, verängstigt und vollkommen fehl am Platze.

Er war bereits wieder an der Tür, als sie schließlich das Wort ergriff. Ihre Stimme war leise, weich und ziemlich zittrig.

„Der Eimer mit dem gebrauchten Wasser“, erinnerte sie ihn.

Er blieb stehen und sah sie an. Ihre Stimme hatte ihn erstaunt, denn er war sein ganzes Leben an tiefe, unfreundliche Männerstimmen gewöhnt.

„Der Eimer für das gebrauchte Wasser ist beinahe voll“, erklärte sie. „Ich habe nichts anderes für …“

Sie brach ab und blickte ihn verlegen an. „Für … alles“, beendete sie ihren Satz leise.

Er nickte und nahm den Eimer.

Seine Wut flackerte erneut auf, als er den Eimer zu den Büschen trug und dort ausschüttete. „Was für ein Leben für so ein kleines Ding!“, explodierte er. „Das ist einfach verrückt!“

*

In der Hütte hatte er bemerkt, dass Lisas Holzvorrat zur Neige ging. Er war über diese Arbeit recht froh, denn so konnte er mit der Axt seinen Zorn ein wenig abreagieren. Weil er dermaßen in Rage war, hackte er auch viel mehr, als er ursprünglich brauchte. Endlich legte er die Axt aus der Hand und wischte sich mit dem Ärmel den Schweiß von der Stirn. Dabei warf er seinen Hut in den Schnee. Er hatte vergessen, dass er ihn noch auf dem Kopf hatte. Leise schimpfend bückte er sich, um ihn aufzuheben. Vorsichtig schlug er ihn gegen sein Knie, um den Schnee davon abzuklopfen.

Noch immer hatte er nichts herausgefunden. Von seinem Vater hatte er keine Antwort bekommen und würde auch keine kriegen. Er wusste nicht, warum das Mädchen dort war oder wie lange sie bei ihnen bleiben sollte. Er wusste nur, dass sie eine junge Frau im Lager hatten und dass er sie bewachen sollte. Sie lebte hier unter beklagenswerten Bedingungen. Nicht einmal ein Mann würde sich in der dürftigen, groben Hütte wohl fühlen, auch er würde unter der Isolation leiden.

Und dann ging ihm plötzlich ein ungewohnter Gedanke durch den Sinn und ließ ihn erröten. War das der Grund, warum er so aufgebracht war? Wenn ein Mann dort in der Hütte gefangen gehalten worden wäre, dann hätte er ihm keinen weiteren Gedanken gewidmet – vielleicht abgesehen davon, dass er ihn viel sorgfältiger bewachen müsste. Aber bei einem Mädchen ging es nicht nur darum, sie bloß zu bewachen; er musste auch irgendwie für sie sorgen. Und er hatte keine Ahnung, wie.

⁂

Lisa marschierte auf den knarrenden Brettern der Hütte auf und ab und versuchte, ihre aufgewühlten Gedanken zu ordnen.

Auf der einen Seite empfand sie Furcht. Auf der anderen Seite wagte sie sogar zu hoffen. Worauf? Sie war sich nicht sicher. Aber der junge Mann, wenn man ihn auch nicht gerade als freundlich bezeichnen konnte, war ihr auch nicht als außerordentlich bedrohlich erschienen.

Aber er war der Sohn vom Boss und er war ihr Gefängniswärter. Wenn er bei ihr in der Hütte war, war er seltsam schweigsam und schien ihre Gegenwart kaum wahrzunehmen. Daraus schloss sie, dass ihm seine Aufgabe nicht besonders behagte. Er wollte sie womöglich genauso wenig im Lager haben wie auch sie dort sein wollte.

Lisa zitterte leicht. Nein, dieser Gedanke war nicht realistisch. Sam hätte vielleicht mit großer Mühe dazu überredet werden können, ihr zu helfen – aber nicht dieser kühle, distanzierte junge Mann mit seinen stahlblauen Augen.

Beim Gedanken an den stummen, kalten Blick, den er ihr zugeworfen hatte, fuhr sie erneut zusammen und eine Träne lief ihr die Wangen herunter.

Sie war seiner Gnade hilflos ausgeliefert. Der Gnade des ganzen Lagers voller lärmender, kampflustiger Männer. Sie hatte noch immer keine Ahnung, warum man sie hierhergebracht hatte, aber während sie in der Hütte herumlief, betete sie, ihre harte Prüfung möge bald vorüber sein.

Der Bewacher

John stapelte das Holz an der Wand der Hütte. Es würde für einige Tage ausreichen – auch wenn es weiterhin kälter werden sollte. Jedes Mal, wenn er die Hütte betrat, sah er sich vorsichtig in dem Raum um. Ihm fiel dabei auf, dass das Mädchen wirklich sehr wenig zu ihrer Bequemlichkeit zur Verfügung hatte.

Sie hatte das kleine Handtuch in der Waschschüssel ausgewaschen und in der Nähe des Ofens zum Trocknen aufgehängt. Den Kamm auf dem Regal neben dem Wasserkrug musste sie in ihrer kleinen Tasche mitgebracht haben. Seife hatte sie nicht, es gab keinen Spiegel und abgesehen von dem schweren Mantel am Haken, dem Hut und den Handschuhen auch keine Kleider zum Wechseln. Auf dem Boden stand ein Paar Pelzmokassins. Selbst er konnte sehen, dass sie für die kleinen Füße unter dem Tisch viel zu groß waren.

Abgesehen davon war der Raum sehr kahl. Kahl und schrecklich schmutzig. Sein eigenes Quartier war auf jeden Fall in einem besseren Zustand. Er konnte wenigstens sein Zimmer ausfegen und die Spinnweben mit dem Besen entfernen.

Den Rest des Tages wartete John auf eine Gelegenheit, allein mit Sam zu sprechen. Von seinem Vater würde er keine Antworten bekommen, das wusste er mittlerweile, aber bei Sam war das vielleicht anders.

Er hielt Sam für einen vernünftigen Mann und er hatte sich immer gut mit ihm verstanden. Sam hatte John die Grundkenntnisse im Lesen und Rechnen beigebracht. Vermutlich war er überhaupt der einzige Mann im Lager, der dazu in der Lage gewesen war.

Nein, das stimmte nicht. John erinnerte sich, wie erstaunt er einmal gewesen war, als er mitbekam, dass Shadow fließend lesen konnte. Und wer konnte wissen, welche Geheimnisse die anderen Männer im Lager haben mochten? Niemand fragte sie je nach ihrer Vergangenheit.

Aber Sam, als rechte Hand seines Vaters, könnte über wertvolle Informationen verfügen. Wenn er es nur fertig brachte, sie ihm zu entlocken.

Die Sonne begann schon unterzugehen, als John die Gelegenheit bekam, alleine mit Sam zu sprechen. Beide hielten sich gerade in der Scheune auf, denn sie zogen die Gesellschaft ihrer Pferde der Gesellschaft der Männer in der verqualmten, stickigen Hütte vor.

John sah sich genau in der Scheune um, um sicher zu sein, dass sie auch wirklich unter sich waren.

„Sam“, begann er, seine Worte sorgfältig auswählend, „du weißt, dass ich diese neue Aufgabe bekommen habe.“

Sam nickte und striegelte sein Pferd.

„Nun, ich weiß nicht so genau, was ich davon halten soll“, fuhr John fort.

Er wartete. Es kam keine Antwort.

„Ich habe keine Ahnung, wie man … wie man für eine Frau sorgt“, fügte er hinzu. „Da weiß ich schon mehr über die Pflege eines Pferdes.“

Sam lachte leise, dann meinte er mit ausdruckslosem Gesicht: „Vermutlich gibt es da kaum einen Unterschied.“

John wartete.

„Du fütterst sie und hältst sie warm und gesund“, bemerkte Sam.

John hörte mit dem Striegeln auf. „Aber, ich mache mir Gedanken um ihre Gesundheit“, sagte er schließlich leise.

„Und was meinst du damit?“, fragte Sam, der ruhig weiterstriegelte.

„Na ja, zum Beispiel, wie lange meinst du, wird sie hier bleiben? Das ist schon wichtig für die Überlegungen, was sie braucht, um gesund zu bleiben.“

Es sah nicht so aus, als würde Sam auf dieses Thema eingehen. Er schüttelte nur den Kopf, um anzuzeigen, dass er keine Informationen hätte oder zumindest keine weitergeben würde.

„Also, es sieht so aus, als würde sie mehr brauchen als nur eine

Waschschüssel und einen Eimer für das gebrauchte Wasser", argumentierte John.

Sam kaute auf seinem Schnurrbart.

„Na ja, sie hat mich schon nach einer Badewanne oder so etwas gefragt", erwiderte er ohne große Besorgnis oder Emotion.

„Eine Badewanne?"

„Sie wollte baden, ihre Haare und ihre Kleider waschen, sagte sie. Frauen tun so etwas – mitten im Winter", bemerkte Sam erstaunt.

John nickte. Er fuhr mit der Bürste über die Brust seines Pferdes und auch an seinem linken Vorderbein entlang.

„Woher bekommen wir denn um Himmels willen eine Badewanne?", fragte er.

Sam zuckte die Achseln. „Ich habe keine Ahnung", antwortete er.

„Aber eine Badewanne wollte sie haben?"

Sam nickte und spuckte ins Stroh.

„Dann werde ich wohl losziehen müssen, um eine Badewanne aufzutreiben", überlegte John.

Sams Kopf fuhr erschrocken hoch. „Das kannst du nicht!", rief er. „Dein Pa wird das nicht wollen."

„Er hat mir gesagt, ich sei für sie verantwortlich", widersprach John, ohne seine Arbeit zu unterbrechen.

„Er sagte, du sollst sie bewachen", brummte Sam, „und nicht etwa einen Wirbel um sie veranstalten."

John ließ Sams Worte verklingen und drehte sich dann zu ihm herum.

„Ich sehe da wirklich keinen großen Unterschied", meinte John leise, „denn schließlich ist sie eine Frau. Das eine ohne das andere geht nun mal nicht."

⁂

Mrs. Benson erhob sich von ihren Knien und fuhr sich erneut über die Augen. Ein Tag war langsam in den anderen übergegangen, Tag um Tag, und noch immer gab es keine Spur von Lisa.

Sie hatte getrauert und gehofft, geweint, sich geängstigt und gebetet. Von ganzem Herzen hatte sie versucht, zu vertrauen. Sie hatte Gott angefleht, hatte gebettelt, er möge doch eingreifen. Sie hatte sogar mit ihm gefeilscht – ihr eigenes Leben für das ihrer Tochter angeboten. Trotzdem, die Suchmannschaften kamen immer wieder mit leeren Händen zurück.

Doch als sie an diesem Morgen erneut gebetet hatte, zog ein seltsamer Friede in ihr Herz ein. Sie konnte es sich nicht erklären. Sie war sich nicht einmal sicher, ob sie ihm richtig trauen konnte. Aber sie hatte plötzlich die feste Gewissheit, dass Lisa, wo immer sie sich auch befand, in Gottes Händen war. Ihr Verstand hatte ihr das seit jenem schrecklichen Abend zwar immer wieder gesagt, aber erst jetzt konnte ihr Herz dem zustimmen.

„Gott“, flüsterte sie leise in den stillen Raum, „hilf mir, zu vertrauen. Hilf mir, weiterzuleben. Ich danke dir für die Menschen, die so intensiv nach ihr gesucht haben. Herr, sie müssen sich jetzt wieder ihren eigenen Aufgaben zuwenden. Sie haben es versucht, Herr. Sie haben alles getan, was in ihrer Macht stand. Sie konnten nicht ewig weitersuchen. Sie müssen sich jetzt wieder um ihre eigenen Angelegenheiten kümmern, für ihre Familien sorgen. Hilf mir, Lisa in deinen Händen zu lassen.“

Sie putzte sich die Nase und straffte ihre Schultern. Irgendwie würde sie die Kraft zum Weitermachen finden. Und diese Kraft würde sie von Gott bekommen.

*

„Wo hast du denn dieses Ding her?“, fragte Sam mit vor Erstaunen aufgerissenen Augen.

John zügelte sein Pferd und brachte auch sein Packpferd zum Stehen. „Gefunden“, erwiderte er einfach, als er aus dem Sattel sprang.

Sam hob seinen Hut und kratzte sich seinen kahl werdenden Kopf.

„Du wirst viel Spott einstecken müssen, wenn die Männer dich mit diesem Ding sehen“, bemerkte er.

John hob einfach die Schultern und löste die Seile, mit denen die Wanne festgebunden war.

Sam lachte leise. „Hab so was nicht mehr gesehen, seit ich ein Kind war“, meinte er, während er die Hand über das kühle Metall gleiten ließ.

„Ich kann mir beim besten Willen nicht vorstellen, wie man das tragen soll, wenn es voll Wasser ist“, überlegte John, als er die Wanne in den Schnee stellte. „So schwer, wie sie jetzt schon ist.“

„Das brauchst du gar nicht“, erklärte Sam geduldig. „Du stellst sie hin, wo du sie hin haben willst, und gießt dann das Wasser hinein.“

John wirkte erstaunt. „Und wie bekommt man das Wasser wieder heraus?“, fragte er unschuldig. „Das Ding hat doch keinen Abfluss.“

„Man schöpft es aus“, antwortete Sam.

John stand zu seiner vollen Größe aufgerichtet und fuhr sich mit dem Handrücken über die Stirn.

„Mir scheint, ich habe mir da einen Haufen Arbeit aufgehalst“, sagte er leise. „Ich hoffe nur, sie will die Wanne nicht zu oft gebrauchen.“

Dann wandte er sich seinen Satteltaschen zu. „Hab auch noch ein paar andere Sachen besorgt“, erklärte er Sam in verschwörerischem Tonfall.

„Zum Beispiel?“, fragte Sam.

„Seife. Ein paar Handtücher. Das hier – wie nennt man das noch – Waschtuch?“

„Waschlappen“, korrigierte Sam.

„Haarseife.“

„Wo hast du das ganze Zeug denn her?“, fragte Sam erneut.

John lächelte den älteren Mann an. „Du hast deine Geheimnisse, ich habe meine“, mehr sagte er nicht.

„Mir scheint, du nimmst deine Pflichten als Bewacher aber schrecklich ernst“, murmelte Sam.

John gab dazu keinen Kommentar ab.

*

Lisa war überrascht und hocherfreut, als die Wanne – kommentarlos – in ihrem kleinen Raum neben dem Ofen abgestellt wurde. Schweigend beobachtete sie, wie John sowohl den Kessel als auch die Waschschüssel mit Wasser füllte und sie auf den Ofen stellte. Dann leerte er seine Satteltasche und breitete ihren Inhalt auf dem Tisch aus.

„Vielen Dank“, sagte Lisa leise.

John nahm den Eimer, um noch mehr Wasser zu holen. Äußerlich gab er sich ruhig, doch innerlich war er sehr aufgewühlt. Noch nie in seinem Leben hatte ihm jemand gedankt. Ihre Worte hatten ihn ziemlich berührt. Er nickte ihr nur zu, sah sie aber nicht an. „Ich hole noch mehr Wasser“, mehr sagte er nicht.

Nachdem er gegangen war, betrachtete Lisa die Schätze auf dem Tisch. Seife, einen Handspiegel, Handtücher, eine Reihe von Waschlappen, eine Flasche Shampoo, auf der stand, dass es das Haar „duftend und seidenweich“ machen würde, eine mit Elfenbein eingefasste Nagelschere. Trotz ihrer Situation musste Lisa lächeln. Diese wenigen Dinge würden ihr wenigstens helfen, sich mehr wie ein Mensch zu fühlen.

Auf der anderen Seite ließen die einfachen Gegenstände sie erneut betrübt werden, denn es sah nun so aus, als könnte sie damit rechnen, die Hütte noch einige Zeit länger bewohnen zu müssen. Am liebsten hätte Lisa den Kopf auf ihre Arme gelegt und geweint. Stattdessen richtete sie sich jedoch auf und versuchte, sich auf andere Dinge zu konzentrieren.

*

Während John Wasser für ihr Bad holte und erhitzte, suchte Lisa nach einem Weg, eines der Handtücher vor das Fenster zu hängen. Wenn auch die Scheibe derart schmutzig war, dass man ohnehin kaum hindurchsehen konnte, wollte sie doch nicht das Risiko eingehen, dass ihr jemand beim Baden zusah.

Aber hier gab es keine Nägel, keine Haken, keinen Weg, sich ein wenig Privatsphäre zu sichern. Deshalb stand sie immer noch stirnrunzelnd mitten im Zimmer, ein Handtuch in den Händen, als John wieder zur Tür hereinkam. Neben dem Wassereimer trug er einen zweiten Kessel und dazu noch einen großen Topf. Er stellte auch diese Behälter auf den Ofen und füllte sie mit Wasser aus dem Eimer. Auf dem kleinen Ofen standen nun so viele Behälter, dass Lisa Angst hatte, einen von ihnen zu bewegen, ohne dass die anderen dabei zu Boden fielen.

Er wandte sich mit dem Wassereimer wieder zum Gehen.

„Ich …“, sagte Lisa mit nervöser Stimme. „Ich habe mir überlegt …“

Er wandte sich ihr zu.

Mit grimmiger Entschlossenheit schob sie nun ihre Furcht beiseite. „Das Fenster“, sagte sie und deutete darauf, „ist … können wir … es muss abgedeckt werden … irgendwie. Wenn ich einen Hammer und ein paar Nägel hätte“, dabei hielt sie das Handtuch hoch.

Er antwortete nicht, schien sie aber zu verstehen. Er nickte und ging wieder.

Als er zurückkehrte, trug er nicht nur einen weiteren Wassereimer, sondern hatte auch einen Hammer und ein paar verrostete Nägel bei sich. Er stellte den Eimer auf das kleine Regal und ging zum Fenster, wo er die Nägel in die verstaubten Holzbalken schlug. Schweigend sah Lisa zu. Nachdem er seine Aufgabe vollendet hatte, reichte sie ihm das Handtuch. Er hängte es auf. Es war zwar ein provisorischer, aber durchaus zweckmäßiger Vorhang für ihr Fenster. Er trat zurück und betrachtete ihn aufmerksam; dann nickte er zufrieden.

„Ich komme wieder und schütte das Wasser in die Wanne“, sagte er, als er sich zum Gehen wandte.

„Das kann ich schon selbst“, erwiderte Lisa schnell.

Sein Blick wanderte zum Ofen, dann wieder zu ihr. Er nickte zustimmend und ging zur Tür.

„Aber …“, Lisas Stimme ließ ihn innehalten.

„Noch was?“, fragte er, als er sich zu ihr umdrehte.

Lisa sah nervös von dem jungen Mann zur Tür und wieder zurück.

„Könnten Sie … könnten Sie … vielleicht anklopfen, bevor Sie nächstes Mal hereinkommen?“, fragte sie schüchtern und sie schob ihr Kinn ein Stückchen vor, um sich Mut zu machen.

Es dauerte eine Weile, bis er die Bedeutung ihrer Worte verstanden hatte. Dann errötete er.

„Miss“, sagte er und hob unbewusst die Hand, um seinen Stetson zurückzuschieben, „ich werde von nun an jedes Mal klopfen.“

Damit war er fort.

*

So gern sie in dem warmen Wasser länger liegen geblieben wäre, so sehr beeilte sich Lisa mit ihrem Bad. Es schien ihr nicht so ganz sicher zu sein, lange in der Wanne zu bleiben, trotz seines Versprechens, sein nächstes Kommen anzukündigen.

Wie gerne hätte sie auch noch ihre schmutzigen Kleider gewaschen, doch sie hatte keine Sachen zum Wechseln. Sie überlegte zwar, sich in die raue Decke zu wickeln, während ihre Kleider trockneten, aber unter den gegebenen Umständen schien das keine gute Idee zu sein.

Widerstrebend zog sie also dasselbe Kleid und dieselbe Bluse wieder an, die sie abgelegt hatte. Sie rochen nach Rauch und Staub. Wie froh war sie, dass es draußen wenigstens nicht so heiß war, dass sie auch noch schwitzte.

Dann machte sie sich daran, ihr Haar zu waschen. Es tat so gut, ihren Kopf einmal richtig zu schrubben. Das Shampoo hielt, was es versprach. Als ihre dunkelbraunen Locken zu trocknen begannen, fühlten sie sich wieder seidenweich an, und sie dufteten auch tatsächlich sehr angenehm, trotz des Staubes und Schmutzes in der muffigen Hütte.

*

Als John mit ihrem Abendessen zurückkehrte, war ihr Haar noch immer nicht ganz getrocknet und hing ihr wie ein weicher Umhang um die Schultern. Er konnte ihren Duft riechen, als er den Blechteller auf den blanken Tisch stellte. Schnell wich er zurück.

„Sind Sie fertig mit der Wanne?“, fragte er.

„Ja, vielen Dank“, antwortete sie.

Er war erstaunt, dass sie das meiste Wasser bereits selbst ausgeschöpft hatte. Der Eimer für das gebrauchte Wasser war nun voll, genau wie die Waschschüssel und der große Topf, den er ihr gebracht hatte. So weit es ihre Umstände erlaubten, war sie also selbstständig. Das gefiel ihm, obwohl er nicht genau hätte sagen können, aus welchem Grund.

Er machte sich daraufhin daran, das letzte Badewasser auszuschütten, während sie mit ihrem Abendessen herumspielte.

Als er dann die Wanne mit dem letzten Wasserrest nach draußen trug, ergriff sie erneut das Wort. „Ist das … gehört die Wanne jemand anderem?"

Er blickte sie an und wunderte sich, warum sie das fragte.

„Nein", erwiderte er kurz.

„Dann … hätten Sie etwas dagegen … sie wieder zurückzubringen?", fragte sie ihn.

Er blieb abrupt stehen. Sie wollte doch sicher nicht schon wieder baden.

„Sie wird sehr kalt werden, wenn sie draußen … draußen im Schnee steht", erklärte sie. „Wenn sie kalt ist, wird auch das Wasser so schnell kalt."

Er verstand und nickte.

Nachdem er also das Wasser ausgeschüttet hatte, brachte er die Wanne wieder in die Hütte zurück. Er musste zuerst ein wenig Unrat beiseite schieben, bevor er sie an die Hüttenwand stellen konnte. Leise schimpfte er dabei vor sich hin. Sie konnte aber nur das Wort „Saustall" verstehen.

„Wenn ich einen Besen hätte, könnte ich fegen", schlug sie vor.

Es war ihm peinlich, dass sie ihn verstanden hatte.

An der Tür zögerte er. „Sonst noch etwas?", fragte er.

Sie lächelte ihm zaghaft zu. „Sie sind sehr hilfsbereit", sagte sie leise. „Ich bin Ihnen dafür sehr dankbar. Vielen Dank."

Ihre Worte ließen ihn vor Unbehagen zusammenzucken. Eine Gefangene – die sich bedankte.

Er nickte und verließ schnell den Raum. Er war vollkommen verunsichert, durch ihre Freundlichkeit oder Weiblichkeit oder was auch immer. Aber er nahm sich fest vor, beim nächsten Mal würde er seinen Besen mitbringen und das Zimmer für sie ausfegen.

*

„Ich habe überlegt", sagte Sam, während er eine Karte auf den Stapel zwischen ihm und dem Boss legte. „Haben wir hier nicht immer noch irgendwo einen Koffer mit Frauenkleidern herumstehen?"

Will blinzelte ihn an. „Was hast du gefragt?"

„War ja nur so eine Idee", erwiderte Sam und betrachtete die Karten in seiner Hand.

Will nahm einen großen Schluck aus seiner Flasche.

„Ich dachte nur", fuhr Sam langsam fort, „dass das kleine Mädchen, seit wir sie hergebracht haben, immer noch in denselben Klamotten rumläuft."

„Und?", erwiderte Will. „Ich wechsle meine Kleider doch auch nicht."

„Na ja, bei uns ist das etwas anderes", fuhr Sam langsam fort. Dann fügte er hinzu: „Wir tragen sie, bis sie uns vom Leib fallen – oder zerrissen sind." Er lachte leise.

Sie spielten eine Weile schweigend weiter. Sam wartete. Würde Will ablehnen oder zustimmen – oder seiner beiläufigen Bemerkung überhaupt Beachtung schenken?

„Du denkst, diese Kleider würden ihr passen?", fragte Will schließlich, als Sam die Hoffnung schon beinahe aufgegeben hatte.

Sam hob die Schultern. „Keine Ahnung", erwiderte er. „Aber ich denke, du könntest das John gegenüber erwähnen. Vielleicht möchte er ja einen Blick darauf werfen."

Will nickte. „Du kannst sie ausgraben und ihm zeigen", sagte er.

Im düsteren Schein der Petroleumlampe konnte Will das Funkeln in Sams Augen nicht sehen.

Schwierigkeiten

„Wo hast du denn das Zeug her?“, fragte John Sam, als die beiden mit ihren rauen Händen die weichen Kleider durchsahen.

Sam sagte nichts, er beobachtete den jungen Mann nur, wie er die Kleider betrachtete. Was sollte er sagen und wie viel?

„Dein Pa dachte, das Mädchen könnte vielleicht einiges davon brauchen. Damit sie ihre eigenen Sachen waschen kann“, erwiderte Sam stattdessen.

„Wo kommt das her?“, beharrte John.

„Ist schon lange hier“, erwiderte Sam.

„Ein Überfall?“, fragte John. Er hob ein weiteres Baumwollkleid hoch und legte es zur Seite. Dann riss er die Augen auf und griff erneut in den Koffer. „Das ist ja ein Baby-Dings“, sagte er ungläubig.

Sam nickte. Er wandte den Blick ab und seine Gedanken wanderten zurück. Er hatte nicht gedacht, dass ihn der Anblick dieses Koffers derartig mitnehmen würde.

„Sam!“, drängte John. „Was sind das für Kleider?“ Er hob den winzigen Schlafanzug hoch und starrte ihn an.

Sam spuckte auf den Boden.

„Also gut, Junge“, sagte er, als er seiner Stimme wieder trauen konnte. „Das sind deine, schätze ich.“

John starrte ihn an. „Meine?“

„Jawohl.“

„Du meinst …“ John wandte sich erneut dem Koffer zu. „Du meinst das war der Koffer meiner Ma?“

Sam nickte wieder.

„Du meinst, sie … hat sie hier gelebt? War …“

Sam hob die Hand. „Sieh mal, Kid“, sagte er. Seine Augen waren nun ganz dunkel geworden. „Ich habe alles gesagt, was ich sagen wollte. Das war der Koffer deiner Ma. Das waren deine Babysachen. Ich – dein Pa dachte, das Mädchen könnte einige von den …“, Sam griff in den Koffer und holte eines der Kleidungsstücke heraus, dann ließ er es wieder in den Koffer fallen, „… Sachen hier brauchen, das ist alles.“

Er erhob sich unbeholfen aus seiner knienden Haltung und wandte sich zum Gehen.

„Mach damit, was du willst“, rief er ihm über die Schulter zurück. Er machte eine Handbewegung, wie um anzudeuten, dass er mit der ganzen Sache nichts mehr zu tun haben wolle.

⁕

John blieb vor dem Koffer sitzen und starrte auf die winzigen Kleidungsstücke – seine Sachen. Und die anderen Dinge, die seiner Mutter. Nichts, aber auch gar nichts hatte ihm in seinem Leben je Grund dazu gegeben, über die Tatsache nachzudenken, dass er auch eine Mutter hatte. Eine Mutter. Wie war sie wohl gewesen? Wer war sie überhaupt gewesen? Wie war es gekommen, dass sie sich mit seinem Vater eingelassen hatte? Die Sachen in dem Koffer wirkten in der Welt, die er kannte, so vollkommen fehl am Platze.

Wieder hob er den kleinen Strampelanzug hoch und betrachtete ihn eingehend. Es war seiner, zweifellos von den Händen seiner Mutter genäht.

John hätte den Grund nicht nennen können, aber nachdem er die Sachen in dem Koffer durchgesehen hatte, behielt er diesen kleinen Strampler und steckte ihn in sein Hemd.

Am folgenden Morgen bat er Sam, ihm zu helfen, den Koffer zu der Hütte zu bringen. „Dachte, da wäre vielleicht etwas dabei, das Sie brauchen könnten“, war seine einzige Erklärung.

Als er dann den Kofferdeckel anhob, sah er, wie die Augen des Mädchens aufleuchteten. Es erschien ihm seltsam, aber dieser Anblick bereitete ihm ein unerwartetes Vergnügen.

⁕

„Ich frage mich …“, überlegte Lisa, als sie die Sachen in dem Koffer durchsah und Stück für Stück untersuchte.

Sie fand Kleidung, die einer Frau etwa ihrer Körpergröße gehört hatte – aber sie waren schon einige Jahre alt. Der Stil hatte sich zwar ein wenig geändert, aber das Material war noch vollkommen in Ordnung. Wem auch immer diese Sachen gehört hatten, es musste eine Frau aus besseren Verhältnissen gewesen sein, das merkte Lisa an der weichen Baumwolle und dem feinen Leinen.

Es waren keine Festkleider, nicht aus Seide und Satin – es waren einfach nur praktische Alltagskleider, wenn auch in den schönsten Mustern. Lisa runzelte verwirrt die Stirn. „Wer war sie nur?“, fragte sie sich immer wieder.

Eine andere Frage beunruhigte sie. Was war mit dieser Frau passiert? War sie auch als Gefangene in dieses Lager gebracht worden? Warum waren ihre Kleider zurückgeblieben? Was war aus dieser geheimnisvollen Frau geworden?

Lisa fand auf keine ihrer Fragen eine Antwort.

Dann stieß sie auf eine Decke, die ordentlich zusammengefaltet dalag, als sollte sie den Inhalt des Koffers unterteilen. Sie hob sie hoch und entdeckte darunter Babysachen. Mit einem Blick war ihr klar, dass diese Sachen nicht neu sein konnten, aber sie waren sorgfältig gewaschen und zusammengefaltet.

Mit offenem Mund starrte sie den Inhalt des Koffers an. Hatten Sam und … und dieser andere Mann gewusst, dass auch Babysachen in dem Koffer waren? Wer war diese Frau? Diese Frau, die offensichtlich die Sachen für die Ankunft eines Babys vorbereitet hatte. War das Baby angekommen? Was war aus der Frau und ihrem Kind geworden?

Irgendwo lag hier ein großes Geheimnis verborgen.

Lisa legte die gefalteten Babysachen und die Decke wieder zurück an ihren Platz. Sie wollte nicht tiefer in die Privatsphäre dieser unbekannten Frau eindringen – aber zum Glück würde sie einige dieser schönen Sachen tragen können, die ihre unbekannte Wohltäterin zurückgelassen hatte.

*

John lenkte sein Pferd in den Schatten der hohen Fichte und glitt geräuschlos zu Boden. Er band sein Pferd an und schlich durch die Bäume. Es war fast unmöglich, seine Spuren im Schnee zu verwischen, aber er kannte dieses Gebiet sehr gut. Kein anderer kam jemals zu den verborgenen Quellen und seine Kumpanen waren im Augenblick viel mehr daran interessiert, am warmen Feuer zu bleiben.

Er war zwar nicht in Gefahr. Aber diejenigen, die er bei den Quellen treffen wollte, mussten trotzdem vorsichtig sein. Denn falls sie von dem Wachposten entdeckt würden, würde er bei seiner Rückkehr im Lager nicht besonders willkommen sein. Aus diesem Grund hoffte John, dass sie nicht entdeckt werden würden.

Er war früh dran, so wie er es geplant hatte. Bis zu dem vereinbarten Treffen würde er sich einfach ein bequemes Versteck suchen und warten. Sehr sorgfältig wählte er also sein Versteck aus, wischte mit dem Rand seines Hutes den Schnee von einem Baumstumpf und setzte sich. Doch kaum hatte er sich niedergelassen, da hörte er auch schon ein leises Lachen.

„Du machen so viel Lärm wie Elch“, sagte die leise, vertraute Stimme.

John wirbelte herum. Weißer Adler stand wenige Meter von ihm entfernt und grinste ihn mit vor der Brust verschränkten Armen an.

„Du bist schon da?“, meinte John und erhob sich wieder.

Weißer Adler kam schweigend auf John zu.

„Wir uns doch hier treffen, nicht?“

Nun war es an John zu lächeln. Er streckte seine Hand aus und die beiden Männer schüttelten sich herzlich die Hände.

„Ja, wir wollten uns hier treffen“, stimmte er zu. „Es ist lange her“, fuhr er fort und legte dem jungen Indianer die Hand auf die Schulter.

„Lange“, bekräftigte Weißer Adler. Er deutete mit seinem Kopf auf den Baumstumpf, von dem John gerade aufgestanden war, und setzte sich. John nahm ebenfalls Platz.

Eine Zeit lang saßen die beiden Freunde schweigend beieinander und ließen ihren Blick über das weite Tal gleiten, das sich unter ihnen ausbreitete. Weißer Adler durchbrach die Stille. „Du gerufen“, sagte er einfach.

John verstand die unausgesprochene Frage. Er nahm seinen Hut ab und fuhr sich mit den Fingern durch sein dichtes Haar. „Ja", gestand John. „Ich musste mit jemandem sprechen."

„Schwierigkeiten?"

„Nicht gerade Schwierigkeiten. Nur …"

John brach ab und weißer Adler wartete darauf, dass er fortfuhr. Es dauerte jedoch noch eine ganze Weile, bis John weitersprach.

„Mein Pa hat ein Mädchen ins Lager gebracht", sagte er. Sobald er den Satz beendet hatte, erschien er ihm ziemlich dumm.

Weißer Adler nickte bestätigend. „Schwierigkeiten!", sagte er leise.

„Nun – noch keine Schwierigkeiten", beeilte sich John zu erklären. „Ich meine, sie ist nur jung, keine Unruhestifterin oder so etwas. Sie ist ganz allein in einer Hütte untergebracht. Die anderen Männer wissen nicht einmal, dass sie überhaupt da ist."

Weißer Adler wartete.

„Pa hat mir die Aufgabe übertragen, sie zu bewachen", fuhr John fort.

„Nette Aufgabe", sagte Weißer Adler mit amüsiert funkelnden Augen.

„Nein, ist es nicht", unterbrach ihn John. „Sie ist … sie ist …, das ist gar keine angenehme Aufgabe."

„Sie bösartige Squaw sein?", fragte der Indianer.

„Nein", erwiderte John schnell. „Ganz und gar nicht. Sie ist jung und verängstigt und ich habe keine Ahnung, wieso sie eigentlich da ist. Ich meine – ich kenne Pas Pläne nicht. Ich habe ihn nach ihnen gefragt und er ist böse geworden. Wollte mir nichts sagen. Trug mir nur auf, sie zu bewachen."

Weißer Adler zuckte die Achseln und breitete die Hände aus, um zu sagen, dass er in dieser Situation nichts tun könne.

„Es ist nur … na ja, ich meine … du hast doch dein ganzes Leben lang in einem Lager mit Frauen gelebt. Und ich … ich weiß gar nichts über Frauen. Was muss ich … wie soll ich …?"

Weißer Adler lächelte. Ja, er wusste einiges über Frauen. Ältere Frauen, die wegen ihrer Jahre und Weisheit die Mütter des Stammes waren, über die Frauen der Jäger, die die von ihren Männern erbeuteten Felle der Tiere gerbten und sich um die Kochtöpfe kümmerten. Jüngere Frauen, die mit liebevollem Blick ihre Neugeborenen betrachteten, Mädchen, die bescheiden den Blick senkten, wenn die jungen Krieger vorbeigingen, und ihnen dann unter ihren langen, dichten Wimpern verstohlene Blicke zuwarfen. Und da waren auch noch die herumhüpfenden, verspielten kleinen Mädchen, die langsam zur Frau heranreiften. Ja, er kannte das Leben in der Nähe von Frauen.

„Aber“, fuhr er fort, „ich das Fort der Weißen besucht haben – ein paar Mal. Frauen dort anders sein – ganz anders als indianische Frauen in meinem Lager.“

Er zuckte erneut die Schultern. „Ich nichts wissen von weißen Squaws“, erklärte er und hob erneut die Hände.

„Aber …“

Weißer Adler zuckte die Schultern. „Nicht dasselbe!“, sagte er bestimmt.

John war aufgewühlt. Weißer Adler starrte ihn an. Er wirkte erstaunt und gleichzeitig verwirrt. Schließlich fragte er: „Warum dich eine kleine Frau so durcheinander bringen?“

Diese Frage konnte John nicht beantworten.

„Was du für sie tun?“, fragte Weißer Adler. Sein Tonfall ließ darauf schließen, dass er seinem Freund wirklich gerne helfen würde.

„Ich bringe ihr nur Holz, Wasser und Essen und …“

„Warum sie sich ihr Holz und ihr Wasser nicht selbst holen?“, fragte Weißer Adler.

„Sie ist doch unsere Gefangene“, erklärte John.

Weißer Adler nickte wieder.

„Und dir gefällt deine Aufgabe nicht?“, fragte der junge Krieger.

John erhob sich und begann herumzugehen. Er schob seinen Hut in den Nacken. „Nein“, erwiderte er. „Nein, sie gefällt mir nicht. Die Frau sollte nicht hier sein. Sie sollte erst gar nicht im Lager sein. Das wird bestimmt Ärger geben. Ich kann ihn bereits förmlich spüren.“

„Vielleicht … sie fliehen?“, bemerkte der Indianer mit wissendem Blick.

„Sie würde es nie schaffen. Sie würde sterben – oder getötet werden – oder von jemand anderem entführt“, erklärte John. Mit entschlossen vorgestrecktem Kinn und dunkel funkelnden Augen marschierte er herum.

„Du das nicht wollen?“

John wirbelte herum und blickte den jungen Krieger an. Darauf musste er erst gar nicht antworten, natürlich wollte er das nicht.

„Dann es dir nicht gefallen für sie zu sorgen, aber trotzdem du wollen sie behalten?“, fuhr Weißer Adler fort. Er schien sorgfältig über Johns Problem nachzudenken.

John widersprach. „Ich will sie nicht behalten. Ich will nur …“

Er brach ab. Wie sollte er dem Pawnee nur erklären, was er empfand? Dass es verkehrt war, einen anderen Menschen gefangen zu halten. Dass sein Vater gegen einen Moralkodex verstoßen hatte, indem er das junge Mädchen in das Lager gebracht hatte. Dass er tief in seinem Innern wusste, dass dies allem entgegenstand, was ein wahrer Mann tun sollte.

„Ich möchte sie einfach nur wieder da haben, wo sie hingehört“, stammelte er unbeholfen. „Nur … ich habe keine Möglichkeit, sie da hinzubringen … deshalb … deshalb muss ich mich darum bemühen, gut für sie zu sorgen, und ich will nicht …“

„Du in Schwierigkeiten sein“, stimmte der junge Indianer zu. „In großen Schwierigkeiten.“

John hörte auf herumzugehen und starrte hinunter ins Tal. Tief unten konnte er die grob zusammengehauenen Gebäude des Lagers erkennen. Von seinem Aussichtsposten wirkten die groben Hütten sogar fast geordnet, ja beinahe hübsch. Weit hinten in der Ferne konnte er den Rauch eines Lagerfeuers erkennen. So wie der Rauch in die Luft stieg, schätzte er, dass es eine Gruppe Indianer auf der Jagd war, die sich um das Feuer versammelt hatte.

„Deine Männer?“, fragte er Weißer Adler und deutete mit dem Kopf nach Osten.

„Drei“, erwiderte Weißer Adler.

„Ich hoffe, sie haben was gefangen“, meinte John.

Weißer Adler nickte. „Sie haben. Schnee tief sein. Sie braten Fleisch, um Kraft für den Heimweg zu sammeln.“

„Ich glaube, ich werde auch ein wenig auf die Jagd gehen“, überlegte John. „Wir könnten auch mal wieder frisches Fleisch gebrauchen.“

Der junge Indianer erhob sich. Seine Bewegungen waren anmutig wie die einer Katze, gleichzeitig aber auch sehr kraftvoll.

Bevor er ging, klopfte er sich nicht den Schnee von seiner Lederkleidung, sondern zog einen Fichtenzweig herunter und fuhr damit über die Stelle, wo er gesessen hatte. Als er ihn losließ, schnappte der Zweig zurück. Keine Spuren seiner Anwesenheit waren übrig geblieben.

„Frisches Fleisch", wiederholte John. „Macht stark. Falls das Mädchen jemals … fliehen sollte … muss sie essen. Stark sein."

Die beiden jungen Männer sahen sich an. Ein stumme Botschaft wurde zwischen ihnen weitergegeben. Und noch während die Idee in Johns Gedanken Gestalt gewann, verwarf er sie bereits als abwegig.

„Du geben Zeichen", sagte Weißer Adler und John verstand die wenigen Worte als Versprechen, dass er ihm helfen würde. Er nickte.

Anschließend schien der junge Krieger vor seinen Augen mit den Schatten des Waldes zu verschmelzen.

*

„Sie sollten ein wenig frische Luft schnappen", sagte John, nachdem er am folgenden Morgen angeklopft und seiner Schutzbefohlenen ihr Essen gebracht hatte.

Lisa blickte auf die schwere Holztür.

„Wenn Sie Ihr Frühstück gegessen haben, werden wir einen Spaziergang machen", fuhr John fort. In der Nacht hatte er intensiv nachgedacht. Weißer Adler hatte Recht. Er musste versuchen, sie bei Kräften zu halten. Sie musste unbedingt gesund bleiben. Wer wusste schon, was die Zukunft bringen würde?

Sie nickte schweigend, aber er meinte, ein Funkeln in ihren Augen erkannt zu haben. War es Furcht – oder gar Freude?

Als er später zurückkehrte, war er erstaunt zu sehen, dass sie mehr als sonst gegessen hatte. Als sie sich erhob, bemerkte er, dass Sie eines der Baumwollkleider aus dem Koffer trug.

„Es ist noch immer ziemlich kalt", bemerkte er. „Sie müssen sich also warm anziehen." Er zögerte, dann deutete er auf die Ecke des Raumes. „Ich würde vorschlagen, dass Sie diese Mokassins statt Ihrer Schuhe anziehen.

Schnell wechselte sie die Schuhe. Währenddessen ging er zum Fenster und sah hinaus, damit seine Anwesenheit sie nicht in Verlegenheit brachte.

Schon bald war sie in ihren schweren Mantel gehüllt und hatte sich ihren Hut fest auf ihre hoch gesteckten Haare gedrückt. Er wusste, dass das bisschen Fell mit Bändern kaum Schutz gegen die schneidende Kälte bieten würde, aber er sagte nichts.

Er öffnete die schwere Tür und trat vor ihr in den Sonnenschein. Zwar gab die Sonne nur wenig Wärme ab, aber ihr Schein wurde von dem weißen Schnee reflektiert. John sah, wie sie blinzelte, und erinnerte sich daran, dass sie schon eine ganze Zeit nicht mehr an der frischen Luft gewesen war.

Sie waren erst wenige Schritte gegangen, als die Tür der Haupthütte aufflog. Drei Männer kamen heraus und machten sich auf den Weg zur Scheune.

Instinktiv suchte John nach einem Versteck. Es gab keines. Eine Begegnung war also unvermeidlich.

John hörte die rauen Worte, das heisere Gelächter und plötzlich starrten drei Augenpaare erstaunt in ihre Richtung.

„Na da will ich doch …“, rief James und ließ seinem Ausruf einen unterdrückten Fluch folgen.

Curley, der eine Flasche in der Hand hielt, konnte sie nur mit offenem Mund anstarren.

Aber es war Skidder, der Johns Aufmerksamkeit auf sich zog. Nach seinem anfänglichen Schock verengten sich seine Augen und ein bösartiges Grinsen trat auf sein Gesicht. „Ein ‚Gefangener‘?“, höhnte er und ließ einen Schwall ordinärer Worte folgen. „Gefangener nennst du das? Ich verwette meine Winchester, dass Daddy losgezogen ist und seinem Jungen ein hübsches kleines Mädchen beschafft hat.“

Er grölte erneut und schlug sich auf seinen Oberschenkel.

John spürte, wie ihm die Hitze ins Gesicht stieg.

Die drei Männer grinsten. James wand sich nervös und Curley drehte verlegen seine fast leere Flasche in seinen Händen hin und her.

John machte sich Vorwürfe wegen seiner Nachlässigkeit. Er war direkt in ein Hornissennest getreten. In stummer Entschuldigung blickte er Lisa an. Sie hielt jedoch ihren Blick gesenkt und war rot geworden. Skidder, der dafür bekannt war, dass er keine Gelegenheit ausließ, sich mit Frauen zu treffen, würde die Tatsache, dass sich ein Mädchen im Lager befand, unweigerlich zu einem Streitpunkt machen. Aber wie sehr würde er darauf herumreiten? War er klug genug, sich nicht an Lisa heranzumachen? Oder würde er John zu ungewolltem Handeln zwingen?

Zum ersten Mal in seinem Leben spürte John, dass es ihm in den Fingern juckte. Nur seine Pistole konnte ihm in dieser Situation Sicherheit vermitteln.

Und was nun?

John hatte gehört, wie das Mädchen scharf den Atem eingezogen hatte und spürte, wie sie sich bei den rohen Kommentaren der Männer versteifte. Er musste sich jetzt unbedingt zusammenreißen. Wie sehr wünschte er sich, dass Skidder einfach den Mund halten und weitergehen würde. Was würde er tun, wenn dieser raue Kerl beschloss, die Sache auf die Spitze zu treiben?

„Schätze, ihr Jungs habt was in der Scheune zu tun", sagte John leise. Aber seine Hände hingen locker an der Seite und seine Haltung hatte sich verändert.

Einen Augenblick lang schien die ganze Winterwelt den Atem anzuhalten. Skidder stand unentschlossen da, als überlege er noch, ob er sich auf Johns Kosten ein wenig amüsieren oder besser verschwinden sollte. Die Vernunft siegte schließlich. Er nickte und verschwand mit einem anzüglichen Grinsen auf den Lippen in der Scheune.

John wartete, bis die drei einige Schritte gegangen waren, bevor er sich entspannte, dem Mädchen zunickte und Lisa aufforderte, weiterzugehen.

Ihr Gesicht war nun leichenblass, ihre großen Augen weit aufgerissen. Er konnte sehen, dass sie leicht zitterte, und er merkte, dass sie sehr genau um die Gefahr wusste, der sie gerade entgangen waren.

„Ich … ich weiß nicht …", begann sie mit zitternder Stimme.

„Er wird nicht zurückkommen", beruhigte er sie mit mehr Zuversicht, als er selbst empfand.

Sie wirkte keineswegs überzeugt.

„Ich glaube, ich bleibe lieber in der Hütte", brachte sie schließlich zögernd heraus.

Er nickte. Er würde ihr nicht widersprechen. Es war Pech, dass sie entdeckt worden waren. Er hätte vorsichtiger sein sollen. Jetzt wussten die anderen, dass sich ein Mädchen im Lager befand. Jetzt würde es keine Ruhe mehr geben – und ganz bestimmt eine Menge Ärger.

Im Geheimen fragte er sich, ob sie wohl in der Hütte sicher war. Aber davon sagte er ihr kein Wort, als er sie den verschneiten Pfad zurück zu ihrem Gefängnis führte.

Er würde tun, was er konnte.

*

Lisa war erstaunt, als der junge Mann etwas später zurückkehrte und einen Hammer, einen Haken und einen Riegel mitbrachte. Während er die beiden Teile annagelte, sprach er kein Wort. Sie saß mit ihrem Buch am Tisch und beobachtete ihn, aber auch sie schwieg.

Als er fertig war, blickte er sie an. „Halten Sie die Tür stets verschlossen", sagte er einfach. „Öffnen Sie sie nicht, es sei denn, ich bin es – oder Sam."

Lisa nickte. Dieser Riegel war eine weitere Erinnerung daran, dass sie sich unablässig in Gefahr befand.

Sie senkte ihren Blick wieder auf die Seiten vor sich. „Verlass dich auf den Herrn", las sie, dann las sie es noch einmal. Es tröstete sie ein wenig.

Seit ihrer Entführung hatte sie viel in der Bibel gelesen und alle Verse herausgesucht, die diese Aussage bestätigten. Sie war erstaunt darüber, wie viele Stellen sie gefunden hatte, und über die herzzerreißenden Umstände, in denen sie gesprochen worden waren. Es war aufregend zu lesen, wie Gott vor so langer Zeit im Leben dieser Menschen gewirkt hatte. Das bestätigte sie darin, dass sie einen guten Grund hatte, einem so großen und gnädigen Gott zu vertrauen.

*

„Wie heißen Sie?"

Die Frage überraschte Lisa. Der junge Mann kam und ging häufig, ohne dass sie auch nur ein Wort miteinander wechselten. Im Augenblick verstaute er gerade einen Arm voll Holz in ihrer Hütte. Er sah nicht einmal in ihre Richtung.

„Lisa“, erwiderte sie zögernd.

„Lisa“, wiederholte er und war erstaunt, wie ihr Name aus seinem Munde klang.

Er stapelte das Holz an der Hüttenwand.

„Und Sie?“, wagte sie zu fragen.

„Nennen Sie mich John“, erwiderte er.

Lisa wiederholte seinen Namen nicht laut, aber im Geiste. Er schien zu ihm zu passen.

Sie beobachtete seine gleichmäßigen Bewegungen, als er das Holz übereinander stapelte. Er wirkte ganz normal, doch konnte sie die Veränderung nicht vergessen, die sie gesehen und gespürt hatte, als sie draußen den drei Männern begegnet waren. Dies war ein Typ Mann, der ihr absolut fremd war. Er war so ganz anders als die Männer, die in ihrer kleinen Stadt lebten. Allein der Gedanke daran ließ sie erzittern.

*

Mrs. Benson markierte einen weiteren Tag auf ihrem Wandkalender, bevor sie ihren Zopf löste und sich ihr silbergraues langes Haar über ihren Rücken ergoss. Wie viel Zeit war nun schon vergangen? Einunddreißig Tage. Einunddreißig Tage und keine Nachricht – nichts. Sie wusste, dass alle in der Stadt die Suche bereits aufgegeben hatten. Sie fragte sich, ob wohl auch ihr Mann dazu gehörte. Aber nein – noch nicht. In jedem seiner laut gesprochenen Gebete bat er um Bewahrung für ihre Tochter. Und wie oft am Tag mochte er, wie sie, wohl ein stummes Gebet zum Himmel schicken? Beide klammerten sich noch immer an die Hoffnung, dass sie eines Tages ihre Lisa wieder in die Arme nehmen würden.

Die Hoffnung auf einen souveränen Gott – das war alles, was ihnen geblieben war.

Aber ohne Zweifel war das auch genug.

*

„Sie müssen es doch satt haben, immer wieder dasselbe Buch zu lesen", bemerkte John, als er einen Eimer Wasser für ihr wöchentliches Bad in die Hütte brachte.

Lisa sah auf. Seine Worte hatten sie erstaunt. Er sprach so selten mit ihr und sie fing nie von sich aus ein Gespräch an.

„Das ist die Bibel", sagte sie.

„Die Bibel?"

„Man kann sie wieder und wieder lesen und trotzdem entdeckt man immer etwas Neues", erklärte sie, da sie spürte, dass ihre Antwort ihn verwirrte.

„Ich verstehe", sagte er und sah sie an, aber sie hatte das Gefühl, dass er überhaupt nicht verstand.

Er wechselte das Thema. „Ich bringe Ihnen gleich Ihr Abendessen. Wollen Sie es nach Ihrem Bad – oder vorher?"

Lisa dachte an das geschmacklose Essen. Sie atmete tief durch und wagte vorzubringen, was ihr in den vergangenen Tagen durch den Kopf gegangen war. „Wenn ich ein paar Töpfe und ein paar Lebensmittel hätte – könnte ich auch selbst für mich kochen und Sie brauchten sich nicht zu bemühen …"

„Das ist keine Mühe", unterbrach er sie schnell.

Enttäuschung machte sich in ihr breit über ihren erfolglosen Versuch, sich ihre Mahlzeiten selbst zubereiten zu können. Sie hatte die verkochten Bohnen und faden Brötchen so satt.

Er schien zu überlegen.

„Natürlich, wenn Sie gern selbst kochen möchten, schätze, das würde niemandem schaden", meinte er vorsichtig.

Lisa lächelte beinahe, so sehr freute sie sich.

„Machen Sie nur eine Liste mit dem, was Sie brauchen", forderte er sie auf.

Lisa war verblüfft. „Ich … ich habe keinen Stift oder …"

Nun war es an ihm, frustriert zu wirken.

„Schätze, im ganzen Lager gibt es keinen einzigen Stift", gestand er. Dann zuckte er die Schultern.

Lisas Blick wanderte nun zu dem Koffer an der Wand. „Vielleicht ist ja so was wie ein Stift in dem Koffer?", überlegte sie und deutete mit dem Kopf zu der Kiste.

„Ich dachte, Sie hätten bereits nachgesehen."

Lisa schüttelte den Kopf. „Nein, ich habe nicht alles durchgesehen. Ich … ich hatte kein gutes Gefühl dabei. Ich habe nur einen Teil durchgesehen und dann habe ich … ich habe gefunden … ich hatte das Gefühl, dass ich … dass es … privat war."

Er nickte. Er schien über ihren Respekt vor den Sachen anderer erfreut zu sein.

John ging zu dem Koffer und hob den Deckel hoch. „Vielleicht sollten wir dennoch nachsehen", sagte er. Lisa gesellte sich zu ihm, als er einige der Kleider aus dem Koffer nahm. „Habe dieses hier noch nie an Ihnen gesehen", sagte er, als er ein blaukariertes Kleid in die Hand nahm. „Es sieht hübsch aus", fügte er hinzu.

„Nein", erwiderte Lisa beinahe flüsternd. „Ich habe nur ein Kleid zum Wechseln genommen. Ich … ich ziehe dieses an und mein eigenes und wasche sie abwechselnd. Ich … freue mich über das Kleid zum Wechseln, aber ich glaube nicht, dass ich alle ihre Kleider anziehen sollte."

Er wirkte überrascht, sagte aber nichts dazu.

„Das waren die Kleider meiner Ma, hat man mir erzählt", sagte er offen. Er brach verwirrt ab, dann fuhr er fort: „Sie ist tot und wird sie nicht mehr brauchen."

„Das … es tut mir so leid", hauchte Lisa.

Er stieß auf die Decke, hob sie hoch und legte sie auf den Boden neben sich. Lisa konnte nun spüren, wie überrascht er über den Anblick der kleinen Babysachen war.

Dann nahm er die winzigen Sachen fast ein wenig grob heraus und legte sie neben sich auf den Boden. Plötzlich hielt er inne.

Er spähte in den Koffer. Ein kleines Kästchen lag auf dem Boden und daneben ein Buch mit einem schwarzen Einband.

„Sehen Sie nur!", rief Lisa aufgeregt. „Eine Bibel."

Aber Johns Blick blieb an dem Kästchen hängen.

Vorsichtig nahm er es heraus und öffnete den Deckel. Darin lag eine Reihe kleiner Gegenstände. Broschen, Taschentücher mit Spitzenrand, die in den vielen Jahren vergilbt waren, dazu allerlei Kleinkram wie Knöpfe, Spitze, kleine Stücke von diesem und jenem, die er gar nicht erst durchsah. Er schloss den Deckel wieder.

„Das kleine Kästchen … es muss Ihrer Mutter gehört haben“, sagte sie leise. „Sie sollten es behalten. Es ist ein Schatz.“

Er schien sich unbehaglich zu fühlen, denn er stellte das Kästchen abrupt auf den Boden neben seine Knie.

„Habe keinen Stift oder Papier darin entdeckt“, meinte er kurz angebunden.

Sie griff in den Koffer. Beinahe liebevoll nahm sie die Bibel zur Hand. Der Einband ließ darauf schließen, dass sie häufig gebraucht worden war, aber sie öffnete sie nicht.

„Die hier müssen Sie auch nehmen“, meinte sie mit leiser Stimme. „Ihre Mutter hätte bestimmt gewollt, dass Sie sie haben.“

Er widersprach nicht, sondern sah zu, wie sie die Bibel auf das kleine Kästchen legte. Als sie das Kästchen entdeckten, hatte sie sofort gewusst, dass er es nehmen würde – ja, würde nehmen müssen.

Schnell durchsuchte er noch die anderen Dinge, fand aber nichts als Babysachen. Dann schien sich eine plötzliche Ungeduld seiner zu bemächtigen.

Lisa verstand seine Stimmung. Sie trat zurück. „Ich werde die Sachen zurücklegen“, schlug sie vor. Bestimmt konnte er es nicht abwarten, die Sachen in dem Kästchen zu betrachten, ohne dass jemand in seiner Nähe war.

Er nickte, nahm die Sachen und ging.

*

John vergaß nicht, die Vorräte zu besorgen, die Lisa sich gewünscht hatte. Am folgenden Morgen brachte Sam ihr das Frühstück. Er klopfte an die Tür und rief lauter, als eigentlich notwendig gewesen wäre ein „Guten Morgen“, damit sie ihn erkannte.

Als sie den Riegel zurückschob, um ihn hereinzulassen, trat er brummend ein.

„Das ist wirklich kein Tag für Mensch oder Tier, aber er hat beschlossen, auszureiten. Er wird bestimmt erfrieren, das wird passieren. Man könnte meinen, es würde ein Zug, beladen mit Gold, vorbeikommen oder ein …“

Er brach ab und blickte das junge Mädchen nervös an, so als hätte er bereits zu viel gesagt.

„Sagte, er brauche Vorräte“, fuhr der Mann brummend fort. „Keine Ahnung, was er braucht, das nicht noch warten könnte.“

Er warf Lisa einen Blick zu. Sie wurde verlegen. Gab er ihr die Schuld, dass John in der Kälte davongeritten war? Vielleicht hatte er Recht. Sie hatte keinen Gedanken an das Wetter verschwendet, als sie ihre Bitte vorgebracht hatte. Sie war selbstsüchtig gewesen, doch sie hatte andererseits keine Ahnung gehabt, dass die Lebensmittel im Lager nicht vorrätig waren.

„Ihr Frühstück“, sagte Sam etwas leiser.

„Vielen Dank“, erwiderte Lisa.

„Keine Ahnung, wofür Sie mir danken“, meinte Sam. „Das Zeug ist kaum genießbar. Der alte Henry ist kein besonders guter Koch. Bohnen und Brötchen. Bohnen und Brötchen. Das ist alles, was wir je bekommen. Und die Brötchen schmecken nicht mal gut.“

Er stellte den Teller auf den Tisch, schnitt eine Grimasse und wandte sich ihr zu. „Ich sehe, Sie lesen noch immer dieses Buch. Muss ja mittlerweile ziemlich zerlesen sein“, bemerkte er etwas fröhlicher.

Lisa brachte ein schwaches Lächeln zustande. „Die Seiten vielleicht“, sagte sie, „aber die Botschaft – nein.“

„Botschaft. Ist das irgendein geheimer Code?“

Lisa lächelte ihn jetzt an. „Ein Code? Nicht für einen Christen, nein.“

Der alte Mann runzelte die Stirn.

„Das ist die Bibel“, erklärte Lisa. Als sie keine Antwort bekam, fuhr sie fort. „Gottes Wort an sein Volk.“

„Ich weiß, was die Bibel ist“, gab der alte Mann scharf zurück. „Meine Ma ...“ Er trat unbehaglich von einem Bein aufs andere und wechselte das Thema. „Na ja, Sie essen jetzt erstmal dieses – dieses armselige Frühstück“, sagte er, „und ich komme später wieder, um den Teller zu holen. Wie sieht es mit dem Holz für Ihr Feuer aus?“

Er drehte sich um und betrachtete den Stapel. „Sieht so aus, als hätte Kid genügend Holz hereingeholt, dass Sie bis Weihnachten damit auskommen“, bemerkte er, und Lisa hatte den Eindruck, dass er erleichtert wirkte. „Schätze, Sie brauchen frisches Wasser."

Dann blickte er Lisa alarmiert an. „Sie haben doch nicht etwa vor, heute wieder zu baden, oder?"

„Nein, nicht heute", erwiderte sie kopfschüttelnd.

„Gut", meinte er erleichtert. „Ich habe nämlich wirklich keine Lust, das ganze Wasser zu schleppen."

Mit dem Eimer in der Hand verließ er die Hütte und Lisa legte den Riegel vor, bevor sie sich ihrem Essen zuwandte.

So entschlossen sie auch war, bei Kräften zu bleiben, so schwer fiel es ihr, diese fade Mahlzeit herunterzuwürgen.

*

Erst am folgenden Nachmittag klopfte John wieder an ihre Tür und nannte seinen Namen.

Lisa öffnete sie sofort. Sie war erleichtert, seine Stimme zu hören, und während sie noch den Riegel zurückschob, betete sie, er möge unterwegs keinen Schaden genommen haben.

Als sie sah, dass es ihm gut zu gehen schien, seufzte sie erleichtert auf.

John trug in jeder Hand eine Jutetasche. „Ich hoffe, ich habe alles, was Sie brauchen", meinte er beiläufig, „denn ich glaube nicht, dass ich in der nächsten Zeit in dem Laden willkommen sein werde."

Bei diesen Worten runzelte Lisa die Stirn. Ihr war nicht ganz klar, was sie bedeuteten. John stellte beide Taschen auf den Tisch.

„Habe ein paar Töpfe und dieses Ding hier", sagte er und holte einen seltsamen Metallgegenstand aus einer der Taschen. „Das ist ein Reflektor. Damit kann man auch ohne Ofen Brötchen backen."

So etwas hatte Lisa noch nie zu Gesicht bekommen. Sie hatte keine Ahnung, wie man das verwendete, aber sie war entschlossen, es zu versuchen.

Er hatte ihr eine schöne Auswahl an Grundnahrungsmitteln mitgebracht. Gewürze waren zwar nicht viele dabei, aber wenigstens würde sie selbst für sich kochen können. Lisa war sehr dankbar.

„Also, wenn ich jetzt noch ein wenig Fleisch hätte …“, überlegte sie.

„Ich werde etwas holen“, versprach er und kehrte eine Weile später mit einem Stück Wild zurück.

*

Lisa konnte kaum glauben, wie gut der Eintopf nach all den Wochen, in denen sie nur faden Bohnenbrei gegessen hatte, schmeckte. Sie nahm sich sogar noch eine zweite Portion. Die Brötchen waren nicht so gut gelungen. Stellenweise waren sie angebrannt – und an anderen nicht ganz gar. Sie würde den neuen Reflektor ausprobieren müssen. Aber auf jeden Fall waren sie sehr viel besser als die, die sie bisher zu essen bekommen hatte. Vielleicht würde sie nun wieder ein wenig zunehmen, denn sie wusste, dass sie in den Wochen ihrer Gefangenschaft an Gewicht verloren hatte. Wenn sie ihrer Gefangenschaft entfliehen wollte, musste sie unbedingt bei Kräften bleiben.

Lisa lebte nur für den einen Tag, an dem sich das Wetter bessern und sie den vier Holzwänden, hinter denen sie gefangen saß, würde entfliehen können.

Ein Verbündeter

In der Abgeschiedenheit der kleinen Hütte, die er sein Eigen nannte, nahm John die vielen kleinen Gegenstände aus dem Kästchen und legte sie auf den groben Holztisch. Sam hatte gesagt, dies wären die Sachen seiner Mutter gewesen. Als er sie nun so betrachtete, empfand er eine seltsame Verbundenheit mit ihnen – ja eine Sehnsucht, mehr über diese Frau zu erfahren, die er nie gekannt hatte. Er freute sich darüber, dass Lisa den Inhalt des Koffers nicht durchwühlt hatte, dass sie nur das genommen hatte, was sie unbedingt brauchte.

Er betrachtete eine Kamee, eine sehr zart wirkende Brosche, auf der ein weißes Profil zu sehen war. In einem Lager mit Männern, die sich um Recht und Ordnung keine Gedanken machten, schien sie irgendwie fehl am Platze zu sein. Hatte sie sie wirklich hier getragen? Hatte sie wirklich hier im Lager gelebt? John fiel es schwer, das zu glauben, doch ihr Koffer befand sich schließlich hier im Lager. Das verwirrte ihn.

Er holte eines der Spitzentaschentücher heraus. Der Stoff war weich, fein und glatt. Noch nie hatte er so etwas Feines in der Hand gehalten. Es war mit einem kleinen Muster bestickt, einer feinen Handarbeit, und als er sie sich näher ansah, konnte er drei Buchstaben erkennen: L – A – L. Er flüsterte sie leise vor sich hin. „Lal.“ Dieses Wort sagte ihm nichts. Und doch hatte er das Gefühl, dass es ein Geheimnis barg. Lal, ein seltsames Wort.

Vorsichtig nahm er auch die anderen Taschentücher heraus und legte sie auf einen kleinen Stapel.

Noch eine Anstecknadel. An dieser befand sich in der Mitte ein blauer Stein, in dem sich die Nachmittagssonne spiegelte.

Und wieder ein Taschentuch und dann ein ovaler Anhänger an

einer langen Goldkette. Er bemerkte einen kleinen Haken. Vorsichtig öffnete er ihn und das Medaillon ließ sich öffnen. Eine kleine Locke lag darin. Wem gehörte wohl dieses Haar? Warum hatte seine Mutter es in diesem seltsamen ovalen Anhänger mit sich herumgetragen? Er betrachtete die Locke eine ganze Weile, bevor er das Medaillon wieder schloss und beiseite legte.

Ein Stück Spitze. Er drehte und wendete es, konnte aber nicht erkennen, wozu es gut sein sollte. Doch er warf es nicht weg, sondern legte es vorsichtig auf den immer höher werdenden Stapel. Das nächste Taschentuch, und wieder war es wundervoll bestickt. Die Stickerei sah aus, wie ein Paar ineinander verflochtene Ringe. Was hatte das wohl zu bedeuten?

Und dann nahm er die kleine Fotografie zur Hand. Er drehte sich so, dass das Licht darauf fiel. Eine Frau war darauf zu sehen. Eine Frau, deren Gesicht ihn anstrahlte, obwohl das Foto im Laufe der Jahre verblichen war. Ihr Blick ruhte liebevoll auf einem Baby, das sie in den Armen hielt. Konnte das vielleicht er sein – zusammen mit seiner Mutter?

Ihr Gesicht war so hübsch – so sanft. Noch nie zuvor hatte er einen solchen Ausdruck in einem Gesicht gesehen. Lange Zeit betrachtete er das Bild. Irgendetwas an der Frau erinnerte ihn an das Mädchen in der Hütte. Was war es? War es der Gesichtsausdruck, ihre Züge oder vielleicht die Augen?

Vorsichtig legte er das Foto in das Kästchen zurück und räumte die anderen Sachen ein. Dann ging er zu dem Regal in der Ecke, nahm den Babyschlafanzug, von dem Sam behauptet hatte, er habe ihm gehört, und legte ihn zu den anderen Dingen in das Kästchen.

Er war tief erschüttert. Und doch wusste er so wenig. Eigentlich verstand er jetzt noch weniger. Wer war seine Mutter gewesen? Was war ihr zugestoßen? Wenn sie bei ihm geblieben wäre, wäre sein Leben dann vielleicht anders verlaufen? Irgendwie hatte er das Gefühl, dass es so war.

Er schloss den Deckel des kleinen Kästchens und wandte sich der Bibel zu. Langsam öffnete er den Einband und las von einem gewissen King James, der diese Ausgabe autorisiert hatte. Das sagte ihm nichts. Er blätterte die Seiten um.

Dann kam er an eine Seite, auf der in ordentlicher Handschrift eine Reihe von Namen vermerkt war. Sein Blick flog über die einzelnen Namen. Es sah aus, wie ein Familienverzeichnis irgendeiner Art. Er las die Überschrift auf der ersten Seite: *Geburten.*

Tilford James Bradley, 1812-1816
Margaret Rose Bradley, 1814-1842
Weyburn Oliver Bradley, 1817
Mary Louise Bradley, 1820-1820
Lavina Ann Bradley, 1822
Conrad Timothy Bradley, 1823-1824
Ethan David Bradley, 1826

Und etwas weiter unten der Eintrag:

Burke Timothy Lawrence, 10. August 1860.

Dieser letzte Eintrag erstaunte John. Warum so viel später? Warum ein ganz anderer Name?

John blätterte um. Die Überschrift oben auf der Seite lautete: *Eheschließungen.*

Margaret Rose Bradley & Thomas Cullen Roberts, 1833
Lavina Ann Bradley & Turner Donair Lawrence III, 1840
Weyburn Oliver Bradley & Jane Titford Gray, 1841

John blätterte weiter um. Hier stand als Überschrift: *Todesfälle.* Auf dieser Seite fand er die Namen, die er bereits von der ersten Seite her kannte. Hinter den Daten waren kurze Erklärungen zur Todesursache vermerkt. Eines natürlichen Todes gestorben, bei der Geburt, an Keuchhusten, an Lungenentzündung. Wie es schien, hatten seine Vorfahren, falls er denn tatsächlich seinen Stammbaum in den Händen hielt, mehr als nur ein paar Schwierigkeiten gehabt.

Wieder blätterte er um und fand ein Inhaltsverzeichnis und schließlich die gedruckten Seiten. Aber hier und da standen auch Anmerkungen in derselben ordentlichen Handschrift, in der auch die Namen aufgeschrieben worden waren. Jetzt verstand er, dieselbe Person, die die Geburten, Eheschließungen und Todesfälle aufgezeichnet hatte, war auch die Besitzerin dieser Bibel. Seine Mutter? Sie hatte bei ihren Sachen gelegen. Wenn er Sams Worten Glauben schenken konnte, hatte diese Bibel seiner Mutter gehört und ihr Name stand vermutlich in diesem Buch.

Aber das passte alles nicht zusammen. Er hieß Russell. John Russell. Der Name seines Pa war Will Russell.

Ein zynisches Lächeln stahl sich auf Johns Gesicht. Vermutlich hatte sein Pa seinen Namen ändern müssen. Vielleicht sogar mehr als einmal. Das war schließlich nichts Neues. John nahm an, dass keiner der Männer im Lager seinen richtigen Namen trug.

Konnte es vielleicht sein, dass sein Pa einst einen dieser anderen Namen getragen hatte?

„Dann musste es Bradley, Roberts oder Lawrence gewesen sein", überlegte er laut. „Etwas ganz anderes als Russell."

Langsam schloss John das Buch und nahm sich vor, sich näher mit seinem Inhalt zu beschäftigen, sobald er die Zeit dazu fand. Doch jetzt mussten seine Pferde gefüttert und gestriegelt werden. Er würde seine Neugier erst später stillen können.

Vorsichtig nahm er die Bibel und das Kästchen vom Tisch und ließ seinen Blick durch die Hütte gleiten. Dann ging er zu seiner Pritsche, schob sie ein wenig zur Seite und löste unter einiger Kraftanstrengung eine Planke im Holzfußboden. Er legte seinen Schatz in das Loch, neben sein Geld und seinen zweiten Revolver. Es war kein sicheres Versteck. Hier im Lager war nichts sicher. Aber es war der sicherste Ort, den er kannte. Dann schob er die Pritsche wieder an ihren Platz, nahm seinen Hut und machte sich an die Arbeit.

*

John hatte gerade die Pferde versorgt und wollte zu seiner Hütte zurückkehren, doch der Hunger trieb ihn zum Haupthaus.

Als er an Lisas Hütte vorbeiging, ließ ihn der Essensgeruch mitten im Schritt innehalten. Er beschloss, nach Lisa zu sehen und zu fragen, ob sie alles hatte, was sie brauchte. Vielleicht hatte er ja etwas vergessen.

Er klopfte, dann rief er laut ihren Namen und hörte ihre Schritte in der Hütte, als sie zur Tür kam und den Riegel aufschob.

Sie wirkte überrascht, da John nie abends vorbeikam, außer um ihr das Essen zu bringen, doch nun kochte sie ja für sich selbst.

„Bin nur gekommen, um zu sehen, wie es mit dem Kochen geht", erklärte er schnell.

„Prima", erwiderte sie und deutete auf den leeren Teller, der auf dem Tisch stand.

Er ging an ihr vorbei in die Hütte hinein. „Riecht gut", bemerkte er.

„Ist nur Eintopf", erklärte Lisa. Ihr Herz klopfte vor Unsicherheit. Was wollte er nur? Sie sah, wie sein Blick zu den Brötchen auf dem Backblech wanderte.

„Sie sind nicht besonders gut geworden", gestand Lisa. „Ich muss mich erst noch auf den Reflektor einstellen."

„Sie sehen auf jeden Fall sehr viel besser aus als Henrys", entgegnete er.

Lisa merkte, dass er den Duft einsog.

„Bedienen Sie sich doch", bot sie ihm an.

Er tat es ohne Zögern oder Entschuldigung.

„Da ist auch noch ein wenig Eintopf übrig."

„Macht es Ihnen etwas aus?", fragte er und sah zu dem Teller auf dem Tisch hinüber.

„Es tut mir Leid", sagte sie schnell. „Ich habe nur den einen Teller, aber ich wasche ihn schnell für Sie ab."

„Das ist nicht nötig. Ich habe schon von Schlimmerem gegessen", erwiderte er und nahm den Teller. Dann ging er zum Ofen, wo der Eintopf noch immer schmorte, und schöpfte sich den Inhalt auf den Teller.

Schweigend beobachtete Lisa, wie er sich mit dem Rücken an die Tür gelehnt auf dem Boden niederließ.

„Sie können sich auch an den Tisch setzen", sagte sie schnell. „Ich bin fertig."

Aber er schüttelte den Kopf. „Ich bin daran gewöhnt, fast überall zu sitzen."

Noch nie hatte Lisa einen Mann so gierig essen sehen. Sie fragte sich, wann er wohl die letzte anständige Mahlzeit bekommen hatte. Schnell erhob sie sich, um die einzige Tasse abzuspülen, damit sie ihm eine Tasse Kaffee eingießen konnte.

„Vielen Dank", sagte er ein wenig peinlich berührt über die ungewohnte Höflichkeit.

„Es tut mir Leid, dass ich nicht mehr gemacht habe", entschuldigte sich Lisa, als er den Teller mit einem Brötchen abwischte. „Ich … ich habe versucht nicht gleich alle Lebensmittel …"

„Ich kann noch mehr beschaffen", entgegnete er kurz angebunden.

„Aber Sie sagten doch …", begann Lisa.

Er lächelte. Ein träges, gutmütiges Lächeln. „Das stimmt", erwiderte er, „aber es gibt noch andere Geschäfte."

Lisa verstand noch immer nicht, was er damit meinte, doch dann fragte sie sich, ob er das Essen vielleicht mit Hilfe eines Revolvers beschafft hatte.

Er stellte den leeren Teller beiseite. Lisa nahm an, dass er noch immer hungrig war. Schließlich hatte sie selbst sogar zwei Portionen verspeist.

„Möchten Sie noch die beiden Brötchen?", fragte sie.

Er nickte und wollte aufstehen, aber sie brachte ihm die Brötchen.

Das warme Essen schien ihn zu entspannen. Er setzte sogar seinen Hut ab und legte ihn neben sich auf den Boden. Lisa bemerkte sein lockiges Haar. Allerdings brauchte er einen guten Haarschnitt. Und dann fiel ihr Blick auf eine Narbe an seiner Stirn – unmittelbar am Haaransatz. Sie dachte gerade darüber nach, als seine Worte sie aus ihren Überlegungen rissen.

„Was bedeutet eigentlich ‚lal'?", fragte er sie unvermittelt.

„Lal?" wiederholte sie.

„Lal. Einfach nur das. L–A–L."

„Wo haben Sie das gelesen?" Sie vergaß ihre Vorsicht.

„Auf einem der Taschentücher in dem kleinen Kästchen."

„Ach so", erwiderte Lisa. „Dann ist es vermutlich ein Monogramm."

„Ein Monogramm?" Er wirkte verwirrt.

„Die Initialen eines Menschen.“

Noch immer runzelte er die Stirn.

„Die ersten Buchstaben Ihres Namens“, erklärte Lisa. „Meine wären AYB. Lisa Yvonne Benson.“

Er wirkte nachdenklich.

„Sie meinen, auf dem Taschentuch sind die – wie sagten Sie – die Anfangsbuchstaben des Namens meiner Ma aufgestickt?“

„Wenn es wirklich das Taschentuch Ihrer Mutter ist, ja“, bestätigte Lisa.

„Dann fing ihr Name also mit diesen Buchstaben an?“

„Ich denke schon“, erwiderte Lisa.

Er erhob sich plötzlich. „Das ist sehr interessant“, sagte er, während er mit der einen Hand seinen Teller, mit der anderen seinen Hut aufnahm. „Soll ich das für Sie im Schnee sauber machen?“, fragte er und blickte auf den Teller und die Tasse in seiner Hand.

„Nein, nein, ich mache das schon“, erwiderte sie schnell.

Er reichte ihr die Sachen. „Vielen Dank, Miss“, sagte er, als er seinen Hut wieder aufsetzte. „Habe schon lange nichts anderes mehr als Bohnen gegessen.“

„Ich … möchten Sie … ich meine, ich könnte morgen noch ein wenig mehr kochen, wenn …“

Er lächelte wieder und schob mit seinem Finger den Hut zurück. „Na ja“, sagte er, „ich würde schon gern, aber ich bin nicht sicher, ob das so klug wäre, wenn ich immer hierher zum Essen käme. Natürlich könnte ich, wenn ich mit einem Teller vorbeikäme, vielleicht ein wenig hinausschmuggeln.“

Lisas Blicke wanderten zu dem vernagelten Fenster der Hütte.

„Ich werde sehen, was ich morgen tun kann, um es zu öffnen“, sagte er, als könne er ihre Gedanken lesen.

Sie nickte.

Daraufhin ging er. Sie hörte, wie der Riegel außen vorgeschoben wurde, was bedeutete, dass sie wieder eingeschlossen war. Seine Stimme drang durch das dicke Holz an ihr Ohr. „Und vergessen Sie nicht, Ihre Tür zu verschließen.“

Leise schob nun auch Lisa ihren Riegel vor.

*

Eine ganze Woche ging langsam vorbei. Lisa kochte sich auch weiterhin Eintöpfe und andere leckere Sachen. Sie probierte den Reflektor in den unterschiedlichsten Stellungen aus, und ihre Brötchen wurden von Mal zu Mal besser. John verspeiste sie in unglaublichen Mengen.

Er hatte die Nägel aus dem Fensterrahmen gezogen und sie durch Haken ersetzt, sodass es nun sowohl von innen als auch von außen zu verschließen war. Jeden Abend kam er mit seinem Teller ans Fenster und ließ ihn sich von Lisa füllen. Dann nahm er ihn zusammen mit den Brötchen und Kaffee in seine Hütte.

In der vergangenen Zeit hatte er sich viel mit der Bibel seiner Mutter beschäftigt. Er konnte nicht sagen, dass er viel davon verstand, aber die kleinen Anmerkungen am Rand halfen ihm doch, vieles von dem, was er las, zu verstehen. Trotzdem hatte er so viele Fragen und niemanden, dem er sie stellen konnte.

Auch hatte er einen Namen gefunden, der zu den Initialen passte. LAL, Lavina Ann Lawrence. War sie seine Mutter? John wollte zu gern glauben, dass es so war. Irgendwie vermittelte es ihm ein seltsames Gefühl der Verbundenheit mit der Frau auf dem Bild. Er bekam eine Identität, die er vorher nicht gehabt hatte. Abend für Abend betrachtete er das Bild, bis er etwas für die unbekannte Frau empfand. Etwas, das er zuvor nie kennen gelernt hatte.

⁂

„Sieht so aus, als würdest du nicht mehr viel essen“, bemerkte Will, als John in die Hütte trat. „Siehst du jemand anderem in den Topf?“

Die Männer brachen in grölendes Gelächter aus. Mittlerweile hatten alle mitbekommen, dass die Gefangene selbst für sich kochte. Manchmal drangen herrliche Düfte aus ihrer Hütte und ließen die Mägen protestierend knurren.

John antwortete nicht.

„Vielleicht muss er auch gar nichts mehr essen“, schnarrte Skidder. „Vielleicht lebt er von Luft und Liebe.“

Wieder brachen alle in Gelächter aus.

„Man bekommt dich in letzter Zeit überhaupt wenig zu Gesicht“, fuhr Will fort.

John hatte das seltsame Gefühl, dass sein Vater versuchte, einen Streit vom Zaun zu brechen.

„Bin in meiner Hütte gewesen“, erklärte er.

„Allein?“, fragte McDuff und die Männer begannen wieder zu grölen.

„Ich weiß, was ich tun würde, wenn …“, sagte Skidder mit wissendem Blick. Seine Worte hingen im Raum.

Die Männer nickten und johlten zustimmend.

John spürte, wie sich seine Nackenhaare sträubten. Ihm gefiel das Gerede nicht. Ihm gefielen die groben Andeutungen nicht. „Will jemand Karten spielen?“, fragte er und hoffte, die Aufmerksamkeit in der Hütte auf andere Dinge lenken zu können.

Seine Einladung wurde schnell angenommen und eine Gruppe von Männern zog ihre Holzklötze dicht an den Tisch heran.

John mischte die Karten, ließ Shadow abheben und begann auszuteilen.

„Was würdet ihr sagen, wenn wir den Einsatz erhöhen“, meinte Skidder mit lüsternem Blick. „Der Gewinner darf die Gefangene bewachen.“

Alle Blicke waren nun auf John gerichtet, um seine Reaktion zu beobachten. Er zuckte mit keiner Wimper. Er rührte keinen Muskel außer denen, die er zum Austeilen brauchte. Nicht einmal seine Augen verrieten ihn.

Er nickte langsam. „Wird auch Zeit, dass jemand anderer an die Reihe kommt – aber der Boss verteilt die Aufgaben. Er entscheidet, wer was macht“, erwiderte er leichthin.

„Wenn du um das Mädchen spielen willst, kannst du das gerne tun“, erwiderte Will heiser.

John nickte zustimmend, ohne seine eigentlichen Gefühle zu verraten. Er betrachtete die Karten in seiner Hand. Wie sehr wünschte er, er hätte sich nicht selbst in diese Zwangslage gebracht. Doch jetzt steckte er tief drin, das war klar. Was würde passieren, wenn … Nein, er wollte nicht einmal daran denken.

Dies war ein Spiel, das er nicht zu verlieren gedachte. Der Einsatz war zu hoch.

*

„Denkst du wirklich, dass das funktioniert?“, fragte Sam, nachdem nur noch er und sein Boss in der Hütte saßen.

Wills Lachen war kein angenehmes Geräusch. „Du hast ihn doch gesehen“, schnaubte er. „Er hat zwar so getan, als würde es ihn überhaupt nicht interessieren, aber ich denke, dass er, wenn einer der anderen das Spiel gewonnen hätte, sofort seine Pistole gezogen hätte.“

Sam war erstaunt. „Und das hätte dir gefallen?“, fragte er fassungslos.

„Es wäre nicht Kid gewesen, den wir hinausgetragen hätten“, erklärte Will einfach.

„Nein, aber vielleicht trotzdem ein guter Mann. Und soweit ich mich erinnere, haben wir in Kürze einen kleinen Ausflug vor.“

Der Boss nickte.

„Ich möchte, dass das hier geregelt ist, bevor wir den nächsten Überfall machen“, sagte er stirnrunzelnd. „Das zieht sich schon viel zu lange hin.“

Sam nickte. „Die Jungs sind den Winter über geduldiger gewesen, als ich gedacht hätte“, stimmte er zu.

„Vielleicht hätte es schon viel eher funktioniert, wenn er sie nicht in dieser Hütte versteckt hielte“, brummte Will. „Niemand bekommt sie je zu Gesicht.“

„Sag es ihm. Sag es ihm. Du bist der Boss.“

„Ja, aber was soll ich ihm sagen? Ich habe ihm aufgetragen, sich um sie zu kümmern. Das Wetter ist so gefährlich gewesen wie eine Klapperschlange. Welchen Grund sollte er haben, mit ihr hinaus in die Kälte zu gehen?“

„Na ja, das Wetter wird sich jetzt bald ändern. Der Winter dauert ohnehin schon viel zu lange“, bemerkte Sam.

„Ich hoffe es“, rief der Boss. „Ich habe diese vielen Bohnen so satt!“

Sam hörte auf, seinen Tabak zu kauen und dachte nach. „Denkst du, dass er bei diesem Mädchen isst?“, fragte er schließlich.

„Ich habe ihn kommen und gehen sehen. Er bleibt nicht so lange, dass er dort essen könnte“, brummte Will. „Er geht so schnell rein und wieder raus, als hätte er Angst vor ihr.“

„Na ja, er sieht nicht so aus, als würde er an Gewicht verlieren“, bemerkte Sam. „Seltsam, nicht?“

*

„Ich muss sie irgendwie fortschaffen“, sagte John zu Weißer Adler.

Seine Stimme und Augen verrieten seine große Besorgnis, wenngleich er sich auch darum bemühte, ein ausdrucksloses Gesicht zu machen.

„Etwas nicht stimmen?“, fragte der junge Krieger.

„Ja, es ist … ich weiß nicht. Ich spüre einfach, wie die Spannung steigt. Ich kann nicht mehr für ihre Sicherheit garantieren. Nicht einmal der Riegel …“

Er begann wieder herumzulaufen.

Es war nicht nur das Gerede der Männer. Irgendetwas war passiert, seit John die Tage und Nächte damit verbrachte, in der Bibel seiner Mutter zu lesen. Irgendetwas, das er nicht verstand. Es war einfach da – tief in ihm drin. Er begann zu erkennen, dass dieses Leben, das er führte, nicht richtig war. Und Lisa ins Lager zu bringen und dort gegen ihren Willen festzuhalten, das war schon ein ziemlich großes Unrecht.

„Wie?“, fragte Weißer Adler. Seine einfache Frage brachte John in die Wirklichkeit zurück.

Er hörte mit dem Herumlaufen auf. „Ich werde deine Hilfe brauchen“, sagte er und sah seinem Freund offen in die Augen.

„Der weiße Bruder wird meine Hilfe bekommen“, versprach der Indianer feierlich.

„Sieh mal, Weißer Adler. Das wird gefährlich werden. Ich weiß es. Du musst das wissen. Mein Pa – er schießt, um zu töten. Das hat er gesagt. Vor der ganzen Bande. Er würde nicht zögern …“

Weißer Adler nickte. „Du doch eine Pistole haben“, entgegnete er.

John war geschockt. „Aber ich könnte sie nicht benutzen. Ich könnte nicht meinen eigenen Pa erschießen", erwiderte er schnell.

Weißer Adler blickte ihn nachdenklich an. Dann nickte er wieder. „Du mehr Indianer sein als Weißer", sagte er schließlich. „Du Ehrgefühl haben."

Aber John machte eine abwehrende Handbewegung. Er war traurig über die Gefühle, die Weißer Adler den Weißen entgegenbrachte, aber vielleicht hatten die Weißen diese Feindschaft zum Teil auch verdient. Wie sehr wünschte er sich, es wäre anders.

Er atmete tief durch. „Ich bitte dich nicht darum, dein Leben aufs Spiel zu setzen", fuhr er fort.

„Ich es meinem weißen Bruder schulden", erwiderte der Krieger.

„Nein, nein", widersprach John. „Du schuldest mir nichts. Es war doch klar, dass ich dir geholfen habe, als …"

„Du mir das Leben gerettet."

„Okay, ich habe dir das Leben gerettet, aber das bedeutet noch lange nicht …"

„Weißer Adler schuldet es dir", bekräftigte Weißer Adler.

John dachte über seine Worte nach, dann nahm er mit einem stummen Nicken das Angebot an. Er musste die indianischen Traditionen akzeptieren. Er musste Weißer Adler die Gelegenheit geben, seine vermeintliche Schuld zurückzuzahlen.

„Ich werde nicht so tun, als wäre ich nicht dankbar dafür", erwiderte er. „Ich glaube nicht, dass ich es allein schaffen könnte."

Weißer Adler sagte nichts dazu, aber der Ausdruck in seinen Augen bedeutete so viel wie ein Vertrag, der mit Blut unterschrieben wurde.

Der letzte Tropfen

Für John war es ein Wettlauf mit der Zeit. Wann immer er die Gemeinschaftshütte mit ihren streitlustigen Bewohnern betrat, konnte er förmlich spüren, dass Spannung in der Luft lag. Vielleicht war der lange Winter Schuld daran und die Tatsache, dass die Männer im wahrsten Sinne des Wortes lange ihre eigenen Gefangenen gewesen waren. Die Gemüter waren erhitzt. Sie hatten die Geduld verloren und überall wurde geschimpft und geklagt. Irgendetwas musste bald passieren.

Aber John behielt seine düsteren Vorahnungen für sich. Er sprach nicht einmal mit Lisa darüber. Auch erzählte er ihr nichts von seinen Plänen, sie aus dem Lager zu schaffen, bevor ein letzter Tropfen das Fass zum Überlaufen brachte.

Er war davon überzeugt, dass Weißer Adler seinen Teil zu der Flucht beitragen würde. Die Höhle würde für Lisa vorbereitet sein, wenn sie sie brauchte. Wenn John Lisa seinen Plan erklärte, sollte alles bereit sein.

Es war ein ziemlich einfacher Plan. Weißer Adler würde unmittelbar hinter der Hütte auf Lisa warten. John würde sie aus dem Fenster der Hütte steigen lassen und sie durch die Dunkelheit zu dem jungen Krieger schicken. Weißer Adler würde Lisa sicher zu der Höhle bringen und sie beschützen, bis John sie abholen konnte.

In der Zwischenzeit würde John eine falsche Spur legen. Er würde mit seinem eigenen Pferd und noch zwei anderen Pferden hinunter ins Tal reiten, am Ufer des zugefrorenen Flusses entlang. Er würde damit dem Indianerlager gefährlich nahe kommen, eine Tatsache, die der Bande Sorgen bereiten würde. Doch John würde nicht in Gefahr sein. Weißer Adler hatte sich der Hilfe seines

Vaters, Häuptling Halber Mond, versichert, und die Krieger waren angewiesen worden, den einsamen weißen Mann zu ignorieren. Das galt allerdings nicht für die Männer, die ihm vermutlich folgen würden.

Am Rand des Indianerlagers sollten dann die Sättel von Johns Pferden heruntergenommen und auf andere Pferde gelegt werden. Auch dies gehörte zu den Vorbereitungen, die Weißer Adler getroffen hatte. Dann würde John seine eigenen Pferde ohne Reiter weiterschicken. Er hoffte, dass es eine ganze Weile dauern würde, bis seine Verfolger entdeckten, dass sie ohne Reiter waren. John rechnete damit, dass sein Reitpferd, das er von einer Ranch ganz in der Nähe gestohlen hatte, zu seinem Heim zurückkehren würde.

Während die Bande seiner falschen Spur folgte, wollte John zurückkommen, Lisa holen und mit ihr in der entgegengesetzten Richtung davonreiten. Von ganzem Herzen hoffte er, dass der Plan funktionieren und dass ihm die falsche Spur genügend Zeit zur Flucht verschaffen würde.

„Wenn ich es nicht schaffe", hatte er Weißer Adler widerstrebend erklärt, „dann versuche das Mädchen in dein Lager zu bringen. Es ist immer noch besser, sie findet bei dir Schutz, als dass sie der Gnade der Bande ausgeliefert ist."

Weißer Adler nickte.

Die beiden Freunde schüttelten sich feierlich die Hand. Beide wussten sehr wohl, wie gefährlich ihr Vorhaben war.

„Du sterben können, mein Freund", sagte Weißer Adler.

John nickte.

„Das ist möglich", erwiderte er mit ausdrucksloser Stimme. Dann fügte er nachdenklich hinzu: „Aber ich habe vor, am Leben zu bleiben. Ein Toter kann ihr nicht viel nützen."

„Ich glaube, alles ist bereit", schloss John.

„Es bald passieren muss", erklärte Weißer Adler. „Der Frühling kommt. Der Schnee taut und Boden wird weich. Dann reiten schwierig."

„Noch drei Sonnenaufgänge", stimmte John zu. „Bis dahin ist alles vorbereitet. In drei Tagen. Dann werde ich sie dir schicken."

„Sie Mokassins tragen."

„Darauf werde ich achten. Ich werde ihr die Sachen geben, die du bereitgelegt hast.“

„In drei Tagen.“

John nickte und die beiden Freunde trennten sich.

*

Erst zwei dieser Tage waren vergangen, als sich Johns schlimmste Befürchtungen erfüllten. Alles begann ganz harmlos. Die Männer hatten sich gerade in einer Reihe aufgestellt, um ihre Teller mit Henrys Bohnen und Brötchen zu füllen, als Skidder schnüffelte und die Nase rümpfte.

John, der wieder bei den Männern aß, um keine unnötige Aufmerksamkeit zu erregen, sah sein finsteres Gesicht, dachte sich aber nichts dabei. Die Männer beklagten sich häufig über das Essen.

Aber Henry war nicht in der Stimmung, Beschwerden über seine Kochkünste hinzunehmen.

„Was ist los?“, schnappte er. „Erwartest du etwa Schinkenbraten und süße Törtchen?“

„Na ja, und wenn, dann bestimmt nicht mehr jetzt“, schnaubte Skidder.

„Wenn du denkst, du könntest es besser, dann kannst du ja das Essen …“

„Essen?“, höhnte Skidder. „Das nennst du Essen? Nicht mal ein Schwein würde diesen Fraß anrühren.“

„Ein Schwein? Ich denke schon, dass es das fressen würde. Du hast es ja nun auch schon eine ganze Weile in dich hineingestopft.“

John sah Skidders Gesicht und wusste, dass es Ärger geben würde. Die anderen sahen es auch und traten zurück.

Will griff ein. „Wenn ihr etwas zu regeln habt, dann verschwindet nach draußen“, mehr sagte er nicht.

Skidder, den Teller mit dem Essen noch in der Hand haltend, deutete mit einem bösartigen Grinsen zur Tür.

John hoffte, Henry würde nicht darauf eingehen. Er würde dem schießwütigen Gesellen einfach den Rücken zukehren. Alle im Raum wussten, dass Henry es nicht mit Skidder aufnehmen konnte.

Aber Henry hatte nicht vor, einen Rückzieher zu machen. Mit einer schnellen Bewegung schlug er von unten gegen den Teller in Skidders Hand, sodass sich das Essen über Skidder ergoss.

Die beiden Kampfhähne schafften es nicht mehr bis nach draußen. Skidders Hand fuhr blitzschnell zu seiner Pistole und schon schoß Feuer aus der Mündung. Henry kippte vornüber und umklammerte seine Brust. Eine Bewegung in der Ecke ließ Skidder herumwirbeln. James, Henrys Freund, zog gerade seine Pistole aus dem Halfter.

Er war zu langsam. Skidders zweiter Schuss traf den Mann in den Unterleib, bevor er auch nur zielen konnte.

„Lass die Knarre fallen!“, brüllte Will. Sein Stuhl polterte mit einem lauten Krachen zu Boden, als er aufsprang.

Skidder ließ zwar seine Pistole sinken, doch der Trotz wich nicht aus seinem Blick.

„Ich sehe es gar nicht gern, wenn jemand in meinem Quartier herumballert“, sagte der Boss drohend. „Und ich sehe es auch nicht gern, zwei gute Männer zu verlieren, wenn ein Coup geplant ist. Mir scheint, du solltest deine Bohnen essen und deinen Mund halten wie wir anderen auch. Jetzt wisch dir dein Gesicht ab und kümmere dich um die beiden Männer.“

Will stellte seinen Stuhl auf und fluchte, als er das abgebrochene Bein entdeckte. Wütend zog er sich einen Holzklotz heran.

„Jetzt ist der einzige Stuhl im Lager auch noch kaputt“, murmelte er wütend und funkelte Skidder an.

John hörte den Mann in der Ecke stöhnen. Er drängte sich durch die Männer und beugte sich über James. Der Mann atmete noch, aber er war schwer verletzt.

„Hilf mir, diesen Mann in meine Hütte zu bringen“, sagte er zu Curly.

Curlys Hände zitterten, als er seine Whiskyflasche abstellte und sich bückte, um den Mann hochzuheben.

Den ganzen Abend über versuchte John, die Blutung zum Stillstand zu bringen. Währenddessen hörte er draußen das Kratzen der Schaufel auf dem gefrorenen Boden – Skidder hatte die Aufgabe, für Henry ein Grab zu schaufeln. John hoffte, für James würde nicht auch eines benötigt werden. Eine Sekunde lang dachte er daran, Lisa um Hilfe zu bitten. Vielleicht konnte sie zumindest ein Gebet für den sterbenden Mann sprechen.

Aber John verwarf den Gedanken sofort wieder. Es wäre zu gefährlich. Außerdem sollte einem Mädchen wie Lisa ein solcher Anblick erspart bleiben. Die Männer im Lager waren daran gewöhnt, Menschen sterben zu sehen, aber für das junge Mädchen wäre es etwas vollkommen Neues. Etwas, das ihr Alpträume bereiten konnte – wie die, die John gehabt hatte, als er noch ein Kind war.

Er machte es James so bequem wie möglich und hoffte, dass der Mann den folgenden Morgen noch erleben würde. Dann dachte John an die Bibel seiner Mutter. Vorsichtig holte er sie aus ihrem Versteck und blätterte die Seiten um. Er fand eine Stelle, die besonders markiert war und begann mit lauter und klarer Stimme zu lesen.

Die Stelle hatte nichts zu tun mit Tod oder Sterben oder damit, dass man sich auf diese Möglichkeit vorbereitete. Es war die Geschichte, wie Jesus die Fischer von ihren Netzen fortrief. „Folgt mir nach“, hatte er gesagt, und seine Mutter hatte irgendwann in der Vergangenheit neben diesen Abschnitt geschrieben: „Ich habe beschlossen, ihm auch nachzufolgen. Und das hat viel Freude und unglaublichen Frieden in mein Leben gebracht.“

John las weiter, Seite um Seite. Er wusste nicht, ob der Mann, der da auf seinem Bett lag, die Worte verstehen konnte, aber er selbst brauchte sie, auch wenn sie James nichts mehr nützen mochten.

Dieses Leben, dieser Lebensstil machte keinen Sinn – überhaupt keinen Sinn. Er hatte schon immer seine Fragen dazu gehabt, doch jetzt war er sicherer denn je. Er wäre ebenso ausgestiegen, wenn das Mädchen nicht ins Lager gebracht worden wäre. Eigentlich hatte er schon lange aussteigen wollen, das erkannte er jetzt. Er hatte noch nie richtig dorthin gepasst.

Plötzlich durchzuckte ihn ein Gedanke. Konnte es sein, dass seine Mutter – diese unbekannte Person – irgendwie sein Leben beeinflusst hatte? Aber wie? Hatte dieser unsichtbare, unbekannte Gott irgendwie eine Kontrolle über ihn?

Er wusste es nicht. Aber wie gerne hätte er das gewusst.

Er wollte mehr über diesen Gott erfahren. Bestimmt hatte Lisa einige Antworten auf seine Fragen, aber er wagte es nicht, zu ihr zu gehen. Er war sich sicher, dass er beobachtet wurde. Alle wurden beobachtet. Das ganze Lager glich derzeit einem Pulverfass, das kurz vor der Explosion stand. Im Laufe der Zeit würden sie sich selbst zerstören und das Mädchen auch.

John wandte sich wieder dem Buch in seiner Hand zu. Das war das Einzige, das noch Sinn zu machen schien.

Gegen Mitternacht hörte er draußen auf dem Weg Schritte. Es war Sam. Ein Klopfen an der Tür und Sam trat ein. John freute sich, ihn zu sehen. Er war dankbar für seine Gesellschaft.

„Wie geht es ihm?“, fragte Sam.

John nickte zu dem Mann, dessen Atem immer flacher wurde. Er sagte nichts dazu. Sam konnte es mit eigenen Augen sehen.

Sam zog sich einen Holzklotz heran und setzte sich.

John blickte noch einmal zu dem Mann auf seinem Bett. „War James sein Vorname oder sein Nachname?“, fragte er ruhig.

Sam zuckte die Schultern. „Keine Ahnung“, erwiderte er und schnaubte verächtlich. „Vermutlich keins von beidem“, sagte er. „Könnte ihn angenommen haben, weil er ihm gefiel. Vielleicht hat er ihn von Jesse abgeleitet. Vielleicht fühlte er sich einfach gut mit diesem Namen.“

John blickte den Mann wieder an. Sie wussten wirklich wenig über ihn – außer dass er seine Pistole nicht schnell genug gezogen hatte.

Stille.

„Bist du noch mal bei dem Mädchen gewesen?“, fragte Sam.

John blickte erstaunt auf und schüttelte den Kopf.

„Ich schätze, sie hat eine Mordsangst“, fuhr Sam fort. „Bestimmt hat sie die Schüsse gehört.“

„Sie wird schon schlafen“, bemerkte John.

„Wenn das so ist, dann ist sie in besserer Verfassung als wir anderen alle“, erwiderte Sam und griff in seine Tasche, um den Kautabak hervorzuholen.

„Würde es dir etwas ausmachen, nach ihr zu sehen?“, fragte John.

„Warum gehst du nicht?“

John schwieg eine Weile.

„Ich will sie nicht in das ganze Schlamassel mit hineinziehen“, meinte er schließlich. „Skidder sucht schon seit Monaten nach einer Gelegenheit, mich herauszufordern.“

Sam kaute und spuckte.

„Du bist schneller“, sagte er schließlich, wobei er Johns Blick mied.

Seine Augen verengten sich. War das Sams Einstellung? Hatte ein Mann, sogar ein Mann wie Skidder, keinen Wert? Bedeutete ein ausgehauchtes Leben nichts weiter, als dass man ein weiteres Grab schaufeln musste?

Der Gedanke beunruhigte John. Er stand von seinem Platz neben dem Bett auf und ging unruhig in der Hütte auf und ab.

Schließlich baute er sich vor dem Mann auf, den er schon sein ganzes Leben lang kannte.

„Geht es darum?“, fragte er offen. „Ist das Mädchen ins Lager gebracht worden, um ein Duell zwischen Skidder und mir zu erzwingen?“

Sam schwieg.

„Ist es so, Sam?“, fragte John. „Sag es mir! Ist das der Grund?“

„Dein Pa wollte nur, dass du dich wie ein Mann verhältst“, erwiderte Sam und spuckte in die Ecke.

John wurde bleich, doch gleich darauf stieg ihm die Zornesröte in die Wangen.

„Das ist das Niederträchtigste, das ich je gehört habe“, murmelte er zornig. „Das Niederträchtigste! Ein Mädchen hierherzubringen, warum hat er mich nicht einfach selbst gefordert?“

„Na komm schon, Kid. Dein Pa wollte nur, dass du deine Pistole gebrauchst, weil er nicht möchte, dass irgend so ein Möchtegern dir einmal eine Kugel in den Rücken jagt.“

„Warum? Warum? Bin ich besser als Henry oder James? Ist mein Leben mehr wert als …?“

„Jetzt krieg nur nicht alles gleich in den falschen Hals. Es ist doch nichts passiert …“

„Nichts passiert? Was denkst du denn, was dieses kleine Komplott ihr angetan hat? Diese ganzen Monate in einem Lager mit einem Haufen nichtsnutziger Gesetzloser eingesperrt zu sein? Was meinst du denn …?“

„Es lag bei dir, du hättest die Zeit ein wenig abkürzen können“, meinte Sam trocken.

John starrte ihn fassungslos an.

„Indem ich einen Menschen töte?“, fragte er mit stahlharter Stimme. „Ich hätte sie befreien können, wenn ich nur meinen Colt gezogen und einen Menschen getötet hätte? Und was hätte das bewirkt? Erst einen getötet, dann den nächsten und schließlich noch einen.“

Erregt schob er sich seinen Hut in den Nacken.

Sam zuckte die Achseln. „Es wird leichter mit der Zeit“, meinte er beiläufig. „Es ist nur der Erste, der einem zu schaffen macht.“

John funkelte ihn zornig an.

„Dein Pa hat nur an dich gedacht. Er wollte nicht, dass du eine Spur von einarmigen Revolverhelden zurücklässt, die dann hinter dir her sind.“

„Ich soll sie also alle erschießen?“

Sam antwortete nichts auf seine heftigen Worte. Die Stille hing schwer in der Hütte.

„Ich glaube nicht, Sam“, fuhr John schließlich etwas ruhiger fort. Er hatte mittlerweile seine Fassung wiedergewonnen. „Ich glaube nicht. Ich bin zwar schon so weit … ich wäre bereit, für sie zu sterben, aber ich … ich bin noch nicht so weit, dass ich bereit wäre, kaltblütig für sie zu töten. Und je mehr ich in dieser Bibel lese, desto sicherer bin ich mir.“

Sam riss die Augen auf. John war klar, dass seine Worte ihn verblüfften und schockierten. „Dieses Mädchen hat dir von der Bibel erzählt?“, fragte er, und John spürte, dass er aufgebracht war.

„Ganz und gar nicht“, widersprach er. „Ich habe ganz alleine darin gelesen – und James etwas daraus vorgelesen.“

„Wo hast du die Bibel her?“

„Du hast sie mir gegeben.“

Sam sah nun so aus, als würde er jeden Augenblick die Fassung verlieren. „Niemals habe ich dir so was gegeben, und das weißt du!“

„Natürlich hast du das", erwiderte John. „In dem Koffer meiner Ma."

„Die Bibel deiner Ma?"

John nickte nur.

Sam kaute an seinem Schnurrbart, dann spuckte er in die Ecke.

„Also, was kannst du mir über sie erzählen, Sam?", fragte John leise.

Sams Kopf fuhr hoch. „Oh nein", erwiderte er abwinkend. „Ich habe nichts zu erzählen. Gar nichts. Das geht mich nichts an. Es ist die Aufgabe deines Pa, dir …" Er brach ab, sah John an und spuckte erneut auf den Boden.

Ein langes Schweigen entstand, während Sam auf seinem Tabak kaute. Schließlich sah er auf. „Du bleibst also dabei?", fragte er offen.

John nickte erneut. Seine Augen blickten ihn nachdenklich an.

„Nun, wenn das so ist, Kid", sagte Sam, während er sich langsam von dem Holzklotz erhob, „dann sehe ich keine große Hoffnung für sie, dass sie jemals wieder in das Leben, das sie einmal gekannt hat, zurückkehren wird. Dein Pa ist fest entschlossen – und du weißt ja, wie er ist, wenn er sich einmal etwas vorgenommen hat. Er wird seine Meinung nicht ändern."

Ein leises Stöhnen aus der Ecke lenkte ihre Aufmerksamkeit wieder auf den Verwundeten. Noch während John an sein Bett trat, sahen sie, dass er seinen letzten Atemzug getan hatte.

John stand über ihm. Er fühlte sich hilflos und ihm war übel. Noch nie hatte er den Anblick eines Mannes ertragen können, der wegen einer Kugel in seinem Magen gestorben war.

Er drehte sich vom Bett weg und legte die Hand an seinen Hut. Seine Knie zitterten und seine Gedanken waren in Aufruhr. Es war so sinnlos, so brutal.

Er hörte ein Rascheln hinter sich. John fragte sich, ob der Anblick dieses vergeudeten Menschenlebens auch Sam Übelkeit bereitete.

Doch als er sich umwandte, um den älteren Mann anzusehen, ging Sam langsam zur Tür. Kurz bevor er die Hütte verließ, drehte er sich noch einmal und spuckte in die Ecke. „Ich denke, ich sage Skidder, dass er seine Schaufel noch einmal heraushоlen muss", sagte er. Dann verließ er ohne ein weiteres Wort den Raum.

*

John wäre am liebsten zu Lisa gegangen. War sie wach? Hatte sie tatsächlich die Schreie und die Schüsse gehört? Bestimmt hatte sie Angst und viele Fragen.

Und er war der Grund. Er war der Grund, dass man sie aus ihrem Heim und ihrer Familie gezerrt und in dieses schreckliche Lager geschleppt hatte. Er hatte diese schreckliche Tat unbewusst verschuldet.

Er barg das Gesicht in seinen Händen und versuchte, zu einem Gott zu sprechen, den er nicht kannte.

Als er das getan hatte, brachte ein neuer Gedanke Frieden in sein Herz. Lisa kannte diesen Gott. Er hatte die stille Zuversicht in ihren Augen gesehen, wenn das Buch vor ihr lag. Sogar mitten in ihrer Angst hatte sie unglaublichen Mut bewiesen. Das kam nicht aus ihr selbst, dessen war er sich sicher. Es war, weil sie an diesen unsichtbaren Gott glaubte und ihm vertraute.

Die Flucht

Am nächsten Morgen kam John früher als sonst mit dem Feuerholz. Lisa hatte sich in der Waschschüssel bereits gewaschen und ihre eigenen Kleider angezogen. Sie betete gerade. Die Ereignisse des vergangenen Abends hatten sie beunruhigt und sie hatte deshalb nicht schlafen können. Sie hatte die wütenden Schreie, die Schüsse und dann das Kratzen der Schaufel auf dem gefrorenen und steinigen Boden gehört. Irgendetwas Schreckliches war passiert. Darum hatte sie auch den größten Teil der Nacht mit Gott gesprochen.

Wie hatte sie gehofft, John oder Sam würden zu ihrer Hütte kommen und ihr sagen, dass alles in Ordnung sei – aber gleichzeitig wusste sie es besser. Noch nie hatte sie sich so fest an die Verheißungen Gottes geklammert wie während dieser endlosen Nachtstunden.

Als es an ihrer Tür klopfte, erkannte sie Johns Signal. Ungeheuer erleichtert, dass nicht er es war, der beerdigt worden war, lief sie zur Tür und schob den Riegel zurück. Sie riss die Tür auf. Erstaunt betrachtete sie das Holz in seinen Armen, dann wanderte ihr Blick zu der Wand, wo noch genügend Holz gestapelt war. Sie brauchte kein Holz.

„Schließen Sie die Tür", flüsterte er und Lisa beeilte sich zu gehorchen. Instinktiv wusste sie, dass sich etwas verändert hatte, doch leider nicht zum Guten. Sie wurde blass und hielt ängstlich ihre Hände gefaltet.

John ging zu dem Holzstapel und ließ dort das Holz fallen. Lisa starrte ihn an.

„Kommen Sie her", flüsterte John. Mit hölzernen Bewegungen gehorchte Lisa.

„Ich habe nicht viel Zeit“, sagte John, als er begann, das Holz zu stapeln und dabei ungewöhnlich viel Lärm machte.

„Ich werde Sie hier rausschaffen. Schsch. Wir könnten belauscht werden. Ich kann Ihnen nicht alles sagen, aber Sie müssen einige Vorbereitungen treffen.“

Er sah sich in der Hütte um und stapelte weiter das Holz an der hinteren Hüttenwand.

„Zuerst, backen Sie so viele Brötchen, wie Sie können und packen Sie sie in zwei verschiedene Bündel ein, vielleicht in diese Handtücher da. Es ist egal, wenn sie zerdrückt werden. Das wird ihnen nicht schaden.

Nach dem Abendessen packen Sie die Sachen zusammen, die Sie mitnehmen wollen, ebenfalls in ein Bündel. Ich werde Sie holen. Ziehen Sie sich warm an und warten Sie. Zünden Sie wie jeden Abend Ihre Lampe an und lassen Sie das Handtuch vor dem Fenster hängen. Ich werde dreimal leise klopfen, dann noch mal dreimal, und zwar an Ihr Fenster, nicht an die Tür. Sie müssen zu diesem Zeitpunkt bereit sein.“ Weitere Holzstücke krachten gegen die Wand.

„Ich werde Sie zu einem Freund von mir bringen. Er ist ein Indianer. Er wird Sie zu einem Ort führen, wo Sie sicher sind. Vertrauen Sie ihm.“

Er erhob sich und ging zum Feuer. „Brauchen Sie noch mehr Wasser?“, fragte er in ganz normaler Lautstärke.

Lisa starrte ihn schweigend an. Es war zu viel, sie konnte das nicht alles auf einmal erfassen. Sie blinzelte ihn an. Ihr Mund öffnete sich, aber sie brachte keinen Ton heraus. Sie machte eine Handbewegung, schluckte und fand schließlich ihre Stimme wieder.

„Ja“, antwortete sie so ruhig wie möglich. „Ja, ich hätte gerne Wasser, wenn Sie Zeit haben. Es ist … ich würde gern baden.“

Er lächelte sie an und nickte anerkennend, dass sie die Fassung bewahrt hatte. Dann ging er und füllte den Kessel und die Waschschüssel aus dem Eimer und verließ die Hütte mit dem leeren Eimer in der Hand. Lisa legte entschlossen den Riegel vor. Ihre Hand zitterte jedoch so stark, dass sie es kaum zuwege brachte.

❋

Lisa musste sich beschäftigen. Immer wieder zählte sie auf, was sie noch zu tun hatte. Sie nahm zunächst tatsächlich ein Bad, weil sie dachte, dass es vielleicht für lange Zeit das Letzte sein würde. Dann ging sie ihre Vorräte durch und backte Brötchen, wie John ihr gesagt hatte. Schließlich lag ein großer Stapel vor ihr auf dem Holztisch.

Als sie mit dem Backen fertig war, stand die Sonne schon sehr viel tiefer am Himmel.

Lisa packte die Sachen zusammen, die sie mitnehmen wollte. Sie war froh, dass sie am Morgen ihre eigenen Kleider angezogen hatte, sodass die Sachen, die Johns Mutter gehört hatten, gewaschen werden konnten. Sie hingen jetzt zum Trocknen an einem Haken an der Wand. Sie ging anschließend durch den kleinen Raum, nahm die Sachen herunter und faltete sie ordentlich zusammen. Es war das erste Mal, dass sie den Koffer wieder öffnete, seit John das kleine Kästchen und die Bibel herausgeholt hatte.

Ob er wohl darin liest, überlegte sie, während sie die Kleider in den Koffer packte.

„Johns Mama", flüsterte sie der unbekannten Frau zu. „Ich weiß nichts über dich, ob du lebst oder tot bist, aber ich danke dir, wer immer du auch bist, dass ich deine Sachen benutzen durfte. Ich habe versucht, sie in demselben Zustand zurückzulegen, in dem ich sie gefunden habe …"

Lisa ließ die Worte verklingen. Es schien ihr schrecklich töricht, mit jemandem zu sprechen, der nicht da war.

Anschließend schloss sie leise den Deckel und ließ ihre Hand einen Augenblick darauf liegen, während sie den Deckel und die fleckigen Lederriemen betrachtete.

„Wenn du nur sprechen könntest", flüsterte sie dem Koffer zu. „Ich bin sicher, du hättest einige Geheimnisse zu erzählen."

Dann wandte sie sich wieder ihrer Aufgabe zu. Sie musste vorbereitet sein und ihre Sachen und die Brötchen in kleine Bündel verpacken.

*

Als die Dunkelheit hereinbrach, zündete Lisa die Petroleumlampe an, wie John ihr gesagt hatte, und setzte sich in der ungewohnten Wildlederkleidung, die er ihr gegeben hatte, auf den Holzklotz an ihren Tisch. Normalerweise hätte sie die Abendstunden damit verbracht, in ihrer Bibel zu lesen – aber an diesem Abend war ihre Bibel, zusammen mit ihren anderen wenigen Besitztümern, sicher in dem kleinen Bündel verpackt, das zusammen mit den anderen beiden Brötchenbündeln ganz in der Nähe des Fensters auf dem Boden lag.

Lisa hatte auch die restlichen Lebensmittelvorräte in das kleine Bündel gepackt. Es konnte noch gut auf einem Packpferd transportiert werden. Sie hatte keine Ahnung, wie lange sie unterwegs sein würde, bis sie zu Hause war. Der Ritt durch den Schneesturm war ihr wie eine Ewigkeit erschienen, aber wenn sie sich genau erinnerte, hatte er vier Tage gedauert.

Während des Tages war ihr ihre Situation immer deutlicher geworden. Dies würde kein Vergnügungsritt durch die schönen Wälder werden. Sie würde nicht freigelassen werden. Sie war in das Lager gesetzloser Männer geschmuggelt worden und sie würde nun auch wieder hinausgeschmuggelt werden. Das war ihr durch Johns Geheimnistuerei klar geworden. Es würde eine gefährliche Mission werden. Nicht nur für sie, nahm sie an, sondern auch für den jungen Mann.

Ob sie wohl ihre eigenen Leute töten, fragte sie sich.

Nach den Ereignissen des vergangenen Abends, die Lisa noch immer ein Rätsel waren, zweifelte sie nicht an der Antwort. Ja, John konnte bei seinem Versuch, sie aus dem Lager zu befreien und in ihre Heimatstadt zurückzubringen, getötet werden.

Immer wieder schickte Lisa Stoßgebete zum Himmel.

Und sie wartete. Ihr ganzer Körper war in Aufruhr; sie zitterte und klammerte sich an der groben Tischplatte fest.

Die Spannung in ihr wuchs und wurde immer größer, während sich die Abendstunden endlos hinzogen. Hatte John sie vergessen? Nein, bestimmt nicht. Vielleicht war ihm etwas zugestoßen? Bei diesem Gedanken brach bei sie beinahe in Panik aus. *Bete,* befahl sie sich streng. *Bete und vertraue.*

Lisa gab sich alle Mühe, die Wellen der Furcht niederzukämpfen, die immer wieder in ihr aufwallten. Sie musste ruhig bleiben. Sie musste die Fassung bewahren. Der Erfolg ihrer Flucht hing davon ab. Wenn sie sich nicht unter Kontrolle behielt, könnte sie vielleicht einen dummen Fehler machen.

Und dann hörte sie das leise Kratzen an ihrem Fenster. Dreimal. Sie wartete. Wieder dreimal. Lisa erhob sich von ihrem Platz und ging schnell zum Fenster. Trotz ihrer Aufregung bemerkte sie, wie leise sie in den Mokassins ging, die John ihr gegeben hatte.

Sie schob das Handtuch beiseite und konnte die Umrisse von Johns Gesicht erkennen. Er bedeutete ihr, das Fenster zu öffnen, und sie tat es so leise wie möglich.

Wortlos reichte sie die Bündel aus dem Fenster und stieg dann auf den Holzklotz, den sie schon vorher ans Fenster gerückt hatte.

John half ihr durch die kleine Öffnung und ließ sie geräuschlos zu Boden gleiten. Dann nahm er sie bei der Hand und führte sie durch die Dunkelheit. Lisa fragte sich, wie er wohl den Weg durch die dichten Bäume finden konnte, aber sie folgte ihm wortlos.

Es dauerte nicht lange, bis sie an eine kleine Lichtung kamen, wo drei Pferde standen und unruhig im Schnee stampften. Sie konnten es kaum erwarten, in ihre warmen Ställe zurückzukommen. Ein verspäteter Schneesturm war heraufgezogen und brachte beißenden Wind mit sich, der ihnen die eiskalten Flocken ins Gesicht trieb. Lisa spürte, wie sich ihr Magen zusammenkrampfte. Würde dies eine Wiederholung des schrecklichen Alptraums werden?

Wie aus dem Nichts stand plötzlich ein anderer Mann neben ihr. Er sprach kein Wort, sondern griff einfach nur nach ihrer Hand. Es war der Indianer, von dem John erzählt hatte.

In dem Augenblick, in dem der junge Krieger ihre linke Hand nahm, ließ John ihre rechte los. Sie wurde ohne ein letztes Wort in die Dunkelheit geführt.

Einmal noch sah sie zurück und stolperte leicht. John befestigte gerade die Bündel, die sie ihm gegeben hatte, an dem Packsattel eines der Pferde – zwei der Bündel. Das Dritte, die in ein Handtuch eingewickelten Brötchen, hielt der Indianer in der Hand.

*

„Hier du in Sicherheit.“

Es waren die ersten Worte, die der Indianer sprach. Wortlos hatte er Lisa durch ein Tal geführt, durch die tiefe Dunkelheit der Wälder und hinein in die Berge. Sie betraten jetzt eine Höhle. Lisa konnte ihr Zittern nicht unterdrücken. Sie hasste Höhlen, ja, sie hatte schon immer Angst vor ihnen gehabt – sogar als kleines Kind.

Und nun musste sie eine betreten. Das gefiel ihr überhaupt nicht. Aber vielleicht war es doch ein wenig besser als in dem Lager der Banditen gefangen gehalten zu werden.

Sie atmete also tief durch und folgte ihrem Führer durch den Eingang.

Der Mann führte sie immer tiefer in die Höhle hinein.

Sie fragte sich, woher er den Weg wusste. Er blieb stehen und zündete mit einem Feuerstein eine kleine Laterne an, die anscheinend extra für sie bereitgestellt worden war.

Dann gingen sie weiter, bogen mal nach links, mal nach rechts ab, sie zwängten sich durch kleine Öffnungen im Felsen, krochen durch kurze Tunnels und kletterten über Geröll hinweg.

Lisa unterdrückte den Schrei, der ihr in der Kehle hing. Sie fürchtete zu ersticken. Angsterfüllt fragte sie sich, wie viel mehr sie noch würde ertragen können – und dann zwängten sie sich durch eine schmale Öffnung und kamen in einen größeren Raum. Lisa hörte irgendwo Wasser tropfen.

„Hier du sicher“, sagte der junge Krieger.

Lisa ließ ihren Blick über den Höhlenboden gleiten. Anscheinend lebte jemand hier. Da lagen Kleider, Decken und Vorräte. Jemand … Wer? Der Indianer? Sie sollte diese Behausung doch hoffentlich nicht mit ihm teilen …

„Hier trocken – sicher“, wiederholte der junge Mann. Lisa rührte sich noch immer nicht.

„Du zünden Kerze an – eine!“, befahl er.

Lisa bückte sich steif, um eine Kerze aufzuheben. Sie bemerkte, dass ein ganzer Stapel Kerzen auf dem Boden lag. Sie zündete die Kerze an dem Docht der Laterne an, währenddessen legte Weißer Adler die Brötchen auf den Boden zu den anderen Vorräten.

„Du essen – eins – jedes Mal wenn du neue Kerze anzünden!“, befahl er ihr mit seiner leisen Stimme. Lisa nickte wie betäubt.

„Schlafen“, sagte er und deutete auf die Felle und Decken in der Ecke.

Lisa nickte erneut und stellte ihre Kerze in den dafür vorgesehenen Holzhalter.

Mit einem Gesichtsausdruck, den sie nicht zu deuten verstand, starrte er auf ihre Kerze.

„Lass Kerze nicht ausgehen“, ermahnte er sie. „Sonst kein Licht mehr.“

Lisa riss entsetzt ihre Augen auf. In dieser tiefen, dunklen Höhle zu sein, war schon schlimm genug – aber kein Licht zu haben. Allein der Gedanke daran ließ wieder die Panik in ihr hochsteigen.

„Ich kein anderes mitgebracht“, sagte er und deutete entschuldigend auf den Feuerstein. „Ich brauchen vorne in der Höhle, wenn ich wiederkommen.“ Sie starrte ihn fassungslos an.

„Ich gehen“, verkündete der Mann und wandte sich zum Gehen, bevor Lisa reagieren konnte. Sie hatte Angst, er würde plötzlich hinter den Felswänden verschwinden.

„Warten Sie“, rief sie ihm hinterher.

Er drehte sich zu ihr um. Das Flackern der Laterne in seiner Hand warf unheimliche Schatten auf seine Wangen. Seine schwarzen Augen schienen das tanzende Licht zu reflektieren.

„Warten Sie!“, flehte Lisa erneut und streckte zitternd ihre Hand nach ihm aus.

Er blieb reglos stehen, während sie versuchte, ihre Gedanken zu entwirren und in Worte zu fassen.

„Ich … ich muss wissen … ich meine … John sagte, Sie würden mir sagen, was ich tun soll“, brachte sie schließlich mühsam heraus.

Er nickte. „Du warten“, erwiderte er einfach.

„Aber hier drin … allein … auf wen … wie lange?“ Ihre Fragen sprudelten nur so aus ihr heraus.

Er kam einen Schritt näher und stellte seine Laterne auf den harten Felsen des Höhlenbodens. Dann ließ er sich mit überkreuzten Beinen auf dem Boden nieder. Lisa wartete erstaunt.

Er nickte ihr zu. Sie verstand es so, dass sie sich ebenfalls setzen sollte und zwar auf die Decken und Felle in der Ecke, die ihr als Bett dienen sollten.

Gehorsam setzte sie sich hin.

„Allein – hier – ja“, begann er. „Du nicht gehen hinaus – nie. Wir kommen.“

Er schien den Eindruck zu haben, dass damit alles gesagt war, was sie wissen musste. Sie sollte hier warten – allein – bis jemand zu ihr kam.

„Wie viele Sonnen? Nicht wissen“, fuhr er fort.

„Aber … wer wird kommen? John sagte …“

„John kommen.“ Er nickte bestätigend und Lisa klammerte sich an dieses Versprechen.

Aber ihre Erleichterung war nur von kurzer Dauer.

„Vielleicht ja – vielleicht nein“, fuhr er ruhig fort. Ihr Herz begann nun erneut zu klopfen.

„Wenn nicht er – ich kommen“, beendete er seine Erklärung, dann blieb er ruhig sitzen, als wollte er sehen, ob sie noch mehr Fragen hatte.

Zitternd saß sie auf ihrem provisorischen Bett und starrte auf ihre gefalteten Hände.

„Essen“, sagte er und deutete auf die Vorräte an der Felswand. „Wasser“, fuhr er fort und deutete auf die gegenüberliegende Wand und hinauf an die Decke. Erst jetzt bemerkte Lisa den kleinen Vorsprung und den kleinen Tontopf, der darauf stand. Von irgendwo über ihr tropfte Wasser in den Behälter. Das war ihr Wasservorrat.

„Schlafen“, wiederholte er, erhob sich wie ein Schatten und wandte sich von ihr wieder ab.

Sie hütete sich, ihn ein zweites Mal zurückzurufen. Jetzt war sie allein in einer dunklen Höhle, irgendwo in den Tiefen der Erde. Und sie musste warten, einfach nur warten, still und geduldig, bis jemand sie holte. Lisa spürte nun Panik in sich hochsteigen, bis sie den Eindruck hatte, keine Luft mehr zu bekommen.

*

Die ganze Nacht hindurch trieb John sein Pferd voran. Die beiden anderen Pferde folgten ihm gehorsam.

Von Zeit zu Zeit verwischte er seine Spuren, indem er an den geschützten Felsüberhängen entlangritt; dann wieder hinterließ er bewusst kleine Hinweise, welchen Weg er nahm.

Er war froh über den Schnee. Gegen Morgen, wenn sie das Verschwinden des Mädchens entdeckt haben würden, würde seine Spur verdeckt sein, genau wie damals, als sein Pa und Sam Lisa ins Lager gebracht hatten.

John lächelte. Es war wirklich ulkig. Ein Schneesturm hatte ihre möglichen Retter daran gehindert, sie zu finden, und nun würde ein Schneesturm auch ihren Feinden eine Niederlage bescheren.

John zog sich seinen Hut tiefer in die Stirn, um sich vor den beißenden Eiskristallen zu schützen, und trieb sein Pferd an.

Warten

„Herr, jetzt sind es schon zweiundsiebzig Tage“, erinnerte Laura Benson Gott in einer stummen Zwiesprache, während sie den Teig für einen Apfelkuchen ausrollte. „Zweiundsiebzig Tage – ohne irgendeine Nachricht.“

Sie blinzelte die Tränen fort, die ihr in die Augen stiegen. „Ich habe versucht, geduldig zu sein, Herr. Versucht zu vertrauen, aber manchmal … Ach, es ist so schwer.“

Die Tränen ließen sich nicht unter Kontrolle halten. Sie quollen unter ihren blinzelnden Lidern hervor und rollten ihre Wangen hinunter. Sie holte ihr Taschentuch aus ihrer Schürzentasche und wischte sich die Tränen ab.

„Sie sagen, keine Nachricht sei eine gute Nachricht, Herr“, fuhr sie fort. „Hilf mir, daran zu glauben.“

*

Lisa kauerte unter ihrer Decke. Sie war dankbar für die warmen Felle unter ihr und die Wolldecken, in die sie sich einwickeln konnte. Sie war nicht sicher, ob sie vor Kälte oder vor Furcht zitterte, auf jeden Fall zitterte sie. „Wenn ich nur meine Bibel hätte“, sagte sie sich zum zwanzigsten Mal.

Aber die hast du doch, meldete sich eine innere Stimme. *Hast du denn nicht in den vergangenen Wochen viel auswendig gelernt? Einen großen Teil der Bibel trägst du in dir.*

Erstaunt wurde Lisa klar, dass das tatsächlich so war. Während ihrer Gefangenschaft hatte sie große Teile der Bibel auswendig gelernt. Vielleicht war der lange Aufenthalt in der kleinen Hütte dann doch nicht umsonst gewesen.

Sie zog sich die Decke fester um die Schultern. „Wo soll ich anfangen?“, fragte sie sich. „Na ja, warum nicht beim Ersten Buch Mose? Ich werde mich dann langsam durch die Bibel vorarbeiten und mir alles aufsagen, was ich gelernt habe.“

„Genesis, Kapitel eins. Am Anfang schuf Gott …“

Lisa brach ab. Diese wenigen Worte gaben ihr bereits viel Grund zum Nachdenken.

„Am Anfang schuf Gott …“, wiederholte sie langsam. Die Worte schienen an den dunklen Felswänden abzuprallen.

Lisa sprach sie erneut aus. Ihre Stimme durchbrach die Stille.

„Gott … am Anfang … und immer“, überlegte sie laut.

„Na ja, wenn er immer da gewesen ist – und daran glaube ich fest –, dann wird er auch alles wissen, was passiert. Sogar jetzt. Sogar in dieser Höhle.“

Dieser Gedanke tröstete Lisa.

Sie ließ ihre Hand über ihr weiches Bett gleiten. Jemand hatte sich viel Mühe gemacht, es für sie vorzubereiten. Tannen- und Fichtenzweige lagen auf dem Boden. Sie waren mit weichem Moos bedeckt. Dann das dicke Fell – ein Büffelfell, schätzte Lisa – und schließlich die warmen, wenn auch kratzigen Wolldecken.

Ja, über ihr Bett konnte sie sich nicht beklagen. Es war sehr viel bequemer als die Holzpritsche in der Hütte.

Lisa ließ ihren Blick zu den Vorräten wandern. Auch hier war alles, was sie brauchte. Zwar waren es keine Delikatessen, die hier auf sie warteten, aber es war essbar und sehr nahrhaft: Dörrfleisch, getrocknete Beeren und Stockfisch. Und dazu ihre Brötchen, die schon bald so trocken wie die Beeren sein würden.

Und sie hatte Wasser. Sie hatte einen guten Vorrat an Wasser, wenn auch das unablässige Tropfen sie zuerst in den Wahnsinn zu treiben schien. Aber das Wasser war kalt und frisch.

Lisa betrachtete den kleinen Stapel an Kerzen. Bisher hatte sie sieben neue Kerzen an der alten angezündet. Sie hatte keine Ahnung, wie lange eine Kerze brannte. Sie hatte keine Ahnung, ob es draußen Tag oder Nacht war. Noch weniger konnte sie sagen, wie viele Stunden vergangen waren, seit sie in die Höhle gebracht worden war. Sie wusste nur, dass es ihr wie eine Ewigkeit erschien.

Und nun wandten sich ihre Gedanken wieder von der Höhle der Bibel zu.

„Am Anfang schuf Gott ...", sagte sie erneut und lächelte vor sich hin. „Und am Ende macht Gott auch", fuhr sie fort. „Und in der Mitte und in der Vergangenheit und in der Zukunft – Gott. Für immer und ewig, was für eine wundervolle Erkenntnis."

„Am Anfang schuf Gott ..." Wieder brach sie ab und ließ ihren Blick über die unheimlichen Wände der Höhle wandern. Das flackernde Kerzenlicht warf seltsam tanzende Schatten an die Wände.

„Du hast dies alles geschaffen", sagte sie zu Gott, der, wie sie wusste, auch dort bei ihr in der Höhle war. „Du hast sie geschaffen. Warum? Warum ausgerechnet diesen seltsamen kleinen Raum weit hinten in den Felsen? Wusstest du – schon damals – dass ich eines Tages ...?" Lisa sprach den Gedanken nicht zu Ende. Er war einfach zu überwältigend.

Plötzlich erschien ihr die Höhle nicht mehr bedrohlich. Sie schien ihr sogar nicht mehr so kalt und feucht zu sein. Lisa klammerte sich an die tröstliche Gewissheit, dass sie nicht allein war.

*

Der starke Sturm machte das Reiten für John immer beschwerlicher. Gleichzeitig bedeutete der Schnee aber auch, dass es immer schwieriger wurde, seiner Spur zu folgen. Er begann sich zu fragen, ob er nicht seine Pläne ändern und geradewegs zur Höhle und zu Lisa reiten sollte.

Doch schließlich entschied er sich dagegen. Er und Weißer Adler hatten ihren Plan sehr sorgfältig ausgearbeitet. Ihn jetzt zu ändern, könnte sie teuer zu stehen kommen – könnte sogar tödlich sein.

John zog den Kragen seines schweren Mantels noch höher bis zum Kinn und trieb sein Pferd an.

Er hob sein Gesicht und versuchte, herauszufinden, welche Tageszeit gerade war. Das war schwierig, da der Himmel mit dicken Wolken verhangen war. Er ließ seine Gedanken zum Lager wandern. Ob sein Verschwinden bereits entdeckt worden war? Wie hatte sein Pa wohl reagiert? Das war eigentlich nicht schwer zu erraten. Hatten sie seine Spur bereits aufgenommen?

Dann musste er an Lisa denken. Er hatte keinen Grund anzunehmen, dass Weißer Adler Schwierigkeiten hatte, das Mädchen in der Höhle in Sicherheit zu bringen. Der Wachposten auf dem Felsvorsprung konnte den Krieger und das Mädchen nicht gesehen haben und ganz bestimmt hatte er auch nicht gehört, wie sie im Schutz der Dunkelheit an ihm vorbeigeschlichen waren. Die übrigen Mitglieder der Bande würden auch keine Bedrohung darstellen, denn während der Nacht bevorzugten sie ihre Pritsche oder den Kartentisch.

John hatte den Eindruck, dass der erste Teil seiner Mission erfolgreich verlaufen war, aber der schwierigste Teil stand ihnen noch bevor. Er musste sich zurück zur Höhle durchschlagen und das Mädchen in Sicherheit bringen. Das würde bedeuten, unter den Augen der Bande mit ihr zu fliehen, und seine Kumpanen würden bald herumschwirren, wie eine Horde aufgescheuchter Hornissen.

John schob entschlossen sein Kinn vor und ritt weiter. Wenn doch nur der zweite Teil des Planes so gut funktionierte wie der erste.

*

John beobachtete, wie sich Weißer Adler aus dem Schutz der Tannenzweige löste. Ohne ein Wort an den wartenden Krieger zu richten, schwang sich John aus dem Sattel. Drei Ponys standen neben ihm unter den Bäumen. Die Pferde wieherten leise und stampften ungeduldig mit den Hufen.

Weißer Adler begann, den Riemen des Packsattels zu lösen, während sich John am Sattelgurt des Reitsattels zu schaffen machte.

„Irgendwelche Hinweise?“, fragte Weißer Adler.

John schüttelte den Kopf. „Habe keine Menschenseele gesehen“, erwiderte er. „Der Schneesturm macht es beinahe unmöglich, etwas zu sehen oder zu hören.“

„Sie folgen“, informierte Weißer Adler ihn. „Fünf.“ Er hielt seine Hand hoch. Das sollte bedeuten, dass fünf Männer erst gegen Mittag das Lager verlassen hatten. Auf diese Weise hatte er sogar noch mehr Zeit, als er ursprünglich gerechnet hatte. Einen Augenblick lang wünschte er, sie hätten den Ausflug zu der Höhle nicht gemacht. Er hätte das Mädchen einfach nehmen und losreiten sollen. Aber woher sollte er wissen, dass ein Schneesturm bevorstand? Wie hätte er wissen können, dass die Männer im Lager die fehlenden Pferde und das Verschwinden des Mädchens erst gegen Mittag entdecken würden? Nein, es war besser, dass sie auf Sicherheit geplant hatten. Aber jetzt?

„Was meinst du, Weißer Adler?", fragte er seinen Freund. „Denkst du, es ist sicher, gleich weiterzureiten, oder sollten wir besser, wie geplant, die Pferde wechseln und warten?"

Weißer Adler sah zum klaren Himmel hinauf. John folgte seinem Blick und wusste, was sein Freund dachte. Der Schneesturm war vorbei. Jetzt würden sie nicht mehr den Vorteil des trüben Wetters haben, kein Schnee würde ihre Spuren mehr zudecken.

„Warten", sagte der junge Krieger. „Pferde schicken. Warten."

Obwohl er im Grunde derselben Meinung war, hätte John am liebsten widersprochen. Er hatte gehofft, Weißer Adler würde ihm versichern, es würde noch Tage dauern, bis die Männer seine Spur aufgenommen hätten. Immerhin rechneten sie nicht damit, dass er geradewegs ins Indianerlager ritt.

Und er hatte gehofft – einfach nur gehofft –, dass er sein Pferd vielleicht nicht wegzuschicken brauchte, denn er hatte das Tier lieb gewonnen.

Außerdem sah es im Augenblick gut für sie aus. Aber wenn nun etwas passierte, mit dem sie nicht gerechnet hatten, konnte das eine lange Verzögerung bedeuten. Lisa wartete. Sie würde unruhig sein und Angst haben.

„Ich Wache halten", sagte Weißer Adler. „Ich dich bringen zu Versteck. Dann ich Wache halten."

„Wissen deine Leute, dass ich da bin?", fragte John.

„Sie wissen", erwiderte Weißer Adler feierlich. „Mein Vater sagen: ‚Überlasst Weißen Bruder Weißer Adler'. Sie wissen. Du sicher. Aber die anderen Männer – mein Volk mag den weißen Mann nicht."

John wusste, dass dies eine Untertreibung war. Zwischen der kleinen Gruppe von Banditen und den Indianern war es immer wieder zu blutigen Auseinandersetzungen gekommen. Überfälle – vor allem wegen Pferden – fanden hier wie da statt und führten häufig zu Blutvergießen.

„Und wenn jemand aus einem anderen Stamm mich entdeckt?“, fragte er seinen Freund.

Weißer Adler schüttelte den Kopf. „Ich bringen dich zum heiligen Berg“, erklärte er in verschwörerischem Tonfall. „Kein Indianer dorthin gehen. Angst.“

John nickte und nahm dem Pferd das Zaumzeug ab. Wortlos ließ er seine Hand über den weichen Hals und den Rücken des Tieres gleiten. Nur ungern ließ er es gehen.

„Pass gut auf, Partner“, flüsterte er ihm zu, dann versetzte er dem überraschten Pferd mit der flachen Hand einen Klaps gegen die Flanke. Das erschreckte Pferd machte einen Satz. In der Zwischenzeit hatte Weißer Adler auch dem anderen Pferd den Sattel abgenommen. Beide Tiere begannen zu galoppieren, der kleine Apfelschimmel folgte seinem größeren Artgenossen dicht auf den Fersen. Die Indianerponys stampften ungeduldig, warfen die Köpfe zurück, blähten die Nüstern und zerrten an ihren Zügeln.

Die beiden Männer sahen den davongaloppierenden Pferden nach.

„Er zurückgehen zur Ranch?“, fragte der Indianer. Er meinte den großen Braunen, der schnell die Führung übernommen hatte.

„Ich hoffe doch. Jedes Mal wenn ich mit ihm ausgeritten bin, hat er versucht, diese Richtung einzuschlagen“, erwiderte John.

„Vielleicht er gehen“, nickte Weißer Adler.

Die beiden Männer wandten nun ihre Aufmerksamkeit den anderen drei Pferden zu.

„Sind diese Tiere daran gewöhnt, einen Sattel zu tragen?“, fragte John, während er seinen Sattel zu ihnen trug.

Zum ersten Mal lachte Weißer Adler. „Wir werden sehen“, war seine Antwort. John rechnete mit einer kleinen Rodeovorführung.

*

Lisa hatte sich durch das Erste Buch Mose hindurchgearbeitet. Wenn sie zu Abschnitten kam, die sie nicht auswendig gelernt hatte, füllte sie die fehlenden Stellen mit ihrer eigenen Version der Ereignisse. Dann ging sie weiter zum zweiten Buch. Viele der Geschichten fielen ihr problemlos wieder ein und einige der Bibelstellen konnte sie sogar zitieren. Über jedes der zehn Gebote dachte sie ausgiebig nach, wofür sie sich in der Vergangenheit nie die Zeit genommen hatte. Weiter zum dritten Buch. Es fiel ihr schwer, die Gesetze und Regeln für das Zusammenleben, die Anbetung und das Opfer auseinander zu halten. „Ich werde mich noch intensiver mit diesen Büchern beschäftigen müssen“, nahm sie sich vor. „Ich habe ihnen wohl nicht genügend Aufmerksamkeit gewidmet.“

Dann begann sie ihre Gedankenwanderung durch Josua. Sie staunte darüber, wie Gott sein Volk immer wieder zum Sieg geführt hatte.

Gelegentlich fragte sie sich, wie viele Tage wohl mittlerweile vergangen waren; wie viele Mahlzeiten sie von ihren mageren Vorräten noch würde bestreiten können; wie lange ihr Vorrat an Kerzen ausreichen würde. Manchmal wurde sie von Furcht erfasst und sie verspürte den Drang zu schreien. Waren ihre gegenwärtigen Umstände tatsächlich so viel besser als ihre Gefangenschaft in der Hütte? In der Hütte hatte sie zumindest das Tageslicht gesehen. Wenigstens hatte sie da gewusst, ob gerade Tag oder Nacht war.

Doch dann richtete sie ihre Gedanken entschlossen wieder auf andere Dinge. Es nützte ihr nicht, wenn sie in Verzweiflung versank, wenn sie aufgab. Sie musste um ihr Überleben kämpfen. Deshalb musste sie auch ihre täglichen Rationen essen und ihre Kerze am Brennen halten. Und sie musste gegen den Drang ankämpfen, die dunkle Höhle zu verlassen und ins Sonnenlicht zu laufen. Ihr Leben hing davon ab.

*

John machte die Verzögerung zu schaffen. Nicht dass er sich um seine eigene Sicherheit Gedanken gemacht hätte. Weißer Adler hatte ihn zu einem guten Versteck innerhalb des Indianerlagers gebracht. Es war unwahrscheinlich, dass die Männer aus der Bande hier nach ihm suchen würden, und Weißer Adler hatte ihm versichert, dass die Indianerkrieger sich von dem „Ort der zornigen Götter“ fern hielten.

Trotzdem lief er ruhelos umher. Sollte er nicht längst unterwegs sein? Hätte er nicht Lisa holen und mit ihr davonreiten sollen, während die Männer in der anderen Richtung nach ihm suchten? Was hielt Weißer Adler davon ab? War dem jungen Krieger vielleicht irgendetwas zugestoßen?

Es fiel John schwer, in seinem Versteck auszuharren. Noch nie war er so aufgewühlt gewesen.

Ob Lisa wohl dieselben Zweifel hatte? Ob sie genauso ruhelos war? Würde ihre Ungeduld sie womöglich dazu veranlassen, Dummheiten zu machen?

John musste sich immer wieder zusammenreißen. Er hatte das Gefühl, es würde ihm leichter fallen, sich einer stampfenden Büffelherde zu stellen, als hier still herumzusitzen und zu warten. Zumindest hätte er dann das Gefühl, dass sein Schicksal bis zu einem gewissen Grad in seinen eigenen Händen lag.

Gerade als er meinte, die Spannung nicht mehr länger ertragen zu können, schlüpfte Weißer Adler geräuschlos in das kleine Lager.

Ein großer Schrecken

John kam dem jungen Pawnee entgegen. „Was hast du für Neuigkeiten?“, fragte er ungeduldig.

Weißer Adler schüttelte den Kopf und John fürchtete, dass er keine gute Nachricht mitbrachte.

„Rotes Pferd nicht gehen“, erwiderte er gleichmütig.

John blieb mitten im Schritt stehen. „Haben sie ihn gefunden?“, fragte er.

Weißer Adler nickte.

John fuhr sich mit der Zunge über die Lippen. „Was ist passiert?“ fragte er.

„Sie Spuren gesucht – ganz nahe bei Dorf“, erklärte Weißer Adler.

„Denken Sie, dass dein Volk uns gefangen genommen hat?“

„Vielleicht ja“, erwiderte Weißer Adler. „Vielleicht nein.“

John wartete. Er war sicher, dass Weißer Adler noch mehr zu berichten hatte.

„Sie wissen, dass Indianer Pferde nicht laufen lassen“, fuhr er fort.

John dachte darüber nach und nickte. Das stimmte. Die Indianer hätten die Pferde auf jeden Fall behalten.

„Dann wissen sie also, dass es eine falsche Spur ist“, gestand er laut.

„Sie warten – vor Dorf – in Versteck.“

„Sind sie noch da?“, fragte John.

„Musste Vater bitten, junge Krieger zurückhalten“, fuhr Weißer Adler fort. „Sie wollen Überfall. Mögen Pferde. Sie jetzt warten.“

John nickte.

Die beiden jungen Männer schwiegen und dachten über ihre Situation nach.

Weißer Adler ergriff erneut das Wort. „Sollen Krieger angreifen?“, fragte er einfach.

John schüttelte den Kopf. Er konnte diesen Befehl, der für die Männer – und auch für seinen Vater – den sicheren Tod bedeutete, einfach nicht aussprechen. Auch wollte er die indianischen Krieger nicht in Gefahr bringen, obwohl es sicherlich für den Häuptling schwer war, seine Männer zurückzuhalten. Nur zu gern hätten sie die Gelegenheit beim Schopfe gepackt und das kleine Lager der Banditen angegriffen, um dort ihre Vorräte und Pferde zu stehlen.

„Nein. Nein, nicht angreifen. Wir werden warten.“

Aber gleichzeitig missfiel ihm der Gedanke, noch länger zu warten.

„Eins noch“, meinte Weißer Adler nachdenklich.

John wandte sich ihm zu.

„Eine Wache. Er sitzen auf großen Felsen, auf Hügel.“

John wartete.

„Schiefer Baum tapferer Mann. Er mag rotes Pferd.“

John wartete auch weiterhin geduldig.

Schließlich fuhr Weißer Adler fort. „Schiefer Baum wird Wachposten zum Schweigen bringen. Ich nehme Pferde.“

John wurde ernst. „Den Wachposten töten?“, fragte er. Er wollte nichts mit dem Tod eines Menschen zu tun haben, wenn es auch einen anderen Weg gab.

„Vielleicht ja, vielleicht nein“, erwiderte Weißer Adler.

„Sag ihm nein“, meinte John. „Nehmt seine Pistolen. Fesselt ihn, wenn es sein muss.“

Weißer Adler wirkte skeptisch, nickte aber. „Schiefer Baum wird das nicht gefallen.“ Er zuckte die Schultern, als John seine Meinung nicht änderte.

Weißer Adler ergriff erneut das Wort. „Schiefer Baum holt großes rotes Pferd. Dein Pferd. Ich den Rest.“

John nickte. Das würde Weißer Adler zu einem sehr reichen jungen Krieger machen. Er würde dann unter allen Mädchen des Dorfes wählen können.

„Warte“, sagte John und hob die Hand, um zu zeigen, dass der Handel noch nicht abgeschlossen war.

Weißer Adler betrachtete ihn aufmerksam.

„Ich bekomme den Roten zurück – und den Apfelschimmel", sagte John. „Und du bekommst deine Pferde zurück."

Weißer Adler wirkte amüsiert. Dann nickte er zustimmend. „Komm", sagte er einfach. „Ich dich bringen zu Mädchen."

„Jetzt?" John war überrascht, gleichzeitig auch aufgeregt.

„Jetzt. Ihr müssen sofort aufbrechen, wenn morgen Pferde kommen."

John nickte. Das klang vernünftig. Immerhin würde ihm die ganze Bande auf den Fersen sein.

*

Lisa lief in der Höhle umher. Sie redete sich ein, sie müsse in Bewegung bleiben, aber in Wirklichkeit wusste sie, dass sie einfach nur unruhig war.

Sie musste nun schon so lange in diesem Loch warten. Sie wusste nicht, wie viel länger sie das noch würde ertragen können. Nicht einmal das Aufsagen von Bibelversen vermochte sie jetzt noch zu beruhigen.

Immer wieder wanderte ihr Blick zu dem schwindenden Vorrat an Lebensmitteln. Die Brötchen und das getrocknete Obst hatte sie bereits aufgegessen. Nun blieb ihr nur noch das Dörrfleisch. Lisa war sich nicht sicher, wie lange ihr das noch reichen würde. Deshalb trank sie nun immer mehr Wasser, um ihren knurrenden Magen zu beruhigen.

Auch ging ihr Kerzenvorrat zur Neige. Lisa wollte gar nicht daran denken, bald in vollkommener Dunkelheit sitzen zu müssen. Das würde sie einfach nicht ertragen können. Sie würde bestimmt verrückt werden. Aber kannte sie denn eigentlich den Weg nach draußen? Der junge Indianer war immer wieder in andere Gänge abgebogen, hatte bestimmte Tunnel gewählt und er hatte eine Laterne gehabt. Ohne Licht würde sie sich bestimmt in diesem Labyrinth verlaufen. Vielleicht würde sie eine Ewigkeit herumirren und den Weg nach draußen niemals finden. Allein der Gedanke daran war kaum zu ertragen.

„Schlaf!", ermahnte sie sich. „Schlaf! Dann geht die Zeit schneller vorbei. Bestimmt wird er bald kommen. Bestimmt …"

Sie überprüfte die Kerze, um sicher zu sein, dass sie noch lange brennen würde, und legte sich dann auf ihr Bett. Sie wickelte sich fest in die Decken ein und schloss die Augen. Das unablässige Tropfen des Wassers machte sie zwar nervös, doch sie kämpfte dagegen an. Sie erinnerte sich an ein Lied, dessen Rhythmus mit dem Tropfen des Wassers übereinstimmte, und sang es im Geiste mit. Immer und immer wieder – bis sie schließlich eindöste.

*

Lisa erwachte. Es dauerte eine Weile, bis sie richtig wach war. Irgendetwas stimmte nicht. Sie wusste es – aber sie war noch zu verschlafen, um feststellen zu können, was es war.

Sie lauschte in die Dunkelheit hinein. Nichts. Nichts als das stetige Tropfen des Wassers.

Aber wenn sie nicht von einem Geräusch aufgeweckt worden war, wovon denn dann?

Sie zog sich ihre Decken bis ans Kinn. Irgendetwas stimmte nicht. Sie konnte es spüren.

Und dann traf die Wahrheit sie mit voller Wucht. Sie hatte kein Licht. Ihre Kerze brannte nicht mehr. Was war passiert? Wieso war die Flamme ausgegangen?

Es dauerte einige Minuten, bis Lisa all ihren Mut zusammengenommen hatte, in die Dunkelheit hineinzugreifen. Die Kerze war heruntergebrannt. Sie hatte zu lange geschlafen. Ihre Kerze war einfach ausgegangen.

„Oh nein“, rief sie. „Nein.“ Ihre Stimme schien von den Wänden zurückgeworfen zu werden.

Panik stieg in ihr hoch. Sie bekam kaum noch Luft. Nie würde sie es allein in der Dunkelheit aushalten. Nie. Sie würde niemals ihr Essen finden. Ihr Wasser. Sie würde sterben. Bestimmt würde sie sterben.

Das Gefühl vollkommener Verzweiflung übermannte sie. Sie betete darum, schnell sterben zu können. Dann barg Lisa ihr Gesicht in dem warmen Fell und zum ersten Mal seit den ersten Tagen ihrer Gefangenschaft ließ sie ihren Tränen wieder freien Lauf.

*

„Bist du sicher, dass man uns nicht entdecken wird?“, fragte John, während er Weißer Adler folgte.

„Schiefer Baum halten Wache“, erwiderte der Krieger.

Die Antwort stellte John zufrieden und er beschleunigte seinen Schritt. Jeder von ihnen führte eines der Ponys, die sich nach anfänglichen Schwierigkeiten den Sattel erneut hatten auflegen lassen. Aber Weißer Adler bestand darauf, dass es sicherer für sie sein würde, zwischen den Bäumen hindurchzulaufen als zu reiten. Die Pferde hatten den Sattel nun akzeptiert, aber sobald ein Reiter im Sattel sitzen würde, würde der Kampf von vorne anfangen. Dann würden sie wertvolle Zeit verlieren.

Es wurde bereits dunkel, als Weißer Adler einen kleinen Busch beiseite schob und John in die Öffnung der Höhle winkte.

Nachdem sie innerhalb der Höhle eine kurze Strecke zurückgelegt hatten, blieb Weißer Adler stehen und holte eine Laterne aus einem Versteck im Felsen. Schweigend zündete er sie an und ging dann zielbewusst weiter.

Sie drangen tiefer und tiefer in die Höhle ein. John vertraute seinem Freund, dass er sie den richtigen Weg führte und dafür sorgte, dass sie auch den Weg nach draußen wieder finden würden.

Nach einer ganzen Weile blieb Weißer Adler stehen und legte die Hand auf Johns Schulter.

„Was ist los?“, flüsterte John. Seine Nackenhaare sträubten sich.

„Kein Licht“, erwiderte Weißer Adler.

„Kein Licht?“

„Keine Kerze“, wiederholte Weißer Adler.

John spürte, wie er am ganzen Körper zu zittern begann. War Lisa vielleicht etwas zugestoßen? War alles umsonst gewesen? Er schloss die Augen und zwang sich zur Ruhe. Weißer Adler setzte sich erneut in Bewegung.

Sie zwängten sich durch eine letzte Öffnung und betraten den Raum. In der Ecke entdeckte John einen Stapel Felle und Decken. Kamen sie zu spät?

Dann bewegten sich die Decken und Lisa sah ihn mit vor Angst weit aufgerissenen Augen an. Ihre blassen Wangen waren von dem

Staub der Höhle, der sich mit ihren Tränen vermischt hatte, ganz schmierig geworden. Ihr Haar hing ihr in einer wirren Masse ungekämmter Locken über die Schultern und ihr Gesicht wirkte ausgemergelt.

„Meine Kerze ist ausgegangen", schluchzte sie, dann barg sie ihr Gesicht wieder in den Fellen und begann erneut zu weinen. Ihr ganzer Körper bebte.

„Ich musste in der Dunkelheit herumkriechen, um –", fuhr sie schluchzend fort. „Ich musste …"

Aber sie konnte nicht weitersprechen. Die beiden Männer sahen sich an. Der eine war genauso hilflos wie der andere. Was konnten sie tun, um sie zu trösten? Wie beruhigte man eine fassungslose Frau? Welche unaussprechlichen Schrecken mochte sie in der Dunkelheit der Höhle erlebt haben?

Es war Weißer Adler, der schließlich zu ihr hinging, nachdem er dem erstaunten John die Laterne in die Hand gedrückt hatte.

Er kniete sich auf den felsigen Boden neben ihrem Bett und legte seine Hand auf ihre bebende Schulter. „Es sein vorbei", beruhigte er sie leise. „Vorbei. Bald du gehen. Bald. Du jetzt sicher. Nicht mehr allein. Sicher."

Während er sprach, tätschelte er ihr ziemlich ungeschickt die Schulter und strich ihr das Haar zurück. Das erinnerte John daran, wie er sein Pferd beruhigte, wenn es durch irgendeinen Umstand erschreckt worden war. Allmählich zeigten seine Worte und die Berührung bei dem verängstigten Mädchen ihre Wirkung. Das Schluchzen ließ nach. Ihre Schultern hörten auf zu beben. Lisa rang um Fassung.

„Wir zünden zwei Kerzen an", bot Weißer Adler an. „Drei Kerzen. Wir machen ganze Höhle hell."

Lisa lachte leise. Sie hatte einen Schluckauf bekommen. Mühsam schälte sie sich aus den Decken und Fellen und fuhr sich mit einem Zipfel über ihr Gesicht.

„Ich hatte solche Angst", gestand sie entschuldigend, ohne aufzusehen. „Ich habe so lange gewartet – ich kannte den Weg nach draußen nicht – ich dachte, Sie würden nie kommen. Nie."

„Wir kommen", sagte Weißer Adler, während er die vierte Kerze ansteckte. „Morgen du gehen."

Lisa schien über diese Bemerkung nachzudenken. Zum ersten Mal sah sie John an. Ihr Gesicht war noch immer blass, ihre Wangen schmutzverschmiert, ihr Haar wirr. „Stimmt das?“, fragte sie.

Er nickte. Er war noch zu erschrocken. Noch nie hatte er eine solche Verzweiflung miterlebt.

Verlegen strich sie sich das Haar aus dem Gesicht. Zum ersten Mal schien ihr aufzufallen, wie unordentlich sie aussehen musste.

„Ich kann es kaum glauben“, sagte sie schließlich, nervös ihre Hände ringend. „Ich … ich dachte, ich würde das Tageslicht nie wieder sehen.“

John erlangte schließlich seine Fassung zurück. Er stellte die Laterne auf einen kleinen Felsvorsprung, sodass sich das Licht mit dem der Kerzen mischte und seltsame Schatten an die Wände malte.

„Wir werden morgen früh aufbrechen“, versprach er ihr.

Sie lachte nervös und ließ ihren Blick durch die Höhle wandern.

„Ich … ich denke, eine Nacht kann ich es noch aushalten“, brachte sie schließlich heraus und schluckte schwer.

„Ich bleibe hier“, erklärte John schnell, obwohl er eigentlich vorgehabt hatte, am Höhleneingang Wache zu halten und nach Zeichen aus dem Tal Ausschau zu halten.

Weißer Adler nickte. Er schien zu verstehen.

„Beide schlafen“, sagte er. „Langer Ritt mit der neuen Sonne.“

Weißer Adler nahm seine Laterne und verließ sie, nachdem er sie erneut ermahnt hatte, früh schlafen zu gehen, um für den schweren Ritt am folgenden Tag gerüstet zu sein.

John hatte zustimmend genickt, fragte sich jedoch, wie viel Schlaf sie wohl bekommen würden.

„Wann haben Sie zuletzt etwas gegessen?“, fragte er.

Lisa wirkte verwirrt. „Ich weiß nicht genau“, erwiderte sie ehrlich. „Ich habe jedes Zeitgefühl verloren.“

Er nickte und ging zu den Lebensmittelvorräten. Es war fast nichts mehr da.

„Sie sollten besser etwas essen“, sagte er und reichte ihr ein Stück Dörrfleisch, dann holte er den kleinen Wasserkrug.

Sie schien sich jetzt beruhigt zu haben. Er wunderte sich über die Veränderung, die sich in ihr vollzogen hatte, als sie nun pflichtschuldigst an dem harten Fleisch kaute.

„Es tut mir Leid, dass es so lange gedauert hat“, erklärte er. „Es ist nicht alles so gelaufen, wie wir es geplant hatten.“

Sie nickte stumm.

„Es müssen …“ Er konnte den Satz nicht zu Ende sprechen. Er wusste eigentlich nicht so recht, was er sagen sollte.

Sie blickte ihn an. Alle Furcht war aus ihren großen Augen gewichen.

„Alles war in Ordnung, bis die Kerze ausging“, erklärte sie ihm. „Zumindest einigermaßen. Ich habe immer wieder Bibelstellen aufgesagt und gebetet. Ich habe sogar gesungen … ein wenig. Aber nachdem das Licht aus war …“

Sie schauderte zusammen und konnte nicht weitersprechen.

„Es tut mir Leid“, sagte er leise.

Schweigend saßen sie zusammen. Dann ergriff sie als erste erneut das Wort.

„Ich kann es kaum glauben … nach all dieser Zeit“, begann sie. „Ich kann kaum glauben, dass ich nach Hause gehen werde.“

Er wollte darauf etwas sagen, doch er schloss schnell wieder seinen Mund.

„Meine Mama wird sich so …“ Sie hob den Kopf und nun funkelten ihre Augen im Kerzenschein. Sie zog die Knie an und legte die Arme darum. Ihre weiche Wildlederkleidung verschmolz mit dem Schatten an der Wand. Wie sie da in so königlicher Haltung auf ihrem Bett saß, hätte sie eine Indianerprinzessin sein können.

John räusperte sich. Nur ungern wollte er den Zauber durchbrechen. Auch war er nicht ganz sicher, was er sagen und wie er es ihr erklären sollte.

Schließlich atmete er tief durch und sprach so sanft mit ihr wie er nur konnte.

„Lisa?“

Es war das erste Mal seit langer Zeit, dass jemand ihren Namen aussprach. Sie wandte sich ihm zu.

Er schluckte erneut.

„Wir werden noch nicht nach Hause reiten“, brachte er schließlich heraus.

Bei dem enttäuschten Blick, der nun in ihre Augen trat, zuckte er zusammen.

Endlich!

„Was soll das heißen?“ Sie schleuderte ihm die Worte regelrecht entgegen.

John wäre gern zu ihr gegangen – wie Weißer Adler es getan hatte –, aber er rührte sich nicht.Doch ihr Blick schien ihn auf seinem Platz festzunageln.

„Wir können nicht“, brachte er mühsam heraus.

„Aber ich dachte …“

„Ich weiß, ich weiß,“ unterbrach er sie schnell, „und ich wünschte auch, es ginge, aber …“

Er stand nun auf und ging ein paar Schritte, aber nicht auf sie zu. Er konnte den Ausdruck auf ihrem Gesicht nicht ertragen. Schnell wandte er ihr den Rücken zu und schob seinen Hut leicht zurück. Erst als er sich wieder unter Kontrolle hatte, drehte er sich wieder zu ihr um.

„Ich wage es nicht, Sie nach Hause zu bringen“, meinte er gleichmütig. „Dort werden sie zuerst nach Ihnen suchen. Und sie werden den Ort viele Tage lang beobachten und warten. Ich weiß …“

„Aber was ist mit meinen Eltern?“ Ihre Stimme zitterte noch immer.

„Sobald wir hier raus sind, werden wir sie benachrichtigen“, erklärte er einfach.

Er meinte, nun Tränen auf ihren Wangen zu sehen, war sich aber nicht ganz sicher.

Sie zog ihre Knie noch enger an die Brust, legte die Arme darum und den Kopf darauf, bis er ihr Gesicht nicht mehr sehen konnte. Das wirre Haar umgab sie wie ein Umhang und schützte sie vor seinen Blicken.

„Es tut mir Leid“, brachte er mühsam hervor.

Er sah, wie ihre Schultern bebten, während sie schweigend dasaß. Und dann schien sie die Schultern zu straffen. Sie hob den Kopf und obwohl er jetzt sicher war, dass Tränen auf ihren Wangen schimmerten, sah sie ihn offen an.

„Welchen Plan haben Sie?", fragte sie. Ihre innere Kraft war zurückgekehrt.

Ihre plötzliche Ruhe beunruhigte ihn fast noch mehr als ihre Erregung.

Welchen Plan hatte er denn eigentlich? Abgesehen von der Tatsache, dass er sie aus dem Lager herausbringen musste – fort von der Bande, die sie gefangen genommen hatte – was sollte jetzt passieren? Plötzlich wurde er sehr nervös. Er war so damit beschäftigt gewesen, ihre Flucht vorzubereiten, dass er nicht sehr viel weiter gedacht hatte.

„Gibt es einen anderen Ort, einen Menschen, den Sie kennen und dem Sie vertrauen?" Dieser Gedanke kam ihm ganz plötzlich. Er würde sie natürlich zu jemandem bringen müssen. Er konnte sie nicht einfach aus ihrem Gefängnis befreien und dann in einer feindlichen Welt sich selbst überlassen.

Sie schien über seine Frage nachzudenken. Schließlich antwortete sie, zuerst zögerlich, doch dann sprudelten die Worte nur so aus ihr hervor.

„Einen Onkel, den Bruder meines Vaters, und seine Frau. Ich weiß nicht genau … ich habe sie nie kennen gelernt …, aber Papa hat von ihnen gesprochen. Sie leben in Montana und sind Farmer. Sie wohnen in der Nähe einer kleinen Stadt mit Namen … ach du meine Güte, wie heißt sie noch, Preston? Princeton? Du meine Güte. Ich werde mich schon noch erinnern, ich muss nur …"

„Montana", wiederholte John. „Das ist ein weiter Weg."

Lisa blickte ihn entschuldigend an. „Sie sind die Einzigen, die mir einfallen. Ich …"

Er unterbrach sie schnell, damit sie nicht den Eindruck hatte, er hätte gegen ihren Vorschlag etwas einzuwenden. „Montana. Vielleicht ein guter Ort für einen Neuanfang."

Das Schweigen zwischen ihnen dauerte mehrere Minuten. Es war kein unbehagliches Schweigen. Jeder war mit seinen Gedanken beschäftigt und zufrieden, dass der andere nicht sprach.

Schließlich ergriff John wieder das Wort. „Sie sollten jetzt schlafen. Morgen wird ein anstrengender Tag.“

Lisa bewegte sich.

Sie ließ ihren Blick durch die kleine Höhle wandern. Drei Tunnels zweigten davon ab. Durch den einen hatte der Indianer sie hereingebracht. Der andere war nur eine Verlängerung des Raumes, in dem sie sich jetzt aufhielten. Was mit dem dritten Tunnel war, wusste sie nicht.

„Sie müssen auch schlafen“, antwortete sie einfach. „Hier, nehmen Sie ein paar Decken.“

Sie erhob sich und teilte die Decken und die Felle auf. Er wollte protestieren, doch dann merkte er, wie müde er war. Außerdem war deutlich zu sehen, dass Weißer Adler gut vorgesorgt hatte. Aus den Decken und Fellen konnte man gut zwei Betten herrichten.

„Das reicht“, sagte er und nahm ein schweres Büffelfell.

„Nehmen Sie auch die Decke noch dazu“, beharrte sie, und er kam ihrer Aufforderung nach.

Er legte das Fell auf den Boden und setzte sich darauf. Es war kaum härter als die Holzpritsche, an die er gewöhnt war. Dann wickelte er sich fest in die Decke ein und legte sich hin, um zu schlafen.

Er hörte sie noch ein wenig herumgehen und wandte sich um, damit er sie ansehen konnte. Sie zündete gerade eine frische Kerze an.

*

Eine Berührung an seiner Schulter weckte ihn auf. Weißer Adler beugte sich, die Laterne in der Hand haltend, über ihn.

„Du schlafen wie alter Bär“, sagte er mit einem Funkeln in den Augen.

John rührte sich und machte sich Vorwürfe, dass er Weißer Adler nicht gehört hatte. Aber schnell beruhigte er sich wieder. Weißer Adler bewegte sich wie ein Schatten. Kein sterblicher Mensch hätte hören können, wie er die Höhle betreten hatte.

Seine Augen stellten die Frage, die er nicht auszusprechen wagte. Weißer Adler antwortete.

„Du haben Pferd“, sagte er einfach.

Erleichterung durchströmte Johns ganzen Körper. Er wickelte sich aus der Decke und setzte sich auf. „Dann, denke ich, haben wir jetzt einen kleinen Ritt vor uns“, erwiderte er.

Lisa wurde ebenfalls wach. Verschlafen öffnete sie die Augen und fuhr sofort hoch. „Hat es geklappt?“, fragte sie, bevor sie noch Zeit hatte, sich aus ihren Decken zu wickeln.

John konnte sein Lächeln nicht verbergen. In ihrem Eifer war sie wie ein kleines Kind. „Es hat geklappt“, erwiderte er, während Lisa die Decken zurückschlug und von ihrem Bett aufstand.

„Wir müssen uns beeilen“, rief sie aufgeregt und machte sich daran, die letzten Vorräte in einem kleinen Haufen auf das Bett zu legen.

*

Will Russell war übelster Laune. Grund dafür war, dass seine wohl durchdachte Strategie ein Fehlschlag gewesen war. Das Mädchen hatte in John keineswegs die gewünschte Veränderung bewirkt, sondern hatte ihn vielmehr dazu gebracht, sich endgültig von der Bande zu lösen. Wills Gefühl, das Spiel verloren zu haben, wurde nur noch von seinem großen Zorn übertroffen. Und Sams wissende Blicke und seine gemurmelten Kommentare hatten nicht unbedingt dazu beigetragen, seinen Zorn zu besänftigen.

Da sie die Flucht erst gegen Mittag entdeckt hatten, wusste Will, dass John alles sorgfältig geplant und somit einen großen Vorsprung hatte. Bei dem Schneefall war es schwer gewesen, die Spur aufzunehmen, aber Will kannte ja die Richtung, die sie einschlagen mussten, wenn er das Mädchen nach Hause bringen wollte.

Er hatte den Männern befohlen, die Pferde zu satteln, und dann waren sie losgeritten. Nur Skidder blieb zurück, um das Lager zu bewachen. Will hatte Skidder nicht dabeihaben wollen. Er wusste, dieser Mann würde jede Gelegenheit wahrnehmen, John eine Kugel in den Rücken zu jagen.

Zuerst waren sie auf direktem Weg in die Richtung geritten, in der Lisas Heimatstadt lag. Doch kurz bevor sie gezwungen waren, ein Lager für die Nacht aufzuschlagen, stießen sie auf drei

Pferde, die friedlich auf einer kleinen Wiese grasten – Johns Pferde.

Will hatte zuerst gedacht, dass sein Sohn und seine Gefangene vielleicht auf eine kleine Gruppe von Pawnees gestoßen waren. Aber das passte nicht zusammen. Die Indianer hätten die Pferde behalten. Was war also wirklich passiert? Will kratzte sich nachdenklich am Kopf.

Es war klar, dass John einen anderen Plan hatte. Aber welchen? Wohin konnte er zu Fuß kommen? Hatte er die Pferde gewechselt? Aber warum? Seine Pferde waren doch noch frisch. Es sah nicht so aus, als wären sie erschöpft. Er verstand das alles nicht.

„Baut das Lager auf", hatte Will seinen Männern befohlen.

So hatten sie das Lager aufgeschlagen.

Am folgenden Morgen rechneten die Männer mit dem Befehl, das Lager wieder abzubrechen, aber Will schien keine Eile damit zu haben. Stattdessen schickte er Späher aus, die die nähere Umgebung erkunden sollten.

„Wenn ihr etwas seht, gebt drei Schüsse ab", hatte er ihnen befohlen. Doch am Ende des Tages waren sie ohne Neuigkeiten zurückgekommen.

„Na dann, wir bleiben einfach hier und warten. Er wird schon irgendwann aus seinem Versteck hervorkriechen", hatte Will gebrummt.

In den folgenden Tagen schickte Will immer wieder Späher aus. Sam begann Fragen zu stellen. Er wollte wissen, wie lange sie denn hier – so dicht am Indianerlager – herumsitzen sollten. Will brummte nur vor sich hin und entgegnete, noch sei er der Boss. Er würde die Befehle geben.

Doch der nächtliche Überfall der Indianer hatte seine Pläne durchkreuzt. Die Krieger hatten alle ihre Pferde und alle Sättel gestohlen. Sogar den Proviant aus der Mitte des Lagers, als wollten sie sich über die kleine Gruppe von Banditen lustig machen. Will war jedoch heilfroh, dass er seinen Skalp noch hatte, obwohl er dies seinen Männern gegenüber niemals zugegeben hätte.

Die Männer fluchten und schimpften über die „roten Wilden". Aber Will wusste, dass ihr Zorn in erster Linie gegen ihn gerichtet war, doch die Männer trauten sich nicht, ihre wahren Gefühle zu zeigen.

So mussten sie sich nun alle zu Fuß auf den Heimweg machen. Die warme Frühlingssonne hatte den Boden in Schlamm verwandelt. Immer wieder rutschten sie aus. Bis zu den Hüften im Wasser stehend, durchquerten sie den kleinen Fluss.

Nein, das war bestimmt keine fröhliche Reisegruppe. Zu allem Übel, war der nächste Überfall bereits sorgfältig geplant und sollte in nur drei Tagen stattfinden – und jetzt hatten sie keine Pferde, abgesehen von ein paar alten Kleppern auf der Weide. Außerdem waren auch die Vorräte, sogar die im Basislager, gefährlich knapp geworden.

Während sich Will durch den Schlamm schleppte, sah er immer wieder über die Schulter zurück. Seine Männer hatten schon aus weitaus unbedeutenderen Gründen rebelliert. Er war froh, dass er sich auf Sam verlassen konnte, der am Ende der Gruppe der aufgebrachten Männer ging – seine Hand immer locker an der Pistole liegend.

*

„Haben Sie eine Ahnung, welcher Tag heute ist?“, fragte Lisa, während sie sich müde ihr Haar aus der Stirn strich.

„Ich weiß, dass wir jetzt seit acht Tagen unterwegs sind“, erwiderte John.

„Wo sind wir?“

„Wir haben noch ein gutes Stück zu reiten“, lautete die einfache Antwort, während sie weiterritten.

Lisa stöhnte innerlich. Ihr ganzer Körper tat bereits weh und sie hatte den Eindruck, diese acht Tage nur im Sattel gesessen zu haben. John hatte sie unbarmherzig vorangetrieben. Er wollte unbedingt so viele Meilen wie möglich zwischen sie und das Lager in dem verborgenen Tal bringen. Nicht einmal den Luxus eines offenen Lagerfeuers hatte er ihnen zugestanden.

Lisa stöhnte, wenn sie nur daran dachte. Die Nächte waren kalt gewesen, und die dünne Decke, die sie um ihren zitternden Körper gewickelt hatte, bot nur wenig Schutz vor dem beißenden Wind.

Sie hatten den Schnee hinter sich gelassen. Der Schneesturm, der über ihr Gebiet hinweggefegt war, hatte ihre Spuren verwischt und ihnen bei ihrer Flucht geholfen. Doch jetzt kam zum Glück die warme Frühlingssonne heraus und taute die Schneewehen wieder weg.

Lisa war erstaunt, als John sein Pferd zum Stehen brachte. Auch Lisas Apfelschimmel blieb stehen.

John sprach kein Wort. Er saß einfach nur in seinem Sattel, als wäre er dafür geboren, und betrachtete Lisa mit eindringlichem Blick. Lisa wurde unruhig. Manchmal hatte sie das Gefühl, als würde er tief in ihre Seele hineinschauen.

„Da vorne ist eine kleine Stadt, etwa zwei Kilometer entfernt“, erklärte er. „Wir brauchen neuen Proviant.“

Lisa riss die Augen auf. „Sind Sie … schon mal hier gewesen?“, fragte sie ungläubig.

„Nein“, erwiderte er kopfschüttelnd.

„Und wie …?“, begann sie, sprach den Satz jedoch nicht zu Ende.

Er lächelte sie freundlich an. Dann deutete er mit dem Kopf in Richtung Norden. „Da liegt sie doch, für alle sichtbar, dort drüben, an dem Hügel.“

Lisa errötete und schirmte ihre Augen gegen die Sonne ab. Natürlich, dort zwischen den Bäumen und den Felsen konnte sie einige Häuser erkennen.

„Werden wir dort anhalten?“, fragte sie und hoffte, ihre Stimme würde nicht zu eifrig klingen.

Wieder nickte er. „Wir werden Rast machen“, versprach er.

Plötzlich spürte Lisa wieder neue Kraft in ihren müden Knochen. Sie richtete sich in ihrem Sattel auf und gab ihrem Pferd die Sporen. Wenn sie Rast machen würden, dann wollte sie auf schnellstem Weg die Stadt erreichen.

*

In der kleinen Stadt gab es ein Hotel. John bestellte ein Zimmer und ein heißes Bad für Lisa, bevor er zu den Ställen ging, um die Pferde zu versorgen. Sie hatten die Tiere ziemlich angetrieben.

John wollte sie genau untersuchen, die Hufe überprüfen und sehen, ob die Muskeln nicht zu sehr überanstrengt waren. Während ihrer langen Reise hatte er es sich am Ende eines jeden Tages zur Gewohnheit gemacht, die Pferde zu untersuchen, doch er hatte keine Verletzungen feststellen können. Allerdings schien der kleine Apfelschimmel eine empfindliche Stelle an der Schulter zu haben. John beschloss, ein wenig Salbe aufzutragen und einen heißen Umschlag zu machen.

Als John im Stall fertig war, ging die Sonne bereits unter. Er blickte an seinen verschmutzten Kleidern hinunter und beschloss, dass auch ihm ein Bad nicht schaden könnte.

Die Türen des einzigen Ladens in der Stadt waren noch geöffnet. John betrat das Gebäude. Alle möglichen Waren lagen dicht beieinander auf den Regalen und türmten sich auf dem Boden.

„Hallo“, grüßte John.

„Hallo“, erwiderte der Ladenbesitzer und betrachtete John von oben bis unten.

„Auf der Durchreise?“, fragte er beiläufig, aber John wusste, dass die Frage durchaus nicht beiläufig gemeint war.

„Allerdings“, erwiderte er ruhig. Er betastete eines der Hemden auf einem der Stapel.

Beide Männer warteten.

„Hätte gar nicht erwartet, dass es in einer so kleinen Stadt so viele Waren gibt“, bemerkte John. „Die Geschäfte müssen entweder mächtig gut gehen – oder äußerst miserabel.“

Der Mann reagierte mit einem lauten Lachen. „Wo sind Sie gewesen, Cowboy?“, fragte er. „Wissen Sie denn nicht, dass es hier in den Bergen Gold gibt?“ Er deutete mit dem Kopf nach Nordwesten. „Zu Dutzenden kommen sie Tag für Tag – und viele sind noch hierher unterwegs. Mein Geschäft ist das letzte zwischen hier und den Claims.“

Johns Kopf fuhr hoch. „Was Sie nicht sagen“, meinte er interessiert.

John wandte seine Aufmerksamkeit wieder den Waren zu.

„Wollen Sie auch nach Gold schürfen?“, fragte der Mann.

„Ich?“, fragte John erstaunt. „Nein, ich glaube nicht. Habe nie darüber nachgedacht.“ Er zögerte und drehte nervös seinen Hut in der Hand.

Der Mann wirkte enttäuscht. John ließ ihn warten.

Schließlich sah er auf und nickte. „Ich brauche Proviant“, sagte er. „Bringe meine Schwester zu unseren Verwandten.“

Noch während er sprach, errötete er leicht. In der Bibel seiner Mutter hatte er den Bericht von jemandem mit Namen Abraham gelesen, der vor vielen, vielen Jahren dieselbe falsche Aussage bezüglich seiner Frau Sarah gemacht hatte.

Aber der Mann hinter der Theke schien seine Auskunft nicht in Frage zu stellen. Vielleicht war er gedanklich nur mit dem Verkauf beschäftigt.

„Suchen Sie sich raus, was Sie brauchen – und geben Sie mir dafür harte Währung, Mister.“

John stellte fest, dass sich der Ladenbesitzer insgeheim erwartungsvoll die Hände rieb.

„Den üblichen Proviant“, erklärte John. „Ich werde die Sachen morgen abholen.“

Er zögerte. In seiner Satteltasche steckte in einem kleinen Beutel gestohlenes Geld. Seltsamerweise widerstrebte es ihm, etwas davon auszugeben. Aber andererseits war es so, dass er sich mit dem gestohlenen Geld eigentlich gar nicht wohl fühlte. Trotzdem, sie brauchten Proviant, und er musste Kleider zum Wechseln kaufen. „Das können Sie mit auf die Rechnung setzen“, fuhr er fort, während er einige Kleidungsstücke aussuchte. „Ich bezahle alles, wenn ich die Sachen hole.“

*

Nachdem auch John ein Bad genommen und die neuen Kleider angezogen hatte, fühlte er sich sehr viel besser. Er zog sogar in Erwägung, sich die Haare schneiden zu lassen, verwarf jedoch den Gedanken wieder. Er wollte nicht zu viel Geld in der kleinen Stadt ausgeben. Die Leute sollten nicht misstrauisch werden.

Sobald er fertig angezogen war, setzte er seinen neuen schwarzen Hut auf und steckte den Beutel mit dem Geld unter sein Hemd. Dann schnallte er seinen Pistolengürtel um und ging hinunter in die Hotelhalle, um zu sehen, ob Lisa fertig war, damit sie Essen gehen konnte.

*

Lisa wartete ungeduldig. Nervös klopfte sie mit ihrem Fuß auf den Teppich. Sie war ausgehungert. Lange hatte sie in dem warmen Wasser gelegen und die beruhigende Wärme für ihre schmerzenden Muskeln genossen. Dann hatte sie sich abgetrocknet und ihre Kleidung aus der Satteltasche angezogen, die John ihr zurückgelassen hatte. Nach den vielen Tagen, an denen sie nichts anderes als die Wildlederkleidung getragen hatte, fühlten sich ihre eigenen Kleider auf ihrer Haut seltsam an. Auch bedauerte sie, dass sie so schrecklich verknittert waren. Trotzdem fühlte sie sich besser, nachdem sie ihr Haar sorgfältig aufgesteckt und sich im Spiegel betrachtet hatte. Und jetzt wartete sie schon, wie es ihr schien, stundenlang auf ihren Begleiter. Mit ihrer Geduld war es langsam zu Ende. Hatte John sie vielleicht einfach hier abgesetzt und erwartete von ihr, dass sie selbst für sich sorgte? Sollte sie allein zum Abendessen gehen oder einfach ohne auskommen? Er wusste, dass sie kein Geld zum Einkaufen hatte.

Und plötzlich durchzuckte sie ein schrecklicher Gedanke. Hatte John überhaupt Geld? Oder waren sie mittellos? Würden sie sich auf dem Weg nach Montana alles Lebensnotwendige zusammenstehlen müssen, wie John es sein ganzes Leben lang getan hatte? Und wenn er nun tatsächlich einen Überfall begangen hatte und etwas war schief gegangen? Vielleicht war er ins Gefängnis geworfen worden, verwundet oder gar erschossen. Dann wäre sie in dieser fremden kleinen Stadt ganz auf sich allein gestellt. Meilen von ihren Eltern entfernt. Meilen entfernt von dem Onkel und der Tante, die sie gar nicht kannte.

Lisa spürte, wie Panik in ihr aufstieg. Sollte sie sich auf die Suche nach ihm machen? Sollte sie leugnen, ihn zu kennen, falls er gefasst worden war? Sollte sie zum Sheriff gehen und ihm ihr Dilemma erklären?

Ein Sheriff? Seltsam. Daran hatte Lisa gar nicht gedacht. Bestimmt wäre das jetzt ganz vernünftig, da sie sich in freundlicherer Umgebung befanden. Bestimmt hielt man sich in dieser Stadt an das Gesetz. Die Leute hier würden ihr helfen. Immerhin war John ein Verbrecher.

Es fiel Lisa schwer, so von ihm zu denken. Aber es stimmte. Er war ein Verbrecher. Warum nur hatte sie das Gefühl gehabt, ihm vertrauen zu können?

Sie begann auf einmal zu zittern und wurde leichenblass. Furcht machte sich in ihr breit. „Oh Gott“, betete sie und bedeckte ihr Gesicht mit ihren Händen. „Was tue ich hier? Sollte ich nicht besser fliehen?“

Das Ende der Reise

Lisa erhob sich zitternd und sah sich um. In dem Zimmer befanden sich nur wenige ihrer persönlichen Sachen, aber sie suchte sie sorgfältig zusammen und packte sie in ihre Satteltasche. Dann setzte sie ihren zerdrückten Hut auf ihr hoch gestecktes Haar und griff nach ihrem zerknitterten Mantel und den Handschuhen. Sie würde es tun. Das war das einzig Vernünftige.

Sie nahm die Satteltasche hoch. Sie war jetzt leichter, da sie die zusätzliche Kleidung und den schweren Mantel herausgenommen hatte.

Nun waren nur noch ihre wenigen persönlichen Toilettenartikel und ihre Bibel darin. Erneut ließ sie ihren Blick durch den Raum wandern, um zu sehen, ob sie auch nichts vergessen hatte. Die Wildlederkleidung lag ordentlich zusammengefaltet auf dem Stuhl, die Mokassins standen oben drauf.

Lisa atmete tief durch, um sich selbst Mut zuzusprechen, und griff dann entschlossen nach dem Türknauf. Ein lautes Klopfen ließ sie jedoch zusammenfahren und zurückweichen.

„Lisa“, ertönte Johns Stimme. „Sind Sie fertig?“

Lisa hätte in diesem Moment nicht sagen können, welches Gefühl stärker war, das der Erleichterung oder das des Bedauerns. Leise legte sie ihr kleines Bündel auf den Boden, atmete tief durch, um sich zu beruhigen, und öffnete die Tür.

Frisch rasiert und gebadet stand John in neuen Kleidern vor ihr. Sogar der alte, schmutzige Hut war ausgetauscht worden. Lisas überraschter Aufschrei blieb ihr im Halse stecken. Falls er tatsächlich einen Überfall verübt hatte, dann hätte er sich aber ganz schön beeilen müssen.

Er blickte sie prüfend an. Lisa sah nun an ihren zerknitterten und alten Kleidern hinunter, doch als sie wieder aufsah, nickte er ihr aufmunternd zu.

„Dachte, Sie hätten vielleicht Hunger", meinte er.

Sie schluckte und trat unbehaglich von einem Fuß auf den anderen. „Ja … ja, das habe ich tatsächlich", stammelte sie. „Ich … ich dachte schon …"

Aber Lisa sprach den Satz nicht zu Ende. Sie war sich nicht sicher, wie viel sie sagen sollte.

*

Früh am nächsten Morgen brachen sie wieder auf. Als Lisa herunterkam, war sie erstaunt zu sehen, dass noch ein drittes Pferd, beladen mit Proviant, bei den beiden anderen stand.

„Keine Angst", erklärte er schnell, als könnte er ihre Gedanken lesen. „Es ist alles bezahlt."

Er erklärte jedoch nicht, woher das Geld stammte, mit dem er die Sachen bezahlt hatte.

Lisa trug nun wieder ihre Wildlederkleidung, ihr eigenes Kleid lag sorgfältig zusammengefaltet in dem kleinen Bündel, das sie John reichte. Und noch etwas war neu: Hinter jedem Sattel bemerkte sie einen Regenmantel. Sein Blick folgte ihrem. „Hält den Regen und den Wind ein wenig ab", erklärte er.

John bezahlte die Rechnung in dem kleinen Hotel und hielt Lisas Pferd fest, während sie aufstieg.

Es war ein schöner Tag. Lisa versuchte, nicht an die kleine Stadt zu denken, die sie nun hinter sich gelassen hatten. Sie bemühte sich, sich keine Vorwürfe zu machen, weil sie nicht versucht hatte, mit einem Sheriff zu sprechen. Außerdem unterdrückte sie die unangenehme Frage, ob sie John tatsächlich trauen konnte und ob er sie wirklich zu ihrem Onkel in Montana bringen würde. Stattdessen konzentrierte sie sich darauf zu beten, während sie im Sattel saß.

John trieb ihre Pferde noch immer an. Lisa hatte angenommen, dass er nun ein wenig entspannen würde, nachdem sie bereits eine beachtliche Strecke zurückgelegt hatten.

Die Frühlingssonne stand deshalb bereits hoch am Himmel,

als sie die erste Pause machten. Steif stieg Lisa aus dem Sattel.

„Es tut mir Leid, dass ich so viel Druck mache", entschuldigte er sich, als er sie absteigen sah.

„Ich dachte nur, dass wir jetzt ziemlich sicher wären", meinte sie leise.

Er blinzelte ins Sonnenlicht und blickte aufmerksam in alle Richtungen. Schließlich wandte er sich zu ihr um.

„Ja, wir sollten mittlerweile einen ausreichenden Vorsprung vor meinem Vater haben", bestätigte er. „Ich glaube nicht, dass er uns auf den Fersen ist, aber …" Er ließ die Worte in der Luft hängen. Lisa wartete.

„Ich habe keine Ahnung, wer sich in diesen Bergen herumtreibt", beendete er schließlich den Satz.

Das war ein neuer und beängstigender Gedanke für Lisa. Waren sie wirklich permanent in Gefahr?

„Sie meinen …", begann sie, konnte die schrecklichen Worte jedoch nicht aussprechen.

„Gesindel, Pack, ich weiß nicht, wer alles hier herumzieht." Er zögerte einen Augenblick, dann fuhr er nüchtern fort: „Und diese Berge dort drüben sind geradezu ideal dafür, ganzen Banden von Gesetzlosen Unterschlupf zu gewähren."

Sie hatten also ein Nest von Räubern verlassen, um wiederum von anderen bedroht zu werden? Durchaus kein schöner Gedanke.

„Aber Sie müssen keine Angst haben", fuhr John freimütig fort. „Man muss nur wachsam bleiben und vor allem in regelmäßigen Abständen hinter sich sehen."

Lisa nickte, aber die Angst, die ihr die Kehle zuschnürte, war nicht so leicht zu unterdrücken.

*

Allmählich begann Lisa John nicht mehr als den Mann zu sehen, der sie gefangen gehalten, sondern der sie befreit hatte. Ohne sich über den genauen Grund im Klaren zu sein, konnte sie sich in seiner Gesellschaft entspannen. Sie lernte wieder zu vertrauen.

Wenn sie abends ihr Lager aufschlugen, sprach sie freimütig über ihre kleinen Erlebnisse während des Tages oder erzählte kleine Begebenheiten aus ihrer Vergangenheit. Wie selbstverständlich übernahm sie, während sie rasteten, ihren Anteil beim Kochen und Spülen.

John reagierte in ähnlicher Weise, wenn sie auch das Gefühl hatte, dass er seine Wachsamkeit nie ganz verlor.

„Wissen Sie", sagte Lisa eines Abends, während sie das Blechgeschirr in dem kleinen Fluss wuschen, „ich habe mittlerweile jegliches Zeitgefühl verloren. Ich weiß nicht einmal, welchen Tag wir heute haben."

John dachte über ihr Worte nach und fragte dann: „Ist das denn wichtig?"

Lisa hob den Kopf und lachte leise. „Schätze nicht", stimmte sie zu. „Es wäre nur schön zu wissen. Wenn ich zu Hause wäre …" Sie sprach den Satz nicht aus. Wenn sie zu Hause wäre, wäre es wichtig für sie, jeden Tag bewusst zu erleben. Zu wissen, wann Schule war und wann Wochenende, Samstage und Sonntage, Ferien und Geburtstage. Ja, das wäre wichtig. Es war wichtig.

„Ich weiß nicht einmal, ob der Geburtstag meiner Mama schon vorbei ist", fuhr sie traurig fort.

„Wann hat sie denn Geburtstag?", fragte John.

„Am zweiten Mai."

John sah in die Abendsonne, die gerade hinter den Hügeln versank.

„Ich glaube nicht, dass wir schon Mai haben", antwortete er.

Aus irgendeinem Grund fühlte sich Lisa erleichtert. Wie gern wäre sie wieder zu Hause. Sie ließ ihren Gedanken freien Lauf. Eines stand fest, sie kehrte nicht nach Hause zurück. Aber wenigstens würde sie gern vor dem Geburtstag ihrer Mutter bei Tante Molly ankommen.

„Wann haben Sie eigentlich Geburtstag?", fragte sie und wandte ihre Aufmerksamkeit wieder John zu, der gerade die Bratpfanne abspülte.

Er hob die Schultern.

„Sie wissen es nicht?", fragte sie erstaunt.

„Ich habe keine Ahnung." Er wandte sich ihr zu. „Es war mir eigentlich immer egal. Sollte ich es etwa wissen?"

„Na ja, natürlich. Irgendwie schon. Ich meine … ich an Ihrer Stelle würde es gern wissen. Sie nicht?"

„Habe nie darüber nachgedacht", erwiderte John, während er die Pfanne schwenkte, damit sie im Wind trocknete.

„Hat Ihr Vater es Ihnen denn nicht gesagt?", fragte Lisa.

Johns Blick wanderte in die Ferne. Über den Bergen wurde es bereits dunkel. „Geburtstage waren im Lager nicht besonders wichtig", erklärte er beiläufig.

„Wissen …?", Lisa zögerte. „Wissen Sie denn wenigstens wie alt Sie sind?"

John wandte ihr in gespielter Gleichgültigkeit den Rücken zu. „Nein, so um die zwanzig, denke ich."

Es schien ihn überhaupt nicht zu interessieren.

Lisa fiel es jedoch schwer, seine Haltung zu akzeptieren. Sie sprach erst wieder, als John sein Gesicht nach Westen wandte.

„Sieht so aus, als bekämen wir einen Sturm", bemerkte er. „Wir müssen aufpassen, dass wir unsere Sachen vor dem Regen schützen.

*

„Da vorne liegen ein paar Felsbrocken herum. Wir lassen einfach die Pferde hier grasen und essen dort oben."

Lisa kam das sehr gelegen. Der Ausblick würde sicher atemberaubend sein. Doch innerlich wusste sie genau, dass John sich nicht für den Ausblick interessierte. Für ihn waren die Felsen ein willkommener Aussichtspunkt.

Sie aßen langsam, genossen die warmen Sonnenstrahlen und gönnten ihren müden Gliedern Ruhe. Der Sonnenschein tat ihren schmerzenden Muskeln gut. Lisa wurde müde. Sie sehnte sich danach, sich auszustrecken und lange zu schlafen.

John ließ sie ausruhen. Und auch die Pferde brauchten genauso dringend eine Pause wie ihre Reiter. Er selber lehnte sich gegen den Felsen und zog sich seinen alten Stetson in die Stirn. Der neue Hut hing stolz an dem Regenmantel hinter seinem Sattel.

Doch trotz ihrer Müdigkeit fühlte sich Lisa ruhelos. Ihr Ziel rückte immer näher. Sie empfand einerseits Freude, gleichzeitig aber auch Bedauern, und es war ihr unmöglich, ihre Gefühle und Gedanken zu ordnen.

Auch ihre Gefühle für John waren ihr immer mehr ein Rätsel. Objektiv gesehen war er ein Verbrecher, doch warum fühlte sie sich dann in seiner Nähe so sicher, so geborgen?

Wie gerne hätte sie ihn jetzt eingehend betrachtet, aber sie wagte es nicht, damit er ihr Interesse nicht bemerkte. Stattdessen beschloss sie, einen kleinen Spaziergang zu machen.

Sie war erst wenige Schritte gegangen, als seine Stimme an ihr Ohr drang. „Gehen Sie nicht zu weit weg“, sagte er schläfrig.

Sie antwortete nicht, sondern stieg ein wenig höher. Die Felsen waren schön warm. Erstaunlich, was die Sonne bewirken konnte.

Sie fand eine Stelle genau über ihm, von wo aus sie das ganze Tal überblicken konnte. Es war ein herrlicher Anblick. Die hohen Tannen und Fichten wechselten sich hier und da mit Birken- und Espenhainen ab, deren Blätter sich gerade entfaltet hatten. Dann der Talboden mit seinem funkelnden Fluss, der sich durch die grünen Wiesen wand und sich immer wieder in dem frischen Grün des Waldes verlor. Weit hinten am Horizont entdeckte sie eine schmale Rauchsäule. Die stieg sicher von einer einsamen Hütte oder einem Lagerfeuer auf. Es war eigentlich egal. Der Rauch machte die Szene unter ihr irgendwie geheimnisvoll, ja romantisch.

„Wir sollten uns wieder auf den Weg machen“, ertönte Johns Stimme von unten.

Lisa atmete tief ein, nahm den Anblick noch einmal in sich auf und begann, über die Felsen wieder herunterzuklettern.

Sie war fast unten angekommen, als plötzlich ein scharfer Befehl ertönte. „Nicht bewegen!“

Lisa blieb sofort stehen, ohne seine Anweisung in Frage zu stellen, wenngleich sie auch den Grund nicht so ganz verstand.

Noch bevor sie wieder Luft holen konnte, zerrissen zwei Schüsse die friedliche Atmosphäre. Lisa stand da wie angewurzelt. Nur ihre Augen wagte sie noch zu bewegen. John hatte sich hoch aufgerichtet. Die Pistole in seiner Hand zielte genau auf die Stelle, wo sie kurz zuvor noch gestanden hatte. Aus dem Pistolenlauf stieg Rauch auf. Johns ganzer Körper war gespannt, bereit noch einmal zu schießen.

Lisa bemerkte nun eine Bewegung zu ihren Füßen und ließ ihren Blick dorthin wandern. Es war ein schrecklicher Anblick, denn dort lag eine Schlange von deren Kopf nur noch das rohe Fleisch übrig war. Blut spritzte auf ihre Mokassins, während sich die Schlange noch in ihrem Todeskampf wand.

Die ganze Welt drehte sich um Lisa. Sie wollte schreien und wollte davonlaufen, doch sie konnte sich vor Schreck nicht rühren.

„Nicht bewegen", rief John erneut, doch dieses Mal kontrollierter und sanft, aber noch immer drängend. „Vielleicht ist noch eine in der Nähe."

Lisa hatte nicht die Absicht, sich zu bewegen. Verschwommen nahm sie wahr, dass John auf sie zukam. Die Waffe hielt er noch immer in der Hand, während sein Blick aufmerksam den Boden absuchte.

„Scheint alles in Ordnung zu sein", sagte er. „Ich sehe keine mehr."

Lisa schloss die Augen und schnappte nach Luft – aber es war zu spät. Um sie herum wurde es schwarz.

*

John fing sie auf, kurz bevor sie auf den Felsen aufschlug. Vorsichtig trug er die junge Frau den Abhang hinunter zu den grasenden Pferden. Er legte sie auf das weiche Gras und holte die Wasserflasche von seinem Sattel. Dann löste er sein Halstuch, goss ein wenig Wasser darauf und rieb ihr damit das Gesicht ab. Sie war so zart – so verletzlich. Und gleichzeitig besaß sie diese innere Stärke. Andere wären während der schrecklichen Gefangenschaft, den entsetzlichen Tagen in der Höhle und unter den Strapazen des Rittes schon längst zusammengebrochen.

Zorn erfasste ihn, als er erneut an das Unrecht dachte, das man ihr angetan hatte. Wie war sein Vater nur auf eine so unglaubliche Idee gekommen? Was hatte ihm das Recht gegeben, so entscheidend das Leben eines anderen Menschen auf den Kopf zu stellen?

Er machte das Taschentuch nun noch einmal nass und legte es ihr auf die Stirn, nachdem er ihre feuchten Haarsträhnen zurückgestrichen hatte.

Er hatte Sam gesagt, er wäre bereit, für sie zu sterben. Während er sie jetzt ansah, wusste er, dass er die Wahrheit gesagt hatte. Sie war etwas ganz Besonderes. Er fragte sich, was seine Mutter wohl von ihr gehalten hätte. Ob sie sie wohl geliebt hätte – wie er es tat?

Dieses unbeabsichtigte Eingeständnis verwirrte ihn. Was wusste er schon von Liebe? Ihm war beigebracht worden, Hass zu erkennen und zu verstehen. Hass und Bitterkeit, Neid und Gier, dies waren die Gefühle, mit denen er aufgewachsen war.

Und doch, während er ihr Gesicht befeuchtete und sich danach sehnte, dass sie wieder zu sich kam, wusste er, dass das, was er empfand, mit diesen Gefühlen nichts zu tun hatte. Sie lieben? Vielleicht. Vielleicht liebte er sie wirklich. Aber er hatte doch eigentlich kein Recht, sie zu lieben. Und das Wissen, dass er sie liebte, würde ihm seine Aufgabe keineswegs leichter machen.

Erleichtert stellte er bald fest, dass sie sich bewegte.

Ihre Augen flatterten und öffneten sich. Sie sah zu ihm auf und schien verwirrt über die Tatsache, dass er neben ihr kniete und ihr Kopf in seinem Arm lag.

„Eine Schlange“, erklärte er ihr, um ihr den Zwischenfall ins Gedächtnis zu rufen. Daraufhin sah sie so aus, als würde sie sofort wieder ohnmächtig werden.

„Es ist alles in Ordnung“, beruhigte er sie. „Sie ist tot.“

Lisa schloss die Augen und versuchte die Erinnerung an die kopflose, sich windende Schlange zu verdrängen. Er entdeckte das Blut an ihrem Wildlederrock und wünschte, er hätte daran gedacht, es sofort abzuwaschen.

Er wollte sich gerade von ihr zurückziehen, doch da umklammerte sie mit zitternder Hand sein Hemd. „Verlassen Sie mich nicht“, flehte sie.

„Das werde ich nicht. Das werde ich nicht“, versprach er ihr und zog sie in seine Arme. Er drückte sie an sich, bis sie schließlich zu zittern aufhörte.

„Es war schrecklich“, flüsterte sie an seiner Schulter.

„Sie ist jetzt tot“, erinnerte er sie.

„Ihr Kopf …“

„Ich weiß. Ich weiß.“

Instinktiv tätschelte er ihre Schulter und strich ihr das Haar aus dem Gesicht. Endlich öffnete sie wieder die Augen. Ihr Körper war noch immer schlaff, doch sie hatte wenigstens aufgehört zu zittern.

Sie löste sich von ihm und nur widerwillig ließ er sie los. „Wir müssen weiter“, sagte sie. Ihre Stimme drohte zu brechen.

„Erst wenn Sie sich ganz erholt haben“, versicherte er ihr.

Ihre Wangen bekamen langsam wieder Farbe. Sie schluckte. Dann richtete sie sich auf.

„Könnte ich bitte einen Schluck Wasser haben?“, fragte sie mit zitternder Stimme.

Er griff nach der Wasserflasche und setzte sie ihr an die Lippen. Sie trank und wischte sich dann mit der Hand die Tropfen vom Mund. Dabei bemerkte er ihre vollen Lippen, die ihm vorher noch nie aufgefallen waren.

„Ich glaube, jetzt bin ich wieder okay“, sagte sie und errötete. „Ich … es tut mir Leid …, dass … es kam einfach so plötzlich.“

Wie gern hätte er sie erneut an sich gezogen und festgehalten, doch er streckte ihr nur die Hand entgegen und zog sie hoch. Auf wackeligen Knien blieb sie stehen. Der Zwischenfall hatte sie arg mitgenommen, deshalb musste Sie sich zunächst noch am Stamm einer Birke festhalten. John brachte derweil die Wasserflasche zu seinem Pferd zurück und hängte sie an den Sattel. Er musste Distanz zwischen sie legen. Seine neu entdeckten Gefühle machten ihn unsicher.

„Wir reiten erst, wenn Sie sich wieder ganz wohl fühlen“, sagte er etwas steif und gezwungen.

„Es geht mir gut“, versicherte Lisa.

Er nickte. Vielleicht. Vielleicht ging es ihr gut. Aber was war mit ihm? Würde es ihm jemals wieder gut gehen?

*

Nachdem sie nun so weit von dem Banditenlager entfernt waren, hatte er abends, wenn sie ihr Lager errichteten, nichts mehr gegen ein wärmendes Feuer einzuwenden. Zwar mussten sie noch immer vorsichtig sein, aber er hatte das Gefühl, ihr diesen kleinen Luxus nicht versagen zu können.

Es war gemütlich am Lagerfeuer. Lisa holte immer ihre Bibel hervor und las darin. Ein wenig zögerlich hatte er sie gefragt, ob es ihr etwas ausmache, laut daraus vorzulesen. Sie nickte zustimmend und hoffte, dass er in der Stille des Abends das laute Klopfen ihres Herzens nicht hören möge. Innerlich betete sie unablässig, dass er die Worte aus der Bibel verstehen möge. Sorgfältig wählte sie daraufhin die Stellen aus, die sie vorlas.

Abend für Abend schien er sich mehr von dem Wort Gottes fesseln zu lassen. Er scheute sich nicht, Fragen zu stellen, und sie erklärte ihm geduldig, was er nicht verstand. Allmählich fing er an, sich auf diese Abende zu freuen, und er überlegte sogar, ob er die Bibel seiner Mutter hervorholen und mitlesen sollte. Vielleicht würden die Bemerkungen am Rand ihnen beiden weiterhelfen. Aber er fand nie den Mut, seine Idee in die Tat umzusetzen.

Noch nie war er jemandem so nahe gekommen. Nie hatte er über seine Gedanken und Gefühle gesprochen und er stellte fest, dass er manchmal sogar den Wunsch verspürte, über seine Träume zu sprechen. Aber er hielt sich zurück, denn so sehr er sich auch dagegen wehrte, er konnte sich eine Zukunft ohne Lisa nicht mehr vorstellen. Nur dieser Traum konnte unmöglich in Erfüllung gehen.

Er war sich sicher, dass Lisa von seinen inneren Kämpfen nichts mitbekam. Auf der einen Seite konnte er es kaum erwarten, Lisa sicher bei ihrem Onkel abzuliefern, und auf der anderen Seite würde er sie dann für immer verloren haben. Das wusste er und es machte ihn traurig und launisch, so wie er es noch nie in seinem Leben gewesen war.

*

Lisa verstand den Grund nicht, aber sie bemerkte die Veränderung sehr wohl. Vermutlich hatte sie ihn irgendwie verärgert. Oder war es vielleicht der Bruch mit seinem Vater, der ihm so zu schaffen machte?

Eines Abends, als sie am Lagerfeuer saßen, wagte sie, dieses Thema anzuschneiden.

„Was werden Sie tun, wenn wir bei meinem Onkel angekommen sind?“

Sein Kopf fuhr überrascht hoch.

„Werden Sie zurückgehen zu …?“

„Zurück? Nein, ich werde nicht zurückgehen“, antwortete er nachdenklich.

„Ich habe … das habe ich Ihnen verdorben, nicht? Ich habe … eine Kluft zwischen Sie und Ihren Vater getrieben“, fuhr sie fort. Es lag Bedauern in ihrer Stimme.

Zuerst blickte er sie erstaunt an, dann lächelte er langsam. „Das haben Sie vermutlich“, erwiderte er offen, „aber nicht so, wie Sie vielleicht annehmen.“

Sie war verwirrt, drang aber nicht weiter in ihn.

„Vermissen Sie Ihren Vater?“, fragte sie nach einer Weile des Schweigens. Endlich hatte sie die Frage ausgesprochen, die sie ihm so gern hatte stellen wollen.

„Ich ihn vermissen?“ Er starrte eine Weile ins Feuer. „Nein“, erwiderte er.

„Ich denke zwar an ihn und wünschte, die Dinge lägen anders, aber ich vermisse ihn nicht“, erklärte John.

Sie zog ihre Knie an und legte die Arme um sie. John kannte diese Geste bereits. „Oh … ich vermisse meinen Vater und meine Mama so sehr“, erklärte sie. Dabei lief ihr eine Träne die Wange herunter.

Er machte eine Bewegung, als wolle er zu ihr kommen, sagte dann jedoch nur: „Wir müssen jetzt schlafen. Es wird ein langer Ritt morgen.“

*

„Ich erinnere mich jetzt“, rief Lisa aufgeregt. „Es ist Pinewood.“

John drehte sich verwirrt zu ihr um.

„Pinewood“, wiederholte sie. „Dort wohnen Onkel Jack und Tante Molly. In der Nähe von Pinewood.“

Er drehte sich wieder um. So, jetzt wussten sie den Namen. Nun gab es keine Entschuldigung mehr, sie weiterhin bei sich zu behalten.

„Und der Nachname?“, rief er ihr zu.

„Benson. Benson, genau wie mein Vater.“

Er führte sein Pferd vorsichtig über einen umgefallenen Baumstamm.

„Pinewood“, wiederholte er. „Ich denke, wir erkundigen uns erst mal bei der nächsten Gelegenheit, wo das ist.“

*

Als sie endlich eine Farm fanden, wo sie nachfragen konnten, waren sie erstaunt zu erfahren, wie nah die kleine Stadt lag.

„Kennen Sie zufällig Jack Benson?“, fragte John den Farmer.

„Jack? Sicher kenne ich Jack. Wir haben hier nicht sehr viele Nachbarn, deshalb ist es schon wichtig, sie alle zu kennen“, erklärte der Mann in der Latzhose. „Er wohnt auf der anderen Seite der Stadt, etwa sechs Stunden von hier.“

John war erleichtert, dass sie noch einen weiteren Abend am Lagerfeuer haben würden, aber das behielt er für sich. Auch sagte er dem Farmer nicht, dass sie noch einmal im Freien übernachten würden, aus Angst, der Mann könnte aus lauter Freundlichkeit Lisa einladen, bei ihnen zu übernachten und John den Heuboden anbieten.

„Vielen Dank“, sagte John und tippte sich an den Hut. Dann führte er Lisa und das Packpferd wieder auf die Straße.

„Wir werden noch eine oder zwei Stunden reiten und dann unser Lager aufbauen“, erklärte er einfach. „Dann ist es morgen nicht mehr ganz so weit.“

Lisa konnte es kaum noch erwarten.

*

Lisa zitterte, als sie ihre Röcke anhob und auf das Farmhaus zuging. Sie hatten ein Stück vom Haus entfernt angehalten und John war ein wenig spazieren gegangen, während Lisa in dem nahe gelegenen Bach ihr Gesicht kühlte und schnell ihre eigenen Sachen anzog. Sie faltete die Wildledersachen sorgfältig zusammen und packte sie in die Tasche. Die Wildlederkleidung hatte ihr gute Dienste erwiesen. Baumwolle oder Leinen hätte die weite Reise bestimmt nicht überstanden.

Lisa sah nun an sich herunter. Ganz bestimmt kam sie nicht geschniegelt und gebügelt zu ihren Verwandten. Deshalb hob sie auch zögernd ihre Hand, um an die Tür zu klopfen. Dann warf sie einen letzten Blick über die Schulter zurück zu John, der die Pferde festhielt. Er hatte sich seinen Hut tief in die Stirn gezogen.

Sie atmete tief durch und klopfte. Kurz darauf wurde die Tür von einer älteren Frau geöffnet, die ein Geschirrtuch in der Hand hielt.

„Ja bitte?“, sagte sie und schenkte Lisa ein Lächeln. „Kommen Sie doch herein“, sagte sie und winkte Lisa in ihr bescheidenes Heim. „Sie müssen hier neu sein. Wohnen Sie in dem Haus dort unten am Cedar Creek?“

„Nein … nein … ich …“ Lisa atmete tief durch. „Molly Benson?“, fragte sie vorsichtig. „Bist du Tante Molly?“

Die Frau nickte zustimmend, wirkte aber verwirrt.

„Ich … ich bin Lisa“, brachte das Mädchen mühsam heraus. „Georges und Lauras Tochter.“

Einen Augenblick stand die Frau wie betäubt da. Fassungslos starrte sie Lisa an, dann nahm sie sie in die Arme, drückte sie an sich und lachte und weinte gleichzeitig.

„Lisa? Oh, Gott sei gepriesen! Wir alle haben schon befürchtet, du seist tot.“

Ein fröhliches Hallo und ein schmerzliches Abschiednehmen

„Oh, Tante Molly“, sagte Lisa unter Lachen und Weinen, „ich hatte schon Angst, wir würden euch nie finden.“ Erst jetzt wurde ihr klar, dass ihre lange Leidenszeit endlich vorüber war. Sie war wieder bei Menschen, die sie liebten. Jetzt konnte sie ihr altes Leben wieder aufnehmen.

„Was machst du denn hier, Kind? Wie bist du nur hierher gekommen?“, fragte die Frau aufgeregt.

Lisa trat wieder auf die Veranda und zog ihre Tante Molly mit sich. Sie deutete auf John, der noch immer bei den Pferden stand.

„Das ist eine lange Geschichte. Ich verspreche, ich werde sie dir eines Tages erzählen. Es war zu gefährlich für mich, nach Hause zurückzukehren. Aber wir müssen Mama benachrichtigen. Und Papa. Unbedingt.“

„Du setzt dich jetzt erst mal hin.“ Die Frau deutete auf eine kleine Bank im Schatten. „Ich werde sofort deinen Onkel holen“, sagte Tante Molly und machte sich auf den Weg. Lisa sah ihr nach. Sie schwenkte ihre Schürze, um die Aufmerksamkeit ihres Mannes auf sich zu ziehen.

„Wie es scheint, haben Sie einige Aufregung verursacht.“

John stand dicht hinter Lisa, die sich gerade die Tränen von den Wangen wischte.

„Wissen Sie, ich denke, ich habe gar nicht richtig daran geglaubt. Oh … ich habe schon versucht zu vertrauen. Ich habe gebetet. Aber es … es schien manchmal so … so unmöglich. Ich glaube, ich habe nicht richtig damit gerechnet, dass es jemals passiert.“

Er schwieg eine Weile, während sie beide beobachteten, wie ihre Tante ihren Onkel erreichte und ihm wild gestikulierend etwas erklärte. Lisa konnte ihre Worte beinahe erraten.

„Es ist sehr schwer für Sie gewesen“, sagte John einfach. „Ich bin froh, dass es vorüber ist.“

Lisa wandte sich ihm mit feucht schimmernden Augen zu und errötete. „Ich … ich kann Ihnen gar nicht genug danken. Nie“, sagte sie im Brustton der Überzeugung. „Wenn Sie nicht gewesen wären …“

John trat unbehaglich von einem Fuß auf den anderen und schob verlegen seinen Hut zurück. Schließlich sah er sie an. „Wenn ich nicht gewesen wäre, wären Sie jetzt noch bei Ihren Eltern“, sagte er heiser.

Lisa blickte ihn fragend an. „Was meinen Sie damit?“

Er nahm ihren Ellbogen und führte sie zu der Bank.

„Ich weiß nicht, ob Sie das Ganze richtig verstanden haben, aber Sie wurden wegen mir ins Lager gebracht.“

Lisa war noch immer verwirrt.

„Ich … ich war nicht ganz so wie mein Pa es sich gewünscht hatte. Sehen Sie …“, er zögerte und schluckte, „ich habe noch nie einen Menschen getötet.“

„Einen Menschen getötet?“, flüsterte sie. „Ich verstehe nicht. Und das ist ein Fehler?“

„In Pas Augen, ja“, erwiderte er.

Lisa erschauerte.

„Aber ich verstehe nicht. Was hat das alles mit mir zu tun?“

Er holte tief Luft. „Pa dachte, ich würde gezwungen sein, mich wegen Ihnen auf einen Kampf einzulassen und meine Pistole zu gebrauchen.“

„Aber ich …“

„Sie hatten nicht direkt etwas damit zu tun. Nur indirekt. Pa hoffte, dass es wegen ihnen mit den anderen im Lager zu einer Auseinandersetzung kommen würde – zum Beispiel mit Skidder.“

„Skidder?“, fragte Lisa erschauernd. „Ist das der Mann, der so schreckliche Dinge gesagt hat?“

John nickte.

„Aber warum sollte Skidder …? Warum sollten Sie …?“

„Pa dachte, ich würde mich in Sie verlieben." Er beeilte sich mit seinem Bericht, da er sah, dass der Mann und die Frau zurückkamen.

Sie war schockiert. „Aber das ist doch – absurd", rief sie.

Er wollte etwas sagen, hielt sich jedoch zurück.

Ihr Blick wurde weicher. „Es tut mir Leid", flüsterte sie ihm zu, „dass ich der Grund gewesen bin, dass es zu dem Bruch mit Ihrem Vater kam."

Sein Gesicht zeigte eine deutliche Überraschung.

„Aber ich bin froh und dankbar, dass Sie nie getötet haben. Ich … ich glaube einfach nicht, dass Sie so ein Mensch sind."

„Lisa, ich bin ein Bandit", erinnerte er sie.

„Nicht mehr. Das sind Sie nicht mehr", erwiderte sie schnell. „Und nicht einen Augenblick lang glaube ich, dass Sie sich für ein solches Leben entschieden hätten, wenn Sie die Wahl gehabt hätten. Ich habe genug gesehen, um zu glauben, dass Sie nicht so ein Mensch sind."

Mittlerweile eilten die Frau und der Mann in den Hof. Sie keuchten, weil sie den ganzen Weg vom Feld gerannt waren. Damit war auch das kurze und sehr persönliche Gespräch der beiden vorüber. John brachte nur noch ein leises „Danke schön" heraus.

Dann eilte Lisas Onkel mit ausgestreckten Armen auf sie zu.

*

Nach den ruhigen und fast eintönigen Tagen ihrer Reise schien nun alles in Aufregung zu sein. Jack Benson spannte sofort die Pferde vor den Wagen und fuhr eilends in die Stadt, um Lisas Eltern ein Telegramm zu schicken. Molly lief geschäftig in der Küche umher und lachte und weinte abwechselnd und lobte Gott. Und Lisa sprach in wenigen Stunden mehr als während der vergangenen vier Monate.

John zog sich zurück und widmete sich den Pferden auf der Weide. Er war es nicht gewöhnt, dass Menschen ihre Gefühle zeigten. Der liebevolle Umgang Lisas mit ihrer Familie war ihm vollkommen fremd.

Langsam nahm er dem Packpferd seine Last ab. Lisas kleines Bündel legte er beiseite. Seine Aufgabe war nun erledigt. Er hatte sie sicher bei ihrer Tante und ihrem Onkel abgeliefert. Sie würden ihm die Verantwortung für sie abnehmen.

Aber was sollte er jetzt machen? Darüber hatte er noch nicht nachgedacht. Er konnte nicht einfach zurückgehen. Er wollte es auch gar nicht, selbst wenn es möglich gewesen wäre. Andererseits hatte er keine besonderen Fähigkeiten, abgesehen von seinem Umgang mit der Pistole, mit der er hätte Geld verdienen können. Schließlich war er nie einer richtigen Arbeit nachgegangen. Er trieb ziellos umher, befreit von einer Welt, der er sich nie richtig zugehörig gefühlt hatte, um in eine Welt einzutreten, in die er nicht hineinpasste. Was sollte er also tun?

Er kletterte auf das Gatter der Koppel, beobachtete die Pferde und dachte über diese Frage nach. Er würde sich irgendwo eine Arbeit suchen müssen. Vielleicht sollte er in die kleine Stadt auf der anderen Seite des Berges zurückkehren, sich dort mit Proviant eindecken und es mit der Goldsuche probieren. Vielleicht konnte er aber auch auf einer der Ranchen Arbeit finden. Dort würde er seine Begabung im Umgang mit Pferden einsetzen können. Außerdem konnte es gut möglich sein, dass er ebenso gut auch mit Kühen und anderem Vieh umgehen konnte. Vielleicht sollte er …

Doch irgendwie schien ihn keine dieser Ideen so recht zu begeistern. Nichts schien auf ihn zugeschnitten zu sein. Und doch konnte er zum ersten Mal in seinem Leben eine freie Entscheidung treffen.

Seine düstere Stimmung war ihm unverständlich.

„Ach, das sind bestimmt nur die Nachwirkungen nach all der Anspannung“, redete er sich ein. Aber tief in seinem Innern kannte er den wahren Grund. Es war Lisa. Wenn er sie jetzt verließ, würde er sie nie wieder sehen. Sein Pa hatte Recht gehabt. Die Liebe zu einem Mädchen konnte einen Mann zerstören.

*

„Hunger?“

John wurde aus seinen Gedanken herausgerissen, als Lisa neben ihn trat.

„Tante Molly hat Tee gemacht“, verkündete sie.

Als sie Johns Gesichtsausdruck sah, begann sie zu lachen. Ein weiches, fröhliches Lachen. Es war das erste Mal, dass John sie in all den Monaten, die er sie nun kannte, so befreit lachen hörte. Es erinnerte ihn daran, wie viel sie während der Zeit ihrer Gefangenschaft entbehrt hatte.

„Sie müssen nicht unbedingt Tee trinken“, beruhigte sie ihn mit blitzenden Augen. „Ich werde Ihnen einen Kaffee kochen.“

John nahm an, dass er eigentlich hungrig sein müsste, aber er hatte nur wenig Appetit.

„Es ist nicht der Tee“, sagte er schnell, da er nicht unhöflich erscheinen wollte. „Es ist nur, dass –“ Er betrachtete seine staubige Kleidung. „Ich bin nicht die richtige Gesellschaft für Ihre Verwandten, und ich …“

„Ach, kommen Sie schon“, drängte sie. „Onkel Jack und Tante Molly sind ganz normale Menschen – eben Farmer. Onkel Jack hat auch seine staubige Latzhose nicht ausgezogen.“

„Es sind nicht die Kleider“, erklärte er noch immer zögernd. „Ich passe wohl kaum in die Gesellschaft anständiger Leute. Ich weiß wenig von – wie nennen Sie es doch gleich?“

Sie lächelte wieder. „Umgangsformen? Ich verspreche Ihnen, wir werden nicht von Ihnen erwarten, dass Sie aus kleinen Teetassen trinken und winzige Bissen von Ihrem Sandwich nehmen.“ Ihre Augen funkelten ihn einladend an.

Ihm war noch immer unbehaglich zumute.

„Wir werden auf der hinteren Veranda essen“, fuhr sie fort.

Er schob sich mit einem Finger seinen neuen Stetson in den Nacken zurück.

„Irgendwann müssen Sie doch einmal anfangen“, ermutigte sie ihn. „Wir werden von nun an nicht mehr am Lagerfeuer essen.“

Sie hatte „wir“ gesagt. War das nur ein Ausrutscher gewesen? Bestimmt nahm sie nicht an, dass er die Absicht hatte, dort zu bleiben.

„Kommen Sie schon! Tante Molly kann es kaum erwarten, Sie

besser kennen zu lernen. Sie macht sich schreckliche Gedanken darum, dass Sie auf dem Heuboden schlafen müssen. Sie meint, er sei eigentlich nicht der geeignete Schlafplatz für Gäste. Aber ich habe ihr gesagt, dass nach dem, wo wir schon überall übernachtet haben …"

Er unterbrach sie. „Sie denken doch nicht, ich würde hier bleiben, oder?"

Lisa riss die Augen auf. An ihrem Gesichtsausdruck erkannte er, dass sie genau das gedacht hatte.

„Wo denn sonst …?"

„Ich kann nicht." Er schüttelte den Kopf.

Besorgt blickte sie ihn an. Sie legte ihm die Hand auf den Arm. „Aber ich dachte – ich meine, nie hätte ich gedacht – dass Sie vielleicht nicht bleiben würden."

„Ich kann nicht", wiederholte er.

„Aber Papa und Mama werden Sie kennen lernen wollen."

„Ihre Eltern? Ich dachte, sie wären in Smithton."

„Das sind sie auch. Aber sie werden kommen. Sobald sie das Telegramm bekommen, werden sie sich auf den Weg machen."

Er schüttelte eigensinnig den Kopf. „Ich glaube nicht, dass sie einen Menschen wie mich kennen lernen möchten."

„Was meinen Sie damit?"

„Ich war der Grund … wissen Sie denn nicht mehr? Ich war Ihr Gefängniswärter."

Sie wirkte verärgert. „Können Sie das denn nicht endlich vergessen?", fragte sie gepresst. „Sie haben mich dort herausgeholt. Sie haben Ihr Leben aufs Spiel gesetzt, um mich zu meinen Verwandten zu bringen. Daran werden sie denken und das werden sie in Erinnerung behalten. Und das ist es auch, woran ich ausschließlich denke."

Er trat unruhig von einem Fuß auf den anderen. Sie mochte vielleicht so einfach vergeben können – aber würden es auch ihre Eltern können?

„Kommen Sie!", drängte sie. „Wir werden später darüber sprechen. Essen Sie jetzt ein paar Sandwiches mit uns. Tante Molly hat sie zubereitet und Onkel Jack sieht so aus, als hätte er einen Bärenhunger."

Nur zu genau war er sich der Tatsache bewusst, dass ihre Hand noch immer auf seinem Arm lag.

„Sandwiches“, stimmte er zu und ließ sich von ihr zum Haus führen.

*

Lisa summte vor sich hin, als sie sich zum Abendessen umzog. Vielleicht, weil sie jetzt den Unterschied zwischen Gefangenschaft und Freiheit kannte, zwischen Furcht und Sicherheit. Der Grund dafür konnte aber auch darin liegen, dass die aufgestaute Spannung der vergangenen Monate nun langsam entwich und Raum für Fröhlichkeit und Glück schuf. Womöglich war es aber auch der liebevolle Empfang, den ihr Onkel und ihre Tante ihr bereitet hatten, die Tatsache, dass sie sich geliebt und angenommen fühlte.

Doch vielleicht war es auch – John.

Lisa errötete, obwohl sie allein im Raum war.

Was empfand sie für John? Sie wusste nicht, ob sie diese Frage beantworten konnte – nicht einmal in ihrem Herzen. Aber sie erkannte, dass sich während ihrer gemeinsamen Reise ihre Gefühle für ihn gewandelt hatten.

Zuerst war er nur der Mann gewesen, der sie gefangen gehalten hatte. Sie hatte ihn gefürchtet wie jeden anderen Aspekt des Lebens im Lager. Sie war verwirrt, einsam und schrecklich verängstigt gewesen. Er war ihr zwar stets sehr höflich begegnet und dennoch war er es, der sie als Gefangene bewachte, weshalb sie sich ihm gegenüber stets distanziert und wachsam verhalten hatte. Beständig hatte sie darauf gewartet, dass er sein wahres Ich offenbaren würde.

Und dann war er ihr Befreier geworden. Sie wusste, dass es ein gewagtes Unternehmen gewesen war. Sein eigener Vater hätte keine Gnade gezeigt, wenn die Gangster sie gefangen hätten. Aber auch noch nach ihrer Befreiung war Lisa eine ganze Weile ihm gegenüber vorsichtig gewesen. Immerhin war er ein Verbrecher. Woher hatte sie auch wissen sollen, was sich hinter seinem so beherrschten Äußeren verbarg?

Doch irgendetwas hatte sich mittlerweile verändert. Lisa spürte, dass es mit ihrer Errettung vor der Schlange zu tun haben musste. Bei dem Gedanken daran errötete sie wieder.

Es war nicht einfach nur die Tatsache, dass er die Schlange getötet hatte. Nein, es war mehr als das, doch sie konnte es nur schwer erklären. Sie hatte es in seinen Augen gesehen, als er sich über sie gebeugt, ihren Kopf gehalten und ihr Gesicht mit seinem Halstuch gekühlte hatte. Mitleid hatte auf seinem Gesicht gelegen und Zärtlichkeit. In diesen Augen lag nichts Böses. Hatte er sich womöglich verändert, oder war er schon immer so gewesen? Hätte er sich auch so verhalten, wenn seine Umstände anders gewesen wären?

Lisa wusste es nicht, aber auf unerklärliche Weise war sie felsenfest davon überzeugt, dass sie beide gar nicht so verschieden voneinander waren. John hatte sie aus ihrer Gefangenschaft befreit und gleichzeitig hatte auch sie ihn indirekt aus seiner ganz anderen Art der Gefangenschaft befreit.

Außerdem hatte er zugehört, wenn sie aus der Bibel vorgelesen hatte. Bestimmt würde er, wenn man ihm nur ein wenig Zeit gab, die Botschaft der Bibel verstehen und Gott für seine Vergangenheit um Vergebung bitten. Eigentlich war sie bereits fest davon überzeugt. Das Leben war so verheißungsvoll. Sie konnte kaum erwarten, was jeder neue Tag ihr bringen würde.

*

Lisa gesellte sich zu John, der am Gatter stand und den Pferden beim Fressen zusah.

„Sie sehen so ernst aus“, neckte sie ihn. „War es wirklich so schwierig, an einem Tisch mit einem karierten Tischtuch zu sitzen?“

John lächelte. „Ich habe es ganz einfach genossen“, gestand er. „Vor allem den Apfelkuchen.“

Lisa stand neben ihm und legte ihre Hände auf das Gatter. Sie schwiegen eine Weile, jeder von ihnen tief in Gedanken versunken.

In der Ferne heulte ein Kojote und der Hund auf der Farm antwortete mit Protest.

„Zwei total verschiedene Welten", sagte John nachdenklich.

Lisa wirkte verwirrt.

„Der Kojote und der Hund", erklärte er. „Dieselbe Familie und doch zwei verschiedene Welten."

Lisa zuckte mit den Achseln. „Schätze, jeder von ihnen würde sich umgewöhnen, wenn er es müsste."

John antwortete nicht.

Sie schwiegen erneut. Die Pferde grasten unbeirrt weiter und nur ihr energisches Kauen war zu hören.

„Welchem von beiden würde es wohl am schwersten fallen, was meinen Sie? Dem Hund oder dem Kojoten?", fragte Lisa.

Er schien darüber nachzudenken.

„Würde es dem gezähmten Tier schwerer fallen, sich umzugewöhnen, oder dem wilden Tier?", beharrte sie.

„Das kann ich nicht sagen", erwiderte er, aber seine Stimme klang traurig.

Lisa wartete eine Weile, bevor sie sprach. „Haben Sie etwas dagegen, wenn ich Ihnen eine Frage stelle?"

Er zögerte einen Augenblick, doch dann schüttelte er den Kopf. „Fragen Sie nur", forderte er sie auf. „Ich werde antworten, wenn ich kann."

„Diese Narbe an Ihrem Haaransatz, woher haben Sie die? Sie ist mir schon früher aufgefallen, als Sie in der Höhle Ihren Hut abgenommen haben und als Sie in …"

„Also das kann ich nicht beantworten", erwiderte er. „Sie ist schon so lange da, wie ich mich erinnern kann. Ich weiß nur, dass sie kaum zu sehen ist – bei meiner Mähne. Ich glaube, ich muss mal zum Frisör und mir die Haare schneiden lassen. Ich war erstaunt, dass Ihre Verwandten mich überhaupt ins Haus gelassen haben."

Lisa lachte leise. Er lächelte sie an.

Sie schwiegen wieder.

Schließlich ergriff John das Wort: „Bevor Sie eben herausgekommen sind, habe ich überlegt, ob Sie den kleinen Apfelschimmel wohl behalten möchten. Ich hatte den Eindruck, dass Sie recht gut miteinander ausgekommen sind …"

Trotz der hereinbrechenden Dämmerung konnte er erkennen, dass sich ihr Blick verdüsterte.

„Sie haben noch immer vor zu gehen, nicht wahr?“, fragte sie leise.

Er nickte. Er konnte es kaum ertragen, den Schmerz auf ihrem Gesicht zu sehen. Wenn sie nur seine unmögliche Situation verstehen könnte.

„Das tut mir Leid“, flüsterte sie. „Ich hatte gehofft, Sie würden bleiben.“

Ihre Worte trafen ihn tief ins Herz hinein.

„Lisa, Sie wissen, dass ich das nicht kann“, widersprach er ihr mit heiserer Stimme. „Ich kann einfach nicht.“

„Aber …“

„Wir wissen nicht einmal genau … wer ich eigentlich bin“, fuhr er fort und wandte sich ihr zu.

„Aber das wissen wir doch. Die Bibel Ihrer Mutter …“

„Es besteht die geringe Wahrscheinlichkeit, dass es die Bibel meiner Ma ist. Doch wir haben nur Sams Aussage dazu – und Sam ist nicht gerade jemand, auf den man sein Leben aufbauen sollte.“

„Aber …“

„Ich könnte diese Person sein, die dort genannt wird. Sie war vielleicht meine Ma, aber ich habe trotzdem noch so viele Fragen. Ich meine sie scheint einfach nicht zu ihm zu passen – zu meinem Vater meine ich. Und dann das Bild … all die hübschen Sachen … die Bibel.“

„Vielleicht können wir gemeinsam diese Antworten finden.“

Er nahm sie sanft bei den Schultern und drehte sie zu sich herum.

„Ich bin ein gesuchter Verbrecher“, erinnerte er sie.

Er konnte die Tränen sehen, die ihr in die Augen traten und ungewollt ihre Wangen hinunterliefen.

„Das ist mir egal“, flüsterte sie gepresst.

Einen Augenblick lang sah er ihr tief in die Augen. „Aber mir nicht“, antwortete er. Seine Worte hatten etwas Endgültiges an sich. „Mir macht es sogar viel aus. Ich bin einfach kein freier Mann. Ich …“

Er atmete tief durch und fuhr fort: „Ich werde noch vor Sonnenaufgang aufbrechen.“

Sie wirkte verletzt und zornig. Energisch schob sie seine Hände von ihren Schultern. „Dann gehen Sie – gehen Sie doch, wenn Sie unbedingt wollen."

Sie trat zwei Schritte von ihm zurück und blieb schweigend stehen. Er konnte sehen, wie ihre Schultern sich vor Erregung hoben und senkten.

Als sie ihn erneut ansah, strömten ihr Tränen die Wangen hinunter und ihr Kinn zitterte. Aber sie sprach dennoch mit weicher Stimme.

„Es tut mir Leid", entschuldigte sie sich. „Ich hatte kein Recht … ich hatte nur gehofft, dass Sie vielleicht …"

Sie hob ihren Kopf und starrte ihn mit flehendem Blick an.

„Was ich möchte, hat nichts …", begann er, aber er konnte den Satz nicht zu Ende sprechen, und gleichzeitig schienen ihn seine unausgesprochenen Gedanken innerlich zu zerreißen.

Lisa stand vor ihm und kümmerte sich nicht um ihre Tränen, die sie beim besten Willen nicht zurückhalten konnte. „Nichts kann Ihre Meinung ändern, nicht wahr?", flüsterte sie. „Bitte, bitte, versprechen Sie mir nur eines", flehte sie. „Wenn Sie mit sich ins Reine gekommen sind, dann kommen Sie bitte zurück."

Und dann war sie fort.

Ein neues Leben

Als Lisa am folgenden Morgen die Augen öffnete, galt ihr erster Gedanke John. Hatte er es wirklich ernst gemeint mit dem, was er am Abend zuvor gesagt hatte? Nein, bestimmt hatte er seine Meinung geändert. Er würde doch nicht einfach aus ihrem Leben verschwinden und sie alleine zurücklassen.

Sie stieg aus ihrem Bett, lief zum Fenster, zog die Vorhänge zurück und sah nach draußen. „Bitte, Gott …“, flüsterte sie, doch noch bevor sie das Gebet zu Ende sprechen konnte, fiel ihr Blick auf den kleinen Apfelschimmel, der allein auf der Weide stand. Der Rotbraune und das Packpferd waren fort – und mit ihnen John.

Lisa fühlte sich wie der kleine Apfelschimmel – verlassen und allein.

*

John ritt den ganzen Tag hindurch. Er hatte kein festes Ziel. Auch wusste er nicht, was er tun würde, wenn er irgendwo ankam, aber eines wusste er ganz genau: Er musste eine große Distanz zwischen Lisa und sich legen. Er musste sicher gehen, dass er nicht aus einem Impuls heraus einfach umkehren und zu ihr zurückreiten würde. Dazu hatte er kein Recht. Er hatte kein Recht, ein solches Mädchen zu lieben. Er wusste zwar nicht so genau, wer er war, aber er war ein gesuchter Verbrecher. So viel stand fest. Er hatte keine Ahnung, welche Strafe auf all seine vielen Verbrechen stand. Er hatte sogar auf einige Männer geschossen. Sicher, es war stets zur Selbstverteidigung gewesen und er hatte auch nie jemanden getötet, aber er hatte seine Waffe gebraucht. Was würde er dafür bekommen? Gefängnis? Würde man ihn am Galgen aufknüpfen? Er hatte keine Ahnung. Aber auf jeden Fall hielt er sich von allen Gesetzeshütern fern – und von Lisa.

Sein Leben sah düster aus. Er war ein Mann auf der Flucht.

*

Lisa erlebte die folgenden Tage wie eine Schlafwandlerin und die meiste Zeit verbrachte sie mit dem kleinen Apfelschimmel. Sie waren verlassen worden, aber sie hatten immer noch sich. Jetzt mussten sie beide anfangen, ihr Leben neu aufzubauen.

Die Tatsache, dass Lisas Eltern unterwegs waren, half ihr, nach vorne zu sehen. Ja, sie zählte bereits die Tage. Aber sie war ruhelos. Sie hatte den Eindruck, dass sie nach diesen einschneidenden Erlebnissen nicht mehr in ihr altes Leben zurückkehren konnte – gleichzeitig schien sie auch nicht in der Lage zu sein, ein neues Leben zu beginnen. Es war sehr schwierig.

Falls ich direkt nach Hause hätte zurückkehren können, wäre jetzt alles anders, redete sie sich ein. *Ich hätte wieder mit dem Unterrichten begonnen, wäre in die Gemeinde zurückgekehrt. Ach, ich hätte mein Leben da fortsetzen können, wo es unterbrochen wurde. Aber jetzt? Ich weiß einfach nicht, wo ich hingehöre, wo ich hineinpasse. Ich weiß es einfach nicht.*

Um sich abzulenken, half Lisa Tante Molly im Haushalt und erledigte ein paar Botengänge für Onkel Jack. Schon bald meinten die beiden, sie wüssten gar nicht, wie sie bisher ohne sie ausgekommen wären. Trotzdem war sie ruhelos und unkonzentriert.

Täglich drehten sich ihre Gedanken nur um John. Wo mochte er sein? Ging es ihm gut? Suchte er noch immer nach Antworten? Hatte er mittlerweile wenigstens ein paar gefunden?

„Oh Gott“, betete sie immer wieder. „Lass ihn erkennen, dass bei dir die richtigen Antworten zu finden sind – dass du vergeben kannst und dass du auch ihn liebst.“

Und auch in dieser Situation suchte sie in der Bibel Weisheit und Trost. *Ich muss noch einmal alle Verse lesen, die vom Vertrauen sprechen,* sagte sie sich. *Ich dachte, diese Lektion hätte ich gelernt, aber ich fürchte, ich muss noch mal ganz von vorn beginnen.*

Und so begann Lisa, ihre Bibel erneut zu erforschen.

*

Endlich kam der Tag, an dem die Bensons mit der Postkutsche in der kleinen Stadt eintrafen. Die Freude auf beiden Seiten war überwältigend groß. Es tat so gut, in den starken Armen des Vaters zu liegen, seine liebevollen Worte zu hören. Die Freudentränen ihrer Mutter, ihre liebevolle Fürsorge waren Balsam für ihre Seele. Erst nachdem sie sich ausführlich unter Tränen und Lachen begrüßt hatten, fuhren sie gemeinsam zum Haus von Jack und Molly Benson.

Sie hatten für Lisa einige Sachen mitgebracht, denn sie waren beide der Meinung, dass es immer noch zu gefährlich für sie sei, schon wieder nach Hause zu fahren.

„Wer soll denn dann meine Schüler unterrichten?", fragte Lisa traurig.

„Sie suchen schon nach einer neuen Lehrerin für den Herbst", lautete die Antwort. „Die Kinder haben ohnehin bereits das halbe Schuljahr verloren."

„Aber warum unterrichtest du eigentlich nicht hier?", fragte Tante Molly.

„Wird hier denn an der Schule überhaupt eine Lehrerin gebraucht?"

„Na ja, wir haben nicht einmal eine Schule – noch nicht – aber es gibt hier zumindest viele Kinder", erklärte Onkel Jack.

„Jack, du könntest doch bei der nächsten Gemeindeversammlung einmal mit den Nachbarn über diese Idee sprechen", fuhr Tante Molly fort. Dann wandte sie sich an ihren Schwager. „Wir haben leider auch keine Kirche, aber wir treffen uns wenigstens einmal im Monat abwechselnd in den Häusern der Leute zur Bibelstunde."

„Papa", rief Lisa aufgeregt, „warum gründest du hier nicht eine neue Gemeinde?"

Jetzt blickten vier Augenpaare George Benson erwartungsvoll an.

Doch er schüttelte langsam den Kopf. „Darüber müsste ich zunächst einmal viel beten", erwiderte er. „Gott hat mir noch nicht gezeigt, dass meine Arbeit in Smithton schon zu Ende ist."

Alle wirkten enttäuscht, nickten aber zustimmend. Natürlich musste er erst nach dem Willen Gottes fragen.

„Aber auf jeden Fall brauchen wir eine Schule", fuhr Tante Molly fort. „Jack, du sprichst mit den Nachbarn."

Jack nickte. Man konnte es ja einmal ansprechen.

*

„Ich kann es kaum glauben, dass du alle meine Sachen mitgebracht hast", sagte Lisa zu ihrer Mutter, während sie sorgfältig die Taschen auspackte.

„Ich weiß ja nicht, wann du wieder nach Hause kommen wirst", erwiderte ihre Mutter langsam. „Schließlich möchte ich nicht, dass du in Gefahr gerätst."

„Ich glaube nicht, dass sie mich noch einmal entführen werden", meinte Lisa nachdenklich. „Ich meine, sie haben jetzt keinen Grund mehr."

„Ach ja, der Grund, weshalb haben sie es überhaupt getan? Ich habe es nie verstanden."

Lisa setzte sich mit feucht glänzenden Augen zu ihr aufs Bett.

„Das ist eine lange Geschichte", sagte sie gepresst. „Willst du sie wirklich hören?"

Ihre Mutter nickte.

„Also …" Lisa atmete tief durch. Endlich konnte sie ihrer Mutter von John erzählen. Sie hatten eigentlich immer miteinander über alles gesprochen. Deshalb hatte sie es auch kaum erwarten können, von ihm zu erzählen, denn instinktiv wusste sie, dass ihre Mutter irgendwie den wahren Menschen in ihm erkennen würde.

Doch als sie den Mund öffnete, um mit ihrem Bericht zu beginnen, empfand sie eine seltsame Zurückhaltung. Was konnte sie ihrer Mutter erzählen? Konnte sie sie an ihren innersten Gedanken teilhaben lassen? John war immerhin ein gesuchter Verbrecher. Doch John war auch jemand ganz Besonderer. Würde sie es wirklich wagen, ihrer Mutter anzuvertrauen, dass sie glaubte, sich in ihn verliebt zu haben?

*

„Warum um alles in der Welt hast du denn das hier mitgebracht?“, fragte Lisa erstaunt.

„Es gehört dir“, erwiderte ihre Mutter einfach.

„Aber ich brauche es nicht – noch nicht“, gab Lisa zurück.

Sie hörte ihre Mutter seufzen. „Lisa“, sagte sie, „ich weiß nicht, wann ich das nächste Mal eine solche Reise machen werde. Und wenn ein Mädchen dein Alter erreicht, dann … man kann ja nie wissen, wann …“

Lisa wusste nicht, was sie antworten sollte. Tante Molly, die ihren Kopf zur Schlafzimmertür hereinsteckte, rettete sie zum Glück vor einer Antwort.

„Was für ein wunderschönes Kleid!“, rief sie. „Du meine Güte. Wo hast du das denn her?“

Lisa ließ ihre Hand über den Stoff gleiten. Es war wirklich herrlich. Das schönste Kleid, das sie je gesehen hatte.

„Es war das Hochzeitskleid meiner Mama“, antwortete Lisa einfach.

Tante Molly sah ihre Schwägerin fragend an.

„Oh, nicht meines“, erklärte Laura Benson schnell. „Von Lisas richtiger Mama. Es wurde nach dem Überfall auf den Treck aus ihrem Wagen gerettet. Lisas zweite Mama, Lucy Millard, hat es für sie aufbewahrt. Es gehörte zu den wenigen Dingen …“ Ihre Stimme verklang.

Tante Molly starrte sie mit vor Entsetzen geweiteten Augen an. Dann wandte sie sich wieder dem Kleid zu. „Es ist wirklich ein prächtiges Kleid. Noch nie habe ich etwas so Schönes gesehen.“

„Ja“, erwiderte Lisa leise. „Es ist wunderschön. Als ich klein war, habe ich von dem Tag geträumt –“ Sie brach ab.

Sie war nicht sicher, ob sie das Kleid je würde tragen wollen.

„Woraus besteht es eigentlich?“, fragte Tante Molly.

„Das ist Satin mit spanischer Spitze hat Tante Lucy mir damals gesagt", erwiderte Lisa. „Es wurde importiert. Die Spitze wurde nur für das Kleid aus Spanien hergebracht."

„Ein Ärmel …", begann Tante Molly und streckte die Hand nach dem Kleid aus.

„Eine Manschette fehlt", erläuterte Laura Benson. „Sieh nur, wie es gearbeitet ist. Der Puffärmel geht in die schmale Manschette über, die bis zum Handgelenk reicht. Diese Manschette wird mit kleinen Knöpfen zugeknöpft. Doch die andere Manschette muss wohl im Laufe der Zeit verloren gegangen sein. Sie muss ergänzt werden, bevor Lisa …"

„Ich frage mich, ob man etwas finden wird, was dazu passt", begann Tante Molly, die eine begeisterte Schneiderin war.

„Oh, ich glaube nicht", fuhr Laura Benson fort. „Lucy sagte, sie hätte schon nach entsprechender Spitze gesucht – und ich auch. Allerdings bin ich nicht in den größeren Städten gewesen, aber immerhin war es ein ganz besonderes Material, das extra für dieses Kleid importiert worden ist. Nein, ich glaube nicht, dass man etwas findet, das dazu paßt."

„Es ist eine Schande", meinte Tante Molly, deren Blick noch immer auf der herrlichen Spitze und dem fehlenden Ärmel ruhte.

„Ich habe mir gedacht, dass man stattdessen einfach zwei neue Manschetten machen könnte – aus Satin. Das wäre zwar nicht ganz so elegant, aber es würde gehen. Trotzdem ist es das schönste Hochzeitskleid, das ich …"

„Na ja, wir haben noch viel Zeit, uns darüber Gedanken zu machen", unterbrach Lisa die beiden plötzlich. „Denn offensichtlich habe ich noch keine Hochzeitspläne."

Anschließend begann sie mit zitternden Händen, das Kleid zusammenzufalten.

*

„Stimmt was nicht?"

Beim Klang der Stimme ihrer Mutter fuhr Lisa zusammen. Sie wusste nicht, wie lange sie schon da saß, den Blick in die Ferne gerichtet hielt und in Gedanken meilenweit von dem kleinen Haus ihrer Verwandten entfernt war.

„Was meinst du?“, fragte sie.

„Ich weiß nicht. Du wirkst so abwesend, fast schon verloren.“

Lisa rutschte unruhig auf ihrem Platz hin und her.

Ihre Mutter setzte sich neben sie und legte ihr die Hand auf den Arm.

„Ich merke doch, dass etwas nicht stimmt. Seit wir angekommen sind, bist du so anders. Was ist los?“

„Ich weiß es nicht genau“, begann Lisa. „Vielleicht vermisse ich die Schule und meine Freunde aus der Gemeinde. Wenn ich direkt nach Hause hätte kommen können …“

„Vielleicht ist es das“, erwiderte ihre Mutter, doch sie schien nicht überzeugt.

Sie saßen schweigend nebeneinander und jeder hing wieder seinen eigenen Gedanken nach.

„Ich dachte, dass du ihn vielleicht vermisst“, sagte ihre Mutter schließlich.

Lisa blickte sie fassungslos an. Sie hatte sehr gut verstanden, was ihre Mutter meinte. „Er ist ein …“, begann sie, aber sie brachte das Wort „Verbrecher“ nicht über die Lippen.

„Er ist kein Christ“, sagte sie stattdessen.

„Ich weiß. Das hast du mir gesagt“, erwiderte ihre Mutter leise. Liebevoll streichelte sie ihren Arm. „Und das ist es auch, was die Sache kompliziert macht, denn dadurch musst du deinem Herzen vorschreiben, was es fühlen soll. Aber du hast die richtige Entscheidung getroffen, was sicher nicht leicht ist, auch wenn du weißt, dass es richtig ist.“

„Er war …“

„… dein Bewacher, ich weiß. Ich habe schon so manche seltsame Geschichte gehört über Frauen und ihre Bewacher. Es ist gar nicht so ungewöhnlich, dass sie nach einiger Zeit beginnen, sie zu lieben.“

Lisa strich nervös mit der Hand über ihr Kleid. „Oh Mutter“, sagte sie schnell, „wie könnte ich? Ich meine, ich hatte Angst vor ihm – wenigstens zuerst. Ich wollte, dass der alte Mann – Sam – mich weiterhin bewacht. Ganz bestimmt habe ich die ganze Zeit im Lager – und sogar noch später unterwegs – nie … ich meine, ich habe nie so von ihm gedacht.“

„Und jetzt?“, fragte ihre Mutter. „Jetzt, wo er nicht mehr dein Bewacher, sondern dein Befreier ist?“

Lisa schüttelte den Kopf und die Tränen begannen zu fließen, obwohl sie dagegen ankämpfte.

„Ich weiß nicht. Ich weiß es wirklich nicht“, schluchzte sie. „Er war doch selbst ein Opfer. Er hat sich dieses Leben nicht ausgesucht. Sein Vater ... er wurde einfach dazu erzogen und er hatte ja auch nichts zu tun mit meiner ... er wusste nicht einmal, warum ich da war – zumindest zuerst. Er war wirklich ... ganz ... ich weiß, ich sollte es nicht. Ich weiß, er ist kein Christ, darum ist es auch so schwierig. Aber ich habe Angst ...“

Sie wandte sich ihrer Mutter zu. „Auf jeden Fall ist es gut, dass er jetzt weg ist“, platzte sie heraus und barg sich in den Armen ihrer Mutter.

Laura Benson sagte nichts mehr. Sie hielt ihre Tochter im Arm und streichelte ihr beruhigend die Schulter. Es war genau, wie sie gedacht hatte. Lisa hatte sich tatsächlich in den jungen Mann verliebt. Ihr Herz war noch immer von ihm gefangen auch wenn sie selbst befreit worden war.

*

John fand Arbeit auf einer großen Ranch am Fuß der Berge. Zuerst war es für ihn ungewohnt, vom Vormann Anweisungen entgegenzunehmen, aber es gefiel ihm, an der frischen Luft zu sein. Es machte ihm sogar Spaß, mit der Herde zu arbeiten. Und es war eine vollkommen neue Erfahrung für ihn, einmal im Monat seinen kärglichen Lohn entgegenzunehmen und zu wissen, er hatte hart für etwas gearbeitet, das nun rechtmäßig ihm gehörte.

Er ging nicht wie die anderen in die Stadt und dort in den Saloon. Doch niemand stellte deswegen Fragen, obwohl sie sich bestimmt wunderten. John wollte nicht das Risiko eingehen, von einem Gesetzeshüter erkannt zu werden, obwohl er sich ziemlich sicher war, dass ihn hier in der Gegend niemand als Mitglied der Bande von Will Russell erkennen würde.

Außerdem wollte er sein Geld sparen. Eines Tages würde er vielleicht ein eigenes Stück Land besitzen.

*

„Ein Prediger kommt in die Stadt“, lachte einer der Cowboys, während er seine Stiefel auszog und sich auf seine Pritsche legte, um seinen Rausch auszuschlafen. „Könnt ihr euch das vorstellen? Ein Prediger? Hierher?“

Alle brachen in Gelächter aus.

Doch schon bald wurde das raue Gelächter durch tiefes Schnarchen abgelöst. Abgesehen von denen, die bei der Herde Wache hielten, würden alle den Rest des Tages verschlafen.

Aber John war neugierig. Wer war dieser Prediger? Wann würde er kommen und wohin?

Er beschloss, sein Pferd zu satteln und in die Stadt zu reiten, um zu sehen, ob er darüber etwas in Erfahrung bringen konnte.

*

Die Nachbarn von Tante Molly und Onkel Jack waren begeistert von der Möglichkeit, dass ihre Kinder eine richtige Schule würden besuchen können.

„Wir müssen unbedingt ein Schulhaus bauen“, schlug ein Mann vor.

„Vielleicht könnten wir darin dann auch die Bibelstunden abhalten“, meinte eine Frau schüchtern.

„Sicher, eine Schule und eine Kirche, alles in einem“, rief jemand hinten im Saal.

Laura Benson lächelte Lisa an und legte ihr die Hand auf den Arm.

„Vielleicht hat Gott dich aus einem ganz bestimmten Grund hierhergebracht“, flüsterte sie und Lisa strahlte sie an. Sie hoffte sehr, dass sich die Männer mit dem Bau des Schulhauses beeilen würden. Sie konnte es kaum erwarten, wieder zu unterrichten. Vielleicht würde sie dann endlich wieder über etwas anderes nachdenken können als John.

*

John betrachtete den Prediger eingehend. Er freute sich zu hören, dass er nicht nur auf der Durchreise war, sondern eine Zeit lang bleiben wollte. John hatte jede Menge Fragen und er war sich sicher, dass sie nicht innerhalb weniger Tage zu beantworten waren. Er begann, die Gottesdienste zu besuchen, wann immer er frei hatte, und er steckte sogar seine Bibel in die Satteltasche, wenn er zu den Weiden ritt, um die Herden zu versorgen. Normalerweise fand er dann immer einige Augenblicke der Ruhe, in denen er sein Pferd grasen ließ, während er sich in den Schatten setzte und in der Bibel las.

Und endlich wurde ihm alles klar. Er hatte das Gefühl, dass er zu verstehen begann, was Gott für seine Schöpfung – und für ihn – im Sinn hatte.

Der Sünder konnte Vergebung erlangen und die Sünde wurde nicht nur vergeben, sondern vergessen, weil Jesus Christus, der Erlöser, am Kreuz von Golgatha gestorben war. Er war das Opfer, die Sühne für die Sünde des Menschen gewesen.

Er, John Russell, brauchte dieses Geschenk der Erlösung nur anzunehmen, er brauchte nur anzunehmen, was Christus für ihn getan hatte. Er musste sich von der Sünde abwenden und sie so gut er es vermochte wieder gutmachen. Gemeinsam mit einer kleinen Gruppe von Gläubigen ließ er sich schließlich in dem kleinen Fluss östlich der Stadt taufen.

Es fiel John nicht schwer, sich einzugestehen, dass er ein Sünder war. Das hatte er tief in seinem Innern schon eine ganze Weile gewusst. Es fiel ihm auch nicht schwer, Gott um Vergebung zu bitten, denn er hatte sich danach gesehnt, die Last seiner Schuld loszuwerden. Sehr viel schwieriger würde es sein, das in der Vergangenheit begangene Unrecht wieder gutzumachen, denn er wusste nicht so genau, wo und wie er damit beginnen sollte.

Die Wahrheit

Lisa war begeistert, als das kleine Schulhaus fertig gestellt war. Mit klopfendem Herzen betrachtete sie ihre kleine Schülerschar, die mit leuchtenden Augen vor ihr saß. Erwartungsvoll blickten die Schüler sie an.

Vielleicht hatte Mama Recht, sagte sie sich. *Vielleicht ist das alles nur aus diesem einen Grund geschehen.*

Es war schön, zu denken, dass ihr schreckliches Erlebnis vielleicht einen Sinn gehabt hatte, dass etwas Gutes aus dieser schlimmen Zeit entstehen konnte. *Wie schön, zu wissen, dass Gott niemals die Kontrolle verliert,* dachte sie, *dass man ihm auch in den dunkelsten Zeiten vertrauen kann, selbst wenn man keinen Sinn mehr erkennen kann.*

Während Lisa in die elf Augenpaare blickte, die an ihr hingen, nahm sie sich einen Augenblick Zeit, ein kleines Stoßgebet zum Himmel zu schicken. *Vielen Dank, Vater,* flüsterte sie leise.

Es war nicht viel, aber es kam aus einem überfließenden Herz.

*

John fühlte sich innerlich zerrissen.

Einerseits wäre er gern zu Lisa zurückgekehrt. Er konnte es kaum erwarten, ihr von seinen Gesprächen mit dem Pastor und der Tatsache zu erzählen, dass er nun ihren Glauben teilte. Und doch zögerte er. Er hatte kein Recht, zu erwarten, in ihre Familie aufgenommen zu werden. Schließlich hatte er eine Vergangenheit, die er noch nicht wieder gutgemacht hatte.

Andererseits wollte er auch gern bleiben, wo er war, und noch mehr über seinen neuen Glauben lernen. Er war nun in die kleine

Gemeinde aufgenommen worden und der Pastor war nur zu gern bereit, ihm mehr über den Glauben an Jesus Christus zu erzählen. Auch die anderen Gemeindemitglieder nahmen ihn herzlich auf und gaben ihm das Gefühl, willkommen zu sein.

Doch so sehr er sich auch danach sehnte, zu Lisa zurückzukehren, und so wohl er sich auch in der kleinen Gemeinschaft von Gläubigen fühlte, John kam zu dem Schluss, dass es für ihn nur eines gab: Er musste sich mit seiner Vergangenheit auseinander setzen. Er konnte nicht mehr länger vor ihr davonlaufen. Dies war durchaus keine leichte Entscheidung für ihn und sie machte ihn außerdem sehr traurig, aber er blieb fest bei seinem Entschluss zurückzugehen.

Nach vielen inneren Kämpfen war er nun endlich bereit dazu. Viele Wochen hatte er sich mit diesem Problem herumgeschlagen und versucht, gute Gründe dafür zu finden, seine Rückkehr hinauszuzögern. Immerhin wäre es gut möglich, dass ihn dieser Ritt das Leben kostete, schließlich würde er weder in dem Lager seines Vaters noch in den Städten, in denen er früher zusammen mit der Bande sein Unwesen getrieben hatte, sonderlich willkommen sein.

Aber sein Gewissen gab einfach keine Ruhe. Er hatte Unrecht getan, doch ihm war vergeben worden. Nun musste er, so weit es möglich war, das Unrecht der Vergangenheit wieder gutmachen.

*

John klopfte laut an die Tür des Ranchhauses. Der Rancher selbst machte ihm auf.

„Russell“, begrüßte ihn sein Boss und trat beiseite, um ihn hereinzulassen. „Der Vormann sagt, er sei sehr zufrieden mit Ihrer Arbeit. Sie verstehen was davon, wollte mich sowieso mal mit Ihnen unterhalten.“

John zog seinen staubigen Hut ab.

„Bin nur gekommen, um Ihnen zu danken, dass ich für Sie reiten konnte“, begann er. „Ich war wirklich sehr dankbar dafür, aber jetzt muss ich weiterziehen.“

Der ältere Mann wirkte verwirrt.

„Ist irgendwas passiert?“, fragte er.

„Schätze schon“, erwiderte John und drehte verlegen den Hut in den Händen. „Ich bin unter falscher Flagge geritten. Ich werde gesucht.“

Der Mann zuckte die Achseln. „Aha“, sagte er. „Ich stelle keine Fragen.“

„Nein. Nein“, stimmte John zu. „Und das weiß ich auch zu schätzen.“

„Sehen Sie“, sagte der Mann, zog John am Arm ins Zimmer und drückte ihn auf einen Stuhl. „Vermutlich gibt es keinen Cowboy auf dieser Ranch, der nicht dann und wann eine kleine Auseinandersetzung gehabt hat. Das bedeutet nicht, dass er gleich mit dem Gesetz in Konflikt gerät.“

Widerwillig nahm John Platz. Er drehte noch immer seinen Stetson in den Händen.

„Haben Sie was gehört? Ist Ihnen etwa jemand auf den Fersen?“, fragte der Besitzer.

„Nein. Nicht dass ich wüsste.“

„Na sehen Sie“, sagte der Rancher erleichtert. „Nur keine Panik.“

„Oh, ich habe keine Angst“, entgegnete John. „Ich wollte das nur klären. Sehen Sie, ich gehöre seit kurzem zu der kleinen Gemeinde hier am Ort und habe mein Leben in Ordnung gebracht. Aber wenn ich die Bibel richtig verstehe, muss ich jetzt auch versuchen, meine Vergangenheit in Ordnung zu bringen. Darum muss ich zurückgehen.“

Der Rancher wirkte schockiert. „Sie meinen, Sie wollen dem Henker geradewegs in die Arme laufen?“, fragte er ungläubig.

John lächelte und kratzte sich am Kopf. Seine Finger berührten die Narbe, die sich am Haaransatz entlangzog.

„Na ja, also ich weiß es nicht“, gestand er. „Ich habe keine Ahnung, was mir die Zukunft bringen wird. Wenn mich tatsächlich der Henker erwartet, dann schätze ich …“

„Tun Sie es nicht, Junge“, meinte der Rancher bewegt. „Es ist dumm. Sie werden nie eine faire Gerichtsverhandlung bekommen und das wissen Sie auch. Es reicht doch, dass Sie mit dem, was Sie getan haben, aufgehört haben. Das reicht.“ Alarmiert hob er die Hand. „Sie haben doch keinen Sheriff oder gar einen Marshall getötet?"

„Nein", erwiderte John.

Der Rancher wirkte erleichtert. „Na also, sehen Sie", sagte er. „Vermutlich wird sich keiner die Mühe machen, Sie zu suchen."

„Sie verstehen nicht", meinte John und erhob sich. „Gott, der schon so lange nach mir gesucht und mich endlich gefunden hat, er allein ist mir wichtig. Und er sagt in seinem Wort, dass deine Sünden dich einholen werden. Er sagt, ich müsse versuchen, meine Fehler wieder gutzumachen, wenn es möglich ist. Und das will ich tun."

Der Rancher fuhr sich über sein lichtes Haar. Er öffnete den Mund, um erneut zu sprechen, schloss ihn jedoch sofort wieder und schüttelte den Kopf.

„Ich glaube, Sie machen einen großen Fehler, Junge", sagte er offen. Etwas vorsichtiger fuhr er fort: „Aber, falls Sie je wieder für mich reiten wollen, dann kommen Sie einfach vorbei."

„Vielen Dank", sagte John und streckte ihm die Hand entgegen.

„Gehen Sie zum Vormann. Er gibt Ihnen Ihren restlichen Lohn." Die beiden schüttelten sich die Hand.

„Das werde ich, Sir", erwiderte John. „Ich habe vor, noch vor Sonnenaufgang aufzubrechen."

*

Während des langen Ritts über Land, den er bereits mit Lisa zurückgelegt hatte, dachte er immer wieder über seine Situation nach. Wie konnte er ins Lager kommen, ohne von dem Wachposten auf dem Felsvorsprung gesehen zu werden? Würde er niedergeschossen werden, bevor er auch nur die Spalte im Felsen erreichte? Wie würde sein Vater reagieren, wenn er seine Entschuldigung vorbrachte? Wenn er sie dann wider Erwarten annahm, würde er davon ausgehen, dass er bei der Bande blieb? Nein, das konnte er nicht. Nicht einmal, wenn es seinen Tod bedeutete.

Sollte er deshalb zuerst zum Sheriff gehen? Nein, dann würde er vielleicht für den Rest seines Lebens im Gefängnis sitzen müssen. Zuerst musste er mit seinem Vater sprechen und ihn um Vergebung bitten. Er musste ihm erzählen, was er aus der Bibel seiner Mutter gelernt hatte, falls es denn tatsächlich die Bibel seiner Mutter war. Sein Vater musste das hören.

Schließlich war es Weißer Adler, mit dem John zuerst sprach. Der junge Krieger schien sich zu freuen, ihn zu sehen.

„Dachte, du sterben", sagte er und streckte seine Hand aus, um John nach Art des Weißen Mannes zu begrüßen.

John lächelte. „Dachte, ihr wärt inzwischen weitergezogen", erwiderte er. „Es ist lange her."

„Viele Male Lager verlegt. Wieder zurück", erklärte Weißer Adler.

„Was ist passiert, nachdem wir fort sind?", wollte John wissen.

Weißer Adler lachte. „Wie Ameisen", sagte er. „Dann langer Marsch. Sehr wütend." Bei der Erinnerung daran musste er wieder lachen.

„Schwarzes Pferd deines Vaters, gutes Pferd", meinte er ernst. „Trägt Squaw."

John wirbelte herum. „Wessen Squaw? Deine?", fragte er.

Weißer Adler strahlte vor Stolz. John konnte sehen, dass sein Freund jetzt Familienvater war.

„Nein", sagte er und schlug dem jungen Pawnee auf die Schulter. „Was du nicht sagst. Hast du ein Kind?"

„Bald", erwiderte Weißer Adler. Seine Augen funkelten.

„Wie steht's?", fragte John und wechselte das Thema.

„Schlechtes Jahr", erwiderte Weißer Adler ernst. „Viele krank. Wenig essen. Schlechtes Jahr."

„Es tut mir Leid, das zu hören", erwiderte John. „Kann ich irgendwie helfen?"

„Pawnee brauchen keine Hilfe", sagte Weißer Adler einfach.

John nickte.

„Noch immer derselbe Häuptling?"

„Vater Halber Mond sterben. Neuer Häuptling. Bruder Zerbrochener Zahn. Gibt vielleicht Ärger."

John ließ seinen Blick über das Tal gleiten, das sich unter ihnen ausbreitete. Meilenweit erstreckten sich die bewaldeten Berge in die Prärie hinein. Aber nicht weit entfernt befanden sich mehrere Farmen und sogar ein paar kleine Städte. Was würde wohl in den kommenden Jahren passieren? Würden die weißen Siedler und die Indianerstämme in Frieden beieinander leben können?

„Hast du was über meinen Pa gehört?", fragte John.

Weißer Adlers Augen verdunkelten sich. „Keine guten Nachrichten", sagte er.

John wandte sich ihm zu. „Was meinst du damit?"

„Sie Überfall. Bank. Nicht gut."

„Du meinst einige von ihnen haben es nicht geschafft?"

Weißer Adler nickte.

„Mein Pa?"

„Ich nicht wissen. Weiß nur, dass nicht gut sein. Nur zwei Pferde kommen zurück. Seltsamer kleiner Mann."

„Sam?"

„Mann viel spuckt." Weißer Adler spuckte in den Staub, um zu zeigen, was er meinte.

„Sam", bestätigte John.

„Noch ein anderer. Schlimm verletzt. Kein neues Pferd von Vater."

John spürte, wie sich seine Kehle zuschnürte. Jetzt wusste er mit Sicherheit, dass er ins Lager seines Vaters reiten musste und zwar schnell.

„Wie lange ist das her?", fragte er, als er aufstieg.

„Zwei, vielleicht drei Monde", erklärte Weißer Adler.

John umklammerte zum letzten Mal die Hand seines alten Freundes, dann sahen sie sich zum Abschied fest in die Augen und drehten sich wortlos um.

*

Auf dem Felsvorsprung stand diesmal kein Mann, um das Lager zu bewachen.

Als er dann zu der kleinen Siedlung kam, fiel ihm auf, wie verfallen die Gebäude waren. Wenn sie früher schon schlimm ausgesehen hatten, dann war jetzt alles noch mehr verkommen. Deshalb wirkte das Lager auch seltsam verlassen.

Doch dann bemerkte er die zwei Pferde auf der Koppel. Anscheinend lebte doch noch jemand hier.

Er stieg gerade vom Pferd, als ein Schuss ertönte und unmittelbar über seinem Kopf in den Stamm einer Tanne einschlug. Er ging in dem Augenblick in Deckung, in dem sein Pferd scheute und hochstieg.

Es folgte noch ein Schuss, der aber wiederum nicht traf. Doch kurz bevor John sich geduckt hatte, hatte er einen Blick auf den Schützen werfen können. Es war Sam.

Sobald der zweite Schuss verklungen war, rief John: „Sam, Sam, ich bin es, John!"

„Zeig dich", erwiderte eine raue Stimme.

John fragte sich, ob es wohl klug war, dem Befehl Folge zu leisten, kam aber dann vorsichtig hinter dem Baum hervor.

„Na, da soll mich doch", sagte Sam und ließ sein Gewehr langsam sinken. „Es ist tatsächlich John."

John sah sich nach seinem Pferd um. Das Tier stand einige Meter entfernt, schien aber noch immer verängstigt zu sein. Das Packpferd stand unter den Birken und graste.

Sam kam auf ihn zu. Sein Gewehr hielt er zwar gesenkt, aber noch immer in der Hand. Sein Gesicht war ausgemergelt, die Augen dunkel vor Zorn. „Du hast wirklich Nerven, hier wieder aufzutauchen", brummte er.

Ihr Wiedersehen war genau so, wie John es erwartet hatte.

„Ich bin gekommen, um mit meinem Pa zu sprechen", erklärte er, während er sich bückte, um seinen Hut aufzuheben, der im Staub gelandet war.

„Mit deinem Pa also", sagte Sam und spuckte auf den Boden.

John nickte und klopfte den Staub von seinem Stetson, bevor er ihn wieder aufsetzte.

„Na ja, ich würde sagen, du kommst etwa drei Monate zu spät", fuhr Sam ihn an.

John starrte ihn an. „Du meinst …?"

„Tot! Wie all die anderen auch. Ich bin als Einziger übrig geblieben." Er spuckte wieder aus und funkelte John an.

Ein heftiger Schmerz durchzuckte John, wie eine Faust, die ihm das Herz zusammendrückte. Er wandte sich kurz ab.

Als er sich wieder zu Sam umdrehte, schluckte er schwer. „Hier beerdigt?", fragte er.

Sam nickte. Das Gewehr hatte er jetzt endlich aus der Hand gelegt. „Du hast doch nicht etwa den Sheriff mitgebracht, oder?“, fragte er brummig.

John blickte ihn schockiert an. „Das müsstest du doch eigentlich wissen“, schleuderte er dem alten Mann entgegen.

Sam deutete auf eines der heruntergekommenen Gebäude. „Also, dann komm rein“, forderte er ihn auf.

„Ich will nicht hier bleiben“, erwiderte John. „Nur so lange, um ihm die letzte Ehre zu erweisen.“

Er nahm die Zügel von seinem Pferd und führte es zu einem Pfosten, um es dort anzubinden. Das Packpferd würde wohl nicht davonlaufen, nicht wenn andere Pferde in der Nähe waren.

„Da du nun schon mal da bist, kannst du genauso gut hereinkommen“, sagte Sam und spuckte wieder aus. Dann deutete er auf die Bäume rechts von ihnen. John entnahm dieser Geste, dass sein Vater dort begraben lag.

Er fand das Grab auf Anhieb. Ein kleines selbst geschnitztes Holzkreuz war darauf befestigt, auf dem nur ein Wort stand: Boss. John nahm seinen Hut ab. Er empfand Trauer und großes Bedauern. Wie gern hätte er mit diesem Mann gesprochen und ihn um Vergebung gebeten. Er hatte gehofft, ihm von seinem neu gefundenen Glauben erzählen zu können. Und jetzt war er tot. Es war zu spät.

Es dauerte eine Weile, bis John bereit war, mit Sam zu sprechen. Er hatte so viele Fragen und er brauchte dringend ein paar Antworten.

*

Sam hatte einen Topf Kaffee gekocht. Sie saßen beide am Tisch und tranken langsam das scheußlich schmeckende Gebräu. Beide waren tief in Gedanken versunken. Sam kaute an seinem schmutzigen Schnurrbart herum und spuckte immer wieder in die Ecke. John spielte mit seinem Hut und fuhr sich unbewusst über die Narbe an seiner Stirn.

Schließlich ergriff John das Wort. „Wie ist es passiert?“

Sam spuckte erneut aus. „Der Überfall ging schief", erklärte er einfach.

„Wo?"

„Drüben in Elk River. Die Bank."

„Was ist geschehen?"

„Dein Pa war der Meinung, dass Skidder uns verraten hat."

„Skidder?"

Es folgte ein langes Schweigen.

„Skidder … ist er auch …?", fragte John.

„Dein Pa hat ihn erschossen. Er hatte die Seiten gewechselt."

Wieder trat Stille ein.

„Dein Pa wurde erschossen. Zuerst wurde sein Pferd unter ihm weggeschossen, dann konnte er so schnell nirgendwo mehr in Deckung und bekam zwei Kugeln ab. Ich … ich habe ihn da rausgebracht, aber er war schlimm verletzt. Wir haben uns ein anderes Pferd geholt und sind verschwunden. Es ist uns zwar gelungen, noch bis hierher zu kommen, aber danach hat er nur noch wenige Stunden gelebt."

Sam presste die Lippen aufeinander und kaute an seinem Bart. Er hatte gesagt, was es zu sagen gab.

John saß schweigend am Tisch und fügte die Puzzleteilchen ineinander. Weißer Adler hatte gesagt, es sei nicht Pas Pferd gewesen. Er hatte Recht gehabt.

John konnte sich den Überfall gut vorstellen. In der Vergangenheit hatte er ja selbst mehr als einmal an solchen Raubzügen teilgenommen. Aber nie war er in einen Hinterhalt geraten. Einer ihrer eigenen Männer hatte sie verraten.

„Warum hast du nicht seinen kompletten Namen auf das Kreuz geschrieben?", fragte er Sam leise.

Sam schnaubte. „Seinen Namen? Welchen Namen? Welchen der fünf oder sechs Namen, die ich kenne, sollte ich denn da drauf schreiben?"

John nickte. Er hatte ganz vergessen, dass sein Pa seinen Namen oft geändert hatte. Vielleicht gehörte er ja wirklich zu den Männern, die in der Bibel seiner Ma aufgeführt waren. Aus irgendeinem Grund brachte er es aber nicht übers Herz, danach zu fragen.

Er erhob sich und stellte seine Tasse ab. „Ich gehe jetzt besser wieder“, sagte er. „Ich habe noch einen langen Ritt vor mir.“

„Was hast du vor?“, fragte Sam. „Dachte, du würdest vielleicht bleiben. Dies ist noch immer der sicherste Ort …“

„Ich suche nicht nach einem Versteck“, erwiderte John. „Ich habe vor, mich zu stellen.“

Sam fuhr hoch. „Bist du hierher gekommen, um …?“

„Ich sagte, ich. Nicht du. Niemand sonst. Ich bin ursprünglich nur hergekommen, um mit meinem Pa zu sprechen, das ist alles.“ Er blickte den älteren Mann gleichmütig an. „Ich laufe nicht mehr davon, Sam“, sagte er leise.

„Sie werden dich einlochen, wenn sie dich nicht sogar hängen“, meinte Sam kalt.

John nickte. „Wahrscheinlich“, stimmte er zu.

„Du bist verrückt, Junge“, fuhr Sam ihn an. „Total verrückt.“

„Irgendwie habe ich gehofft, du würdest dich mir anschließen, Sam. Ich lasse dich nur ungern hier – so ganz allein.“

Sam schüttelte den Kopf. „Ich denke, ich beende mein Leben lieber hier als am Ende eines Seiles“, sagte er mit fester Stimme.

„Vielleicht wird es ja gar kein Seil geben. Vielleicht …“

„Es wird ein Seil geben“, widersprach Sam und spuckte neben den Stuhl.

„Der Sheriff wäre verrückt, wenn er mich laufen ließe“, fuhr Sam fort.

John nickte. Vielleicht war das so, aber es gefiel ihm nicht. Nur ungern ließ er den alternden Mann allein in dem verkommenen Lager zurück. Es schien ihm nicht richtig. Aber Sam hatte sich entschieden. Doch bevor er ging, wollte er ihm von dem erzählen, was er gefunden hatte. Dann würde Sam selbst entscheiden können.

„Weißt du, Sam“, sagte er leise, während er mit seinem Hut in der Hand herumspielte, „als du diesen Koffer meiner Ma gefunden hast, hast du mir eine ganz neue Welt eröffnet. Eine Welt des Guten, in der Gesetz und Ordnung herrschen und der Glaube an Gott. Damals wusste ich noch nicht, wohin es mich führen würde, aber ich bin dem Weg gefolgt und es hat mich zur Vergebung geführt. Es tut gut, Sam. Es tut wirklich gut.“

Sam starrte ihn verwirrt an.

„Und darum bin ich zurückgekommen. Ich wollte mit meinem Pa darüber sprechen“, fuhr John fort. „Doch nun, da er nicht mehr da ist, habe ich keinen Grund, noch länger zu bleiben. Aber ich möchte, dass auch du es erfährst, Sam. Es funktioniert wirklich. Gott kann vergeben. Er kann das Leben eines Menschen vollkommen umkrempeln. Man braucht bloß um Vergebung zu bitten. Nur allzu gern gewährt Gott sie uns. So einfach ist das.“

Sam schwieg. Er spuckte wieder aus. Der braune Tabaksaft hinterließ einen weiteren Flecken auf dem bereits dunklen Holz des Bodens.

„Denk darüber nach, Sam“, sagte John eindringlich.

Sam zeigte keine Regung. John erhob sich. Widerstrebend wandte er sich zum Gehen. Er nickte dem älteren Mann zu. „Vielen Dank, Sam, für den Kaffee und dafür, dass du für mich gesorgt hast, als ich noch klein war. Vielen Dank auch dafür, dass du meinen Pa herausgeholt hast.“ Bei diesen letzten Worten drohte seine Stimme zu brechen. Er setzte den Hut auf seinen Kopf und wandte sich zum Gehen.

Gerade als er durch die Tür ging, rief Sam ihm noch etwas nach. „Er war eigentlich nicht dein Pa, weißt du?“

Wieder vereint

Mit laut pochendem Herzen wirbelte John herum. „Was sagst du da?“

Sam betrachtete ihn kalt und schnitt sich ein neues Stück von seinem Kautabak ab. „Er war nicht dein richtiger Pa“, wiederholte er.

John kam zurück in den Raum und ging langsam auf den kleinen Mann zu. „Weißt du das bestimmt oder redest du bloß Blödsinn?“, fragte er gepresst.

„Oh, das habe ich schon von Anfang an gewusst“, erwiderte Sam. „Ich war dabei.“

John spürte, wie ihn plötzlich alle Kraft verließ. Er rang um Fassung und setzte sich auf einen der Holzklötze. Sam beanspruchte den Stuhl des Bosses jetzt für sich.

John schluckte fassungslos. „Willst du damit sagen, das war nicht der Koffer meiner Ma?“, fragte er Sam.

Sam steckte den Tabak in seine Tasche zurück, spuckte in die Ecke und tippte sich an den Kopf. „Oh, das war schon ihr Koffer“, erwiderte er langsam. „Daran kann es kaum einen Zweifel geben.“

„Dann …“, drängte John.

„Diese Narbe an deinem Kopf“, sagte Sam und deutete mit seinem Taschenmesser auf ihn.

John wartete.

„Sie stammt von einem Indianerüberfall. Vermutlich hasste dein Pa deshalb die Rothäute so sehr.“

Unbewusst berührte John seine Narbe. Sie reichte bis tief in sein Haar hinein.

„Wir hatten einen Überfall verübt, als wir auf diesen Planwagentreck stießen“, fuhr Sam fort. Endlich schien er sich für das

Thema zu erwärmen. „Er war gerade in einen Hinterhalt geraten. Die Indianer hatten ganze Arbeit geleistet. Alle waren tot und lagen auf dem ganzen Platz verteilt. Männer, Frauen, Kinder – alle tot. Die Skalps geraubt und ihre Gesichter zerschmettert. Es war ein schrecklicher Anblick.

Sie hatten auch die Wagen in Brand gesteckt, doch der Regen hatte das Feuer wieder gelöscht. Na ja, uns gefiel überhaupt nicht, was wir da sahen. Einige der Männer haben nachgesehen, ob sie etwas gebrauchen konnten, was von den Indianern übrig gelassen worden war, und dann hörte ich ein leises Wimmern. Ich sah in diesen Wagen, und da warst du. Dein Kopf war von einem Tomahawk aufgeschlitzt, deine Kleidung blutdurchtränkt, aber du warst noch am Leben.

Na ja, ich wusste nicht, was ich tun sollte. Ich rief deinen Pa und er kam und sah sich das an. Dann hat er …“

Sam brach ab. Es fiel ihm schwer, weiterzusprechen.

„Auf jeden Fall hat er dich da herausgeholt. Ich habe ihn gefragt, ob er den Verstand verloren hätte, aber er sagte, wir könnten dich doch nicht einfach sterben lassen. Er sagte den Männern, sie sollten nachsehen, ob sie etwas für dich zum Anziehen auftreiben könnten, und Tom hat den Koffer gefunden. Es waren ein paar Babysachen darin und wir dachten, sie würden uns nützen. Dein Pa befahl, den Koffer mitzunehmen. Das Packpferd hat ganz schön daran zu schleppen gehabt. Wir hätten einfach nur das nehmen sollen, was du brauchtest, aber wir hatten nicht die Zeit, die Sachen an Ort und Stelle durchzugehen.

Na ja, er hat dich mitgenommen und dich so gut es ging zusammengeflickt und du hast es geschafft.“

Johns Gedanken wirbelten durcheinander. Es war einfach zu viel. Er konnte nicht alles in sich aufnehmen, was Sam sagte.

„Ich habe deinem Pa gleich gesagt, du würdest niemals ein richtiger Verbrecher“, fuhr Sam fort. „Du hattest einfach nicht den Nerv dazu, das merkte man schon, als du noch ein Kind warst. Ich meine …“ Sam fuchtelte mit dem Messer in der Luft herum. „Du hast immer zerrissene Sachen geflickt und sauber gemacht, ja du warst einfach nicht dazu geschaffen. Aber er sagte, er würde dich schon so formen, wie er dich haben wollte. Anders würdest du nicht überleben können. Jemand würde dir bestimmt eine Kugel in den Rücken jagen oder so was. Er sagte …"

„Wie alt war ich?", unterbrach ihn John.

Sam wirkte zunächst verwirrt, dann verärgert. „Woher soll ich das denn wissen? Ich weiß nichts über Kinder. Vielleicht zwei, denke ich. Was macht das schon?"

Dann brach Sam ab und starrte den jungen Mann vor sich an. „Du erinnerst dich nicht daran?", begann er und richtete sich auf seinem Stuhl auf.

„An gar nichts", erwiderte John stirnrunzelnd.

„Na ja, das überrascht mich nicht. Du warst wirklich übel zugerichtet. Du hast auch erst sehr spät zu sprechen angefangen. Wir haben uns schon gefragt, ob du überhaupt noch mal wieder zu dir kommen würdest. Schock, sagte dein Pa. Als du den dann endlich überwunden hattest, schienst du recht klug zu sein."

„Und der Koffer?," beharrte John und beugte sich vor.

„Aus demselben Wagen."

John erhob sich. „Ist er denn noch da?", fragte er mit rauer Stimme.

„In der Hütte, wo das Mädchen war."

John nickte und verließ wie in Trance den Raum. Innerlich war er vollkommen zerrissen. Er schien zwei unterschiedliche Identitäten zu besitzen. Was sollte er glauben? Hatte Sam recht? War er wirklich nicht der Sohn eines Verbrechers? War diese freundlich blickende Frau auf dem Bild wirklich seine Mutter? War er womöglich der kleine Junge?

Er stürmte in die Hütte. Dort überfiel ihn die Erinnerung an Lisa, die vor ihrer aufgeschlagenen Bibel saß. Er lief zu dem Koffer und hob langsam den Deckel. Es war noch alles da. Das Kleid, das Lisa getragen hatte, lag sorgfältig zusammengefaltet obenauf. Er nahm es heraus und starrte es an. Das Kleid seiner Mutter. Es hatte sie wirklich gegeben. Sie hatte ihn geliebt.

John barg sein Gesicht in dem weichen Stoff und zum ersten Mal seit seiner Kindheit gestattete er sich zu weinen.

*

Als sich sein innerer Aufruhr ein wenig gelegt hatte, erhob sich

John von dem Koffer. Es war vorbei. Er hatte alle Bitterkeit und Sorge abgelegt. Er war zufrieden, derjenige zu sein, der in dem Buch vermerkt worden war: Burke Lawrence, Sohn von Lavina und Turner Lawrence. Vielleicht würde er über seinen Hintergrund nie mehr erfahren als das, aber wenigstens wusste er, zu wem er einmal gehört hatte. Das war etwas Kostbares, ein Schatz, den er sein ganzes Leben lang bei sich tragen würde.

Er faltete das Kleid sorgfältig zusammen und legte es in den Koffer zurück.

„Vielen Dank, Mutter", flüsterte er. „Für deine Liebe und deine Gebete. Ich werde schon klarkommen."

Er schloss den Deckel und verließ den Raum, ohne zurückzusehen. Er würde noch einmal an das Grab seines Vaters – nein, seines Ziehvaters – treten. Dieser Mann hatte ihn vor dem sicheren Tod gerettet. Er hatte ihn aufgezogen, so gut er konnte. Deshalb schuldete er ihm Respekt und ein letztes Lebewohl.

*

„Will Russells Bande, sagen Sie?"

Der Sheriff lehnte sich auf seinem Stuhl zurück und legte die Füße auf seinen Schreibtisch.

John nickte schweigend.

„Kann mich nicht erinnern, Sie gesehen zu haben, als die Bank ausgeraubt wurde", erklärte der Sheriff.

„Ich war auch nicht dabei", erwiderte John.

„Wo waren Sie?"

„Ich war gegangen, schon einige Tage davor."

Der Sheriff runzelte die Stirn. „Warum?", fragte er einfach.

John trat unruhig von einem Fuß auf den anderen. Das würde schwieriger werden, als er es sich vorgestellt hatte. „Da war ein Mädchen", begann er. „Sie war aus Smithton entführt worden. Sie wurde in unserem Lager gefangen gehalten. Ich habe sie nach Montana zu ihren Verwandten gebracht."

Der Sheriff hob erstaunt den Kopf. Er blickte John eindringlich an, als suche er nach Antworten oder nach Ungereimtheiten in seinem Bericht. „Was hat denn Ihre Meinung geändert?"

John runzelte die Stirn. „Ich habe meine Meinung nicht geändert, jedenfalls nicht richtig“, erwiderte er. „Ich war an der Entführung nicht beteiligt.“

„Wer denn dann?“

„Mein – der Boss. Will Russell.“

„Und was hat seine Meinung geändert?“

Der Mann hatte wirklich viele Fragen. John wand sich. Warum konnte er nicht einfach weitermachen. Ein Geständnis aufnehmen und ihn dann einsperren.

Der Sheriff wartete noch immer auf seine Antwort.

„Na ja, er hat seine Meinung nicht geändert, eigentlich. Ich habe sie ohne sein Wissen herausgeholt“, gestand John.

„Dieses Mädchen?“ Die Augen des Sheriffs verengten sich und er nahm seine Füße vom Schreibtisch. „Haben Sie ihr irgendwas getan?“

„Nein, Sir“, erwiderte John schnell. „Ich habe sie nur zur Farm ihres Onkels gebracht.“

Der Sheriff schien sich zu entspannen. „Warum?“, fragte er und legte seine Füße erneut auf den Schreibtisch.

John spürte, wie die Wut in ihm hochstieg. Diese ganze sinnlose Fragerei ärgerte ihn. „Weil, Sir“, erwiderte er hitzig, „sie nicht in ein Lager von Schurken gehörte. Sie hatte das nicht verdient. Sie war unschuldig, gut und gottesfürchtig. Und es braute sich was zusammen.“

Er fragte sich, ob er zu viel gesagt hatte oder zu heftig reagiert hatte. Deshalb zwang er sich, sich zu beruhigen. Wenn er sich weiter so verhielt, würde er bestimmt an den Galgen kommen.

Der Sheriff blickte ihn fest an, dann nickte er, nahm seine Füße vom Schreibtisch und holte einen Stapel Papiere aus der Schublade. „Kann mich nicht erinnern, Ihr Bild jemals gesehen zu haben“, sagte er nachdenklich.

„Nein Sir. Wahrscheinlich nicht“, meinte John etwas ruhiger.

„Warum nicht?“, fragte der Sheriff und legte seine Füße wieder hoch.

John trat nervös von einem Fuß auf den anderen. „Na ja, ich schätze, ich habe noch keinen Steckbrief verdient, Sir“, erwiderte er. „Ich habe meistens die Pferde gehalten.“ Er errötete.

„Also“, sagte der Sheriff, „sie haben keinen Menschen getötet, es ist kein Kopfgeld auf Sie ausgesetzt, es gibt nicht mal einen Steckbrief von Ihnen?“

John nickte.

Der Sheriff nahm seine Füße wieder vom Schreibtisch herunter.

„Sieht nicht so aus, als hätte ich einen Grund, Sie festzuhalten“, erklärte er einfach.

Es dauerte eine Weile, bis John die Bedeutung der Worte verstand.

„Ich verstehe nicht“, sagte er, als er seine Stimme wieder gefunden hatte. „Ich war doch Mitglied der Bande. Ich …“

„Also wie soll ich das denn beweisen?“, fragte der Sheriff. „Es gibt niemanden, der bezeugen kann, Sie gesehen zu haben. Es gibt keinen Steckbrief. Nichts.“

„Aber ich habe doch meine Schuld eingestanden“, erklärte John.

Der Sheriff legte seine Füße wieder hoch. Er lehnte sich zurück und blickte John an. Nachdenklich kaute er an einem Strohhalm, den er aus seiner Manschette gezogen hatte. „Das haben Sie allerdings“, bemerkte er. „Man sagt, ein Geständnis sei gut für die Seele.“

Er starrte John an, als hätten seine Worte eine geheime Bedeutung.

„Sohn“, sagte er schließlich, „es vergeht kein Tag, an dem nicht jemand kommt und mir von vergangenen Sünden erzählt. Ihrem Geständnis entnehme ich, dass Sie nicht vorhaben, auch in Zukunft an solchen Aktionen teilzunehmen. Stimmt das?“

John nickte wie betäubt.

„Diese alte Bande ist – wie soll man sagen – auseinander gebrochen. Und aus unserer kleinen Unterhaltung schließe ich, dass Sie nicht vorhaben, eine neue zusammenzustellen. Richtig?“

Wieder nickte John.

„Dann schlage ich vor, dass unser Gespräch hiermit beendet ist.“

Als er Johns fassungslosen Gesichtsausdruck bemerkte, deutete er mit dem Zeigefinger auf dessen Brust und fuhr fort: „Aber eines will ich Ihnen sagen, Sohn. Wenn Sie mir auch nur einmal in die Quere kommen, werden Sie hängen. Verstanden?“

John erhob sich verlegen. „Eins noch, Sheriff", sagte er gepresst.

Der Sheriff nickte, wirkte aber ein wenig ungeduldig. „Machen Sie schnell", sagte er. „Drüben bei Evita wird der Kaffee kalt."

John holte den kleinen Lederbeutel heraus. „Geld", erklärte er. „Das ist gestohlenes Geld."

„Wo gestohlen?", fragte der Sheriff.

„Ich weiß es nicht genau. Hier und da. Überall. Ich habe keine Ahnung. Es wurde immer gerecht aufgeteilt. Ich weiß nicht, woher das stammt."

Der Sheriff fluchte. „Und woher soll ich wissen, wem ich das zurückgeben soll?"

„Na ja, was soll ich denn damit machen?"

„Sehen Sie", meinte der Sheriff mit erzwungener Ruhe. „Das ist Ihr Problem, nicht meines. Wenn Sie nicht wissen, wem Sie es zurückgeben sollen, dann finden Sie es heraus. Ich tue es jedenfalls nicht."

Leise vor sich hinschimpfend marschierte er davon. „Banditen", wütete der Sheriff. „Wenn die fromm werden, machen sie bald mehr Ärger als vorher."

John stand noch einige Minuten mit dem Lederbeutel voller Goldmünzen in der Hand im Büro des Sheriffs und sah ihm fassungslos nach. Schließlich verließ er das Gebäude. Es dauerte eine Weile, bis ihm klar wurde, dass er ein freier Mann war.

*

Sorgfältig zählte John das Geld, das er auf ehrliche Weise auf der Ranch verdient hatte. Seinen Zehnten hatte er der kleinen Gemeinde, die er besuchte, bereits zukommen lassen. Jetzt war der Stapel Münzen ziemlich zusammengeschrumpft. John seufzte. Auf diese Weise würde er nie eine Anzahlung auf sein eigenes Land zusammenbekommen, das war klar.

Am Ende der Straße hatte er eine kleine Kirche entdeckt. Jetzt ging er darauf zu. Auf sein Klopfen hin öffnete der Pastor ihm die Tür.

„Helfen Sie armen Menschen und so?", fragte John.

„Wir helfen, wenn wir können, Sohn, aber unsere Mittel sind

beschränkt", erwiderte der Pastor. „Viel ist es wirklich nicht, aber was kann ich für Sie tun?"

John nahm den Lederbeutel aus dem Hemd und schüttete dessen Inhalt auf den Holztisch. „Ich würde gern eine Spende machen", sagte er einfach. Die glänzenden Goldmünzen funkelten in der Nachmittagssonne, die durch das Fenster hereinströmte. Ungläubig starrte der Mann das Geld an.

„Es ist kein ehrliches Geld, aber ich habe keine Möglichkeit, es denen zurückzugeben, denen es gestohlen wurde", erklärte John. „Vielleicht können Sie das Unrecht wieder gutmachen, indem Sie es für einen guten Zweck verwenden."

Der Pastor starrte ihn noch immer an.

John tippte sich an den Hut und ging zur Tür. „Möge der Herr Sie und Ihre Kirche segnen", sagte er tief bewegt und ging.

*

Lisa ging im Klassenzimmer herum, säuberte die Tafel, räumte die kleinen Tische auf und stellte die wenigen Bücher, die sie besaßen, auf das Regal.

Endlich konnte sie wieder singen. Es hatte viele Monate gedauert, bis sie das Gefühl hatte, wieder fröhlich sein zu können. Die Zeit hatte ihren Schmerz und ihre Enttäuschung gelindert, obwohl sie noch immer inbrünstig für John betete. Gott hatte alles in der Hand. Er hatte sie aus ihrer Gefangenschaft befreit und etwas Gutes daraus entstehen lassen. Noch nie hatte sie so eifrige Schüler gehabt. Und ihre Begeisterung für das Lernen übertrug sich auch auf die Sonntagsschule, denn die meisten von ihnen kamen auch am Sonntag in den kleinen Raum, um Geschichten aus der Bibel zu hören.

Lisa stellte die letzten Bücher auf das Regal. Es war ein schöner Abend und es würde noch lange hell sein. Deshalb wollte sie noch vor dem Abendessen den kleinen Apfelschimmel satteln und ausreiten.

Als sie so in ihre Gedanken versunken war, klopfte jemand laut an die Tür. Lisa fuhr zusammen. Sie war es nicht gewöhnt, dass jemand außerhalb des Unterrichtes zum Schulhaus kam. Sofort begann ihr Herz wild zu klopfen. Sie hatte die Männer nicht vergessen, die sie vor mehr als zwei Jahren besucht und mitgenommen hatten. Es dauerte eine Weile, bis Lisa einen Ton herausbrachte. Sie war sich nicht sicher, ob sie den Besucher hereinbitten konnte.

Da öffnete sich die Tür – zuerst nur einen Spaltbreit. Mit angehaltenem Atem starrte Lisa dorthin.

Dann ging die Tür noch weiter auf – und dort stand John.

Er war sauber rasiert und sein Haar war ordentlich geschnitten. Die Kleider, die er trug, waren nicht neu, aber sauber und gepflegt. Seine funkelnden Augen schienen ihr direkt ins Herz zu sehen.

Sie hielt die Luft an und stieß nur ein einziges Wort hervor: „John."

Er kam langsam näher, den schwarzen Stetson in den Händen haltend. „Darf ich hereinkommen?", fragte er leise.

Sie nickte nur, denn sie brachte kein Wort heraus. Er sah noch genauso aus, wie sie ihn in Erinnerung hatte, und doch so ganz anders.

„Du bist zurückgekommen", flüsterte sie.

Er nickte. „Ich musste es doch versprechen. Erinnerst du dich?"

„Ich .. ja." Tränen traten ihr in die Augen.

Nur wenige Zentimeter vor ihr blieb er stehen und sah sie einfach nur an.

„Du siehst gut aus", bemerkte er.

Sie schluckte. „Und du auch", sagte sie gepresst.

Schweigend standen sie da. John suchte nach Worten. „Erinnerst du dich", begann er leise, „dass ich einige Antworten finden wollte? Mich selbst finden wollte?"

Sie nickte.

„Nun, das habe ich getan", erklärte er einfach und fügte dann hinzu: „Und dabei habe ich auch Gott gefunden."

Sie starrte ihn an und jetzt ließen sich ihre Tränen nicht mehr länger zurückhalten. „Oh John, ich habe so dafür gebetet. Ich dachte schon …"

„Ich hatte Angst, dass du vielleicht aufgegeben hättest. Dass …"

Sie sah ihm ins Gesicht. Trotz der Tränen, die ihr die Wangen hinunterliefen, strahlten ihre Augen.

„Oh nein“, sagte sie zwischen Lachen und Weinen. „Ich hätte gewartet, ewig, wenn nötig, nur um diese Worte zu hören. Nichts könnte mich glücklicher machen. Wir sind jetzt Glaubensgeschwister. Wie schön, wie unglaublich schön!“

Nur allzu gern hätte John sie an sich gezogen, ihr die Tränen von den Wangen gewischt und sein Gesicht in ihrem Haar vergraben. Doch er wagte es nicht. Er wusste, er hatte kein Recht, von ihr zu erwarten, dass er ihr genauso viel bedeutete, wie sie ihm.

Er schluckte und zwang sich, Abstand zu halten.

Umgetrieben

John fand bald einen Job bei einem Rancher in der Umgebung und ließ sich in der kleinen Stadt nieder. Er wurde in der kleinen Gemeinde, die sich im Schulgebäude traf, herzlich willkommen geheißen und Lisa sorgte dafür, dass er sich schnell zurechtfand. Sehr zu seinem Erstaunen schien Lisa anzunehmen, dass sich die Situation jetzt verändert hatte, dass die Vergangenheit vergeben war und jetzt auch vergessen werden konnte. Sie schaffte es sogar, ihm in versteckten Andeutungen zu vermitteln, dass sie auf einen Heiratsantrag wartete.

Nur zu gern kam er ihren Erwartungen nach und schon bald verlobten sich die beiden. Sogar Onkel Jack und Tante Molly waren begeistert von den Plänen des jungen Paares.

John war überglücklich. Wie es schien, wurde sein Traum nun doch Wirklichkeit. Es war schwer, seine Liebe für Lisa im Zaum zu halten, wenn sie ihn mit funkelnden Augen begrüßte und ganz offen ihre Freude über seine abendlichen Besuche zeigte. Sie verbrachten fröhliche Stunden am Kamin, unterhielten sich über ihre Gedanken und Träume, sprachen über die vergangenen Ereignisse und ihre Wünsche für die Zukunft.

*

Lisa hätte gern bald geheiratet, und obwohl auch John es kaum noch abwarten konnte, hielt er sich zurück.

„Aber warum sollen wir denn noch warten?“, widersprach Lisa. „Wir beide wissen doch, dass wir heiraten wollen.“

„Erst wenn ich genügend Geld verdient habe, um für uns beide sorgen und einen Hausstand gründen zu können“, hielt er dagegen.

Lisa lächelte. „Ich brauche nicht viel, um glücklich zu sein", beharrte sie.

„Aber du möchtest ein Dach über dem Kopf", neckte er sie.

Lisa verzog das Gesicht. „Es macht Spaß, unter den Sternen zu schlafen."

„Bis zum ersten Schneesturm."

„Vielleicht könnten wir uns ein Zelt ausleihen, von Weißer Adler zum Beispiel."

„Weißer Adler braucht sein Zelt selbst. Mittlerweile wird sein Kind wohl geboren sein. Er ist jetzt Familienvater."

Lisa lächelte. Nie war sie glücklicher gewesen.

„Wir müssen aber ein Datum festsetzen", sagte sie, und damit war es ihr ernst. „Ich möchte Papa und Mama dabei haben. Papa wird uns natürlich trauen und Mama und Tante Molly werden das Essen für die Familie und Freunde kochen. Sie müssen es wissen, damit sie alles vorbereiten können."

John stimmte zu.

Der Sommer ging langsam in den Herbst über.

„Wie wäre es mit Weihnachten?", fragte er Lisa.

Lisa dachte darüber nach. Das schien noch so lange hin zu sein. Doch schließlich lächelte sie zustimmend – Weihnachten war in Ordnung.

„Ich werde es meinen Eltern schreiben", erklärte Lisa. „Und ich hoffe sehr, dass sie frühzeitig kommen können."

John strich ihr das vom Wind zerzauste Haar zurück. Sie waren zu einem kleinen Hügel geritten, von dem aus sie auf die kleine Farm ihres Onkels hinuntersehen konnten. Es war warm und angenehm draußen. Der letzte Weizen wiegte sich im Wind. Die Vögel zwitscherten fröhlich.

„Es ist so friedlich hier, es gefällt mir", überlegte John zufrieden.

„Können wir hier wohnen – immer?" fragte Lisa träumerisch.

„Immer", antwortete er.

Lisa kam näher an ihn heran, bis ihre Schulter seine Brust berührte. „Nie hätte ich mir träumen lassen, dass ich jemals so glücklich sein könnte", seufzte sie.

Er legte den Arm um sie und zog sie näher an sich heran. Zärtlich küsste er ihr Haar. „Es ist noch immer ein Traum“, sagte er.

„Wann ist es dir klar geworden?“, fragte sie ihn.

Er lächelte sie an und drückte sie. „Ist das wichtig?“

„Irgendwie schon. Ich möchte es gern wissen.“

„Es war, nachdem ich die Schlange erschossen habe. Ich hatte Angst um dich. Plötzlich wurde mir klar, dass ich, falls dir etwas zustoßen sollte, schrecklich traurig sein würde. Dass du für mich sehr viel mehr warst als eine Gefangene, die ich befreit hatte. Ich liebte dich. Das wurde mir in diesem Augenblick klar.“

Lisa kuschelte sich an ihn.

„Da habe ich es auch gemerkt“, erzählte sie ihm.

Sie wandte sich um und strich mit dem Finger zärtlich über seine Narbe. „Zu denken, dass ich dich vielleicht nie kennen gelernt hätte. Dass du schon als Baby hättest sterben können. Weißt du, ich verdanke Will Russell so viel. Dass er dich gerettet hat und dann, dass er mich entführt hat.“

Sie lachte leise. „Das klingt ziemlich dumm, nicht? Aber es hat sich alles zum Guten gewendet, meinst du nicht?“

Er nickte. Er war zu glücklich, um zu antworten.

„Weißt du“, fuhr Lisa fort, „unser Hintergrund ist gar nicht so verschieden voneinander. Wir sind beide Waisen. Wir haben beide unsere Eltern bei einem Indianerüberfall verloren. Ziemlich seltsam, nicht?“

John nickte. Sein Gesicht hatte er in Lisas Haar vergraben.

„Na ja, das liegt jetzt alles hinter uns. Jetzt liegt nur noch unsere ganze Zukunft vor uns.“ Sie seufzte tief.

„Gott ist so gut gewesen“, sagte John.

„Das ist er. John …“ Lisa brach ab und lachte leise. „Weißt du“, fuhr sie schnell fort, „es fällt mir schwer, jetzt Burke zu sagen. Mir gefällt zwar dein richtiger Name, es ist nur, dass du für mich immer John gewesen bist. Macht es dir was aus, wenn ich mich ab und zu verspreche?“

John lächelte gutmütig. „Auch mir fällt es schwer“, gestand er. „Es dauert eine Weile, bis man sich daran gewöhnt hat. Ich muss noch immer erst nachdenken, wenn ich etwas unterschreibe oder wenn mich jemand anspricht. Aber ich schätze, wir werden uns schon daran gewöhnen."

Lisa nickte. „Es ist schwer, als Erwachsener eine solche Änderung vorzunehmen."

Schweigend blieben sie noch eine Weile stehen. „Und wenn wir es nun doch bei John belassen? Mir scheint, na ja, dass ich das meinem Pa schuldig bin. Er hat sein Bestes getan. Er hätte mich auch einfach sterben lassen können. Es muss für einen Mann wie ihn eine schreckliche Last gewesen sein, ein Kind großzuziehen."

Lisa lächelte. „Mrs. John Burke Lawrence", sagte sie leise. „Ich finde das gut."

*

John arbeitete schwer und sparte sein Geld für die bevorstehende Hochzeit. Sie würden nicht reich sein, aber das war niemand hier in der Prärie. Zumindest würden sie zusammen sein.

Auch Lisa sparte jeden Penny von ihrem kärglichen Lohn als Lehrerin. Sie war sicher, dass sie prima zurechtkommen würden. Ihr Onkel Jack hatte ihnen ein kleines Stück Land unten beim Fluss geschenkt und ihre Nachbarn hatten versprochen, ihnen beim Hausbau zu helfen, sobald die Ernte eingebracht war. Lisa war zuversichtlich, dass sie, wenn der wichtige Tag im Dezember herannahte, ein gemütliches Heim haben würden.

*

Ihre Eltern trafen zwei Wochen vor der Hochzeit ein. Lisa war so aufgeregt, als die Postkutsche vorfuhr, dass sie sich kaum zu halten wusste.

„Oh, ich kann es kaum erwarten, dass ihr ihn kennen lernt", plapperte sie. „Ich weiß, dass ihr ihn genauso sehr lieben werdet wie ich – na ja, fast genauso sehr."

Ihr Vater lächelte und ihre Mama drückte sie an sich. „Ich wusste es", meinte sie. „Ich habe gespürt, dass du ihn liebst."

„Oh Mama", lachte Lisa, „damals habe ich ja kaum gewagt, es vor mir selbst einzugestehen."

„Na ja, ich wusste es auf jeden Fall. Man sieht es einem Mädchen an, wenn es verliebt ist.“

Lisa lachte fröhlich. „Wir werden das Kleid in Ordnung bringen müssen“, erinnerte sie ihre Mutter. „Hast du den Satin mitgebracht?“

„Oh ja, natürlich. Das habe ich nicht vergessen. Vielleicht ist Molly bereit, es zu ändern. Sie kann sehr viel besser mit der Nadel umgehen als ich.“

Auf dem Weg zum Haus hüpfte Lisa beinahe. In nur zwei kurzen Wochen würde sie endlich Mrs. John Burke Lawrence sein. Es erschien ihr noch immer wie ein unmöglicher, wunderschöner Traum.

*

„Lisa?“

John rief nach ihr.

„Hier drin“, antwortete sie. Ihre Wangen röteten sich vor Freude. Sie und ihre Tante saßen am Küchentisch und beschäftigten sich mit dem Hochzeitskleid. Sie überlegten, wie sie den Satin für die neuen Ärmel zuschneiden sollten.

„Ich denke, ich trenne diese Manschette ab und sehe, wie sie geschnitten ist. Dann hätten wir ein Muster“, sagte Tante Molly gerade.

John blieb in der Tür stehen. Lisa sah auf und lächelte.

„Das ist schon in Ordnung“, versicherte sie. „Ich bin nicht abergläubisch. Du kannst das Kleid schon vor dem Hochzeitstag sehen.“

Er trat vor. Er wusste nichts über Kleider, aber das Kleid, das da vor ihm hing, war einfach überwältigend.

„Du … das wirst du tragen?“, fragte er, während sein Blick von dem Kleid zu Lisa und wieder zu dem Kleid zurückwanderte.

Sie nickte. Die Aufregung ließ ihre Wangen erröten und ihre Augen funkeln.

Er griff nach ihrer Hand. „Ich hatte keine Ahnung, ich meine, ich habe noch nie ein Hochzeitskleid gesehen. Ich hatte keine Ahnung, dass sie so … so …“

Lisa lachte fröhlich. „Das sind sie auch nicht immer“, gestand sie. „Du siehst nur zufällig das schönste Kleid von ganz Amerika vor dir.“ Sie lachte wieder. „Es ist etwas ganz Besonderes, sogar für ein Hochzeitskleid. Importierte Spitze, direkt aus Spanien. Ist es nicht atemberaubend schön?“

Er nickte. „Ich kann es kaum erwarten, dich darin zu sehen“, sagte er leise.

„Na ja, zuerst haben wir hier ein kleines Problem“, bemerkte Lisa.

„Welches?“

„Dieser Ärmel. Siehst du die Manschette? Sie wird angeknöpft. Aber die eine hier fehlt.“

„Könnt ihr nicht eine neue machen?“ fragte John schulterzuckend.

„Keine, die dazu passt. Wir würden niemals dieselbe Spitze finden. Darum müssen wir zwei neue machen – aus diesem Satin. Wir versuchen gerade, herauszufinden, wie sie geschnitten ist …“

John kam näher und sah genau hin. Er runzelte die Stirn.

„Einen Augenblick“, sagte er und betastete den Stoff. „Ich glaube, ich habe etwas, das euch weiterhilft. Ich bin fast sicher.“

Lisa blickte ihn erstaunt an.

„In dem kleinen Kästchen meiner Ma habe ich ein kleines Stück Stoff gefunden, der fast genau wie der hier aussieht. Ich glaube nicht, dass man einen Unterschied erkennen würde.“

Lisas Augen leuchteten auf.

„Kannst du es holen?“, fragte sie schnell. „Es wäre wundervoll, wenn wir die Manschetten behalten könnten.“

„Ich gehe schnell nach Hause und hole es“, versicherte er ihr. „Ich bin in einer Stunde zurück.“

*

John holte das kleine Kästchen aus seinem Versteck und öffnete den Deckel. Er konnte es kaum erwarten, zu Lisa zurückzukehren.

Schnell legte er den kleinen Babyschlafanzug beiseite und suchte unter den Taschentüchern nach dem Stoff, den er darin entdeckt hatte. Hoffentlich hatte er ihn nicht aus Versehen verloren.

Ganz unten in der Schachtel fand er ihn. Erleichtert seufzte er auf und zog ihn heraus.

Ja. Er hatte Recht gehabt. Die Spitze sah fast genauso aus wie die von Lisas Kleid. Er lächelte erneut. Sie würde bestimmt sehr froh sein.

John wollte den Stoff gerade in seine Hemdtasche stecken, als sein Blick auf etwas fiel. Ein winziger Knopf.

Seine Augen weiteten sich, als er den Stoff genauer betrachtete. Noch ein Knopf und noch einer.

Fassungslos starrte er auf den Stoff in seiner Hand. Es war die fehlende Manschette. Und das konnte nur eines bedeuten.

⁂

Seine Beine gaben unter ihm nach. Er ließ sich auf die Pritsche sinken und barg das Gesicht in seinen Händen. Eine Welle der Übelkeit ging über ihn hinweg. Hatten er und Lisa dieselbe Mutter? Das konnte doch nicht sein. Es konnte einfach nicht sein. Er liebte Lisa. Sie wollten heiraten. Er empfand einen Schmerz, wie er ihn noch nie in seinem Leben erlebt hatte.

Sein erster Impuls war, die Manschette zu zerreißen und zu sagen, sie sei verloren gegangen.

Aber seine Vernunft und Ehrlichkeit siegten. Das wäre nicht fair. Es wäre nicht richtig. Er würde mit dieser Lüge nicht leben können und Lisa würde ihm nie verzeihen, wenn er es versuchte.

Man konnte nicht seine eigene Schwester heiraten. Er hob den Kopf und starrte mit leerem Blick vor sich hin. Er würde es ihr sagen müssen. Er würde es allen sagen müssen.

Warum? Warum nur? Warum jetzt, als sich endlich alles zum Guten zu wenden schien?

John ließ seinen Kopf wieder in die Hände sinken und stöhnte. *Wo bist du, Gott? Wie konntest du das nur zulassen? Warum hast du uns nicht früher erfahren lassen, dass wir Geschwister sind? Dann wäre unsere Beziehung verwandtschaftlicher Natur gewesen und dem angemessen.*

John stöhnte erneut auf. Noch nie in seinem ganzen Leben hatte er einen so grausamen Schlag einstecken müssen.

*

Lisa ging unruhig auf der Veranda ihrer Tante auf und ab. John brauchte länger, als sie gedacht hatte. Konnte er die Spitze nicht finden? Es wäre so schön, wenn die Manschetten zueinander passen würden, oder zumindest beinahe. Es wäre so schön, das Kleid so lassen zu können, wie ihre Mutter es getragen hatte. Sie hoffte, dass John Recht hatte. Dass der Ärmel nicht noch einmal neu aus Satin gearbeitet werden musste.

Sie zögerte und sah die Straße entlang. John war noch immer nicht in Sicht.

Hoffentlich war ihm nichts zugestoßen. Wenn sein Pferd ihn nun abgeworfen hatte? Oder wenn er verhaftet worden war? Nein, das war dumm. John hatte gesagt, er hätte ein Geständnis abgelegt und hätte gehen können. So etwas würde nicht mehr passieren.

Gerade als Lisa das Gefühl hatte, die Unsicherheit nicht mehr länger ertragen zu können, sah sie Johns Rotfuchs näher kommen. In ihrer Aufregung wäre sie ihm am liebsten entgegengelaufen.

Nervös trommelte sie mit dem Fuß gegen die Verandabretter. Die Ungeduld machte es ihr schier unmöglich, abzuwarten. Der warme Abendwind spielte mit ihrem Haar und wehte es ihr ins Gesicht.

Endlich kam John vor der Veranda zum Stehen und stieg ab. Die Zügel des Pferdes band er am Verandageländer fest, dann kam er auf sie zu. Lisa strahlte und ging ihm entgegen.

„Und? Passt es? Ist die Spitze ähnlich?“, fragte sie, während sie auf ihn zuging.

Im Dämmerlicht konnte Lisa sein Gesicht kaum erkennen. Doch als er näher kam, sah sie, dass er blass und mitgenommen wirkte. Irgendetwas war passiert. Lisa spürte, wie sich ihr Herzschlag beschleunigte. War es die Enttäuschung darüber, dass die Spitze nicht passte?

Er sagte kein Wort, sondern nahm stumm ihre Hand. In der anderen Hand hielt er die Spitze. Lisa nahm sie und drehte sie herum.

„Es macht nichts, wenn sie nicht genau passt“, begann sie. „Es ist nicht schlimm, wenn …“

Lisa betrachtete sie genauer.

„Sie sieht aber sehr ähnlich aus“, sagte sie und blickte John an.

Sein Gesicht war noch immer aschfahl. Er schwieg und sie verstand immer noch nicht.

„Lisa, es ist nicht nur dieselbe Spitze wie an der Manschette“, sagte er mit gepresster Stimme. „Es ist die fehlende Manschette.“

Ihre Augen weiteten sich. Sie sah ihn ungläubig an.

„Es ist die Manschette“, wiederholte er. „Sieh nur. Da sind die kleinen Knöpfe.“

Lisas Blick wanderte zu der Spitze zurück. Sie drehte sie hin und her.

„Aber das ist ja wundervoll!“, rief sie. „Wer hätte das gedacht? Wer hätte je an so etwas denken können? Es ist tatsächlich die fehlende Manschette. Ist das nicht herrlich? Ist Gott nicht gut?“

Sie warf die Arme um Johns Hals. Ihre warmen Freudentränen fielen auf seine Wange.

Sanft schob er sie von sich. „Lisa, hör mir zu.“

Sie sah ihn erschrocken an. Was war passiert? Was war nur los?

„Ich fand die Manschette in der Schachtel meiner Mutter.“

Sie nickte.

„Meiner Mutter!“

Sie wirkte verwirrt.

„Und sie paßt zum Kleid *deiner* Mutter. Ganz genau.“

Sie trat leicht zurück und starrte ihn noch immer an.

„Du meinst doch nicht ...?“, begann sie, aber sie sprach den Satz nicht zu Ende aus.

Er nickte.

„Aber das kann doch nicht sein.“ Sie schrie ihn beinahe an. „Es kann nicht sein!“

„Lisa ...“

Sie sah ihn einen Augenblick mit weit aufgerissenen Augen an. Auch ihm liefen nun Tränen die Wangen hinunter.

„Es ist aber so“, sagte er einfach und wandte den Blick ab.

„Ich will keinen Bruder“, schluchzte sie. „Ich will ...“, damit wandte sie sich ab und rannte ins Haus.

Liebe Lisa,

ich gehe fort von hier. Ich hoffe, eines Tages zurückzukehren, wenn ich dich als meine Schwester lieben kann. Ich denke, es ist zu schwer für uns beide, uns weiterhin zu sehen. Ich werde für dich beten. Ich werde dich immer lieben, aber diese Liebe muss sich jetzt verändern. Vielleicht werden wir eines Tages sagen können, dass Gott alles zum Guten gewirkt hat.

In Liebe, John.

Lisa hielt seinen Brief in ihren zitternden Händen. Die Tränen strömten ihr die Wangen hinunter. In ihrem Zimmer hing das wunderschöne Kleid aus spanischer Spitze – die zweite Manschette war nun wieder an ihrem Platz.

„Ich werde es nie tragen", flüsterte sie. „Nie! Ich habe ihn so geliebt."

Entschlossen wischte sie sich die Tränen mit dem Handrücken ab. „Wenn ich nur gewusst hätte, dass er mein Bruder ist. Wir hätten so vieles miteinander teilen können. Wir hätten lernen können, uns auf eine andere Art zu lieben. Aber jetzt das? Es ist so grausam. Ich werde ihn nie als Bruder annehmen können, dafür liebe ich ihn viel zu sehr."

Lisa begann erneut zu weinen.

Ihr Blick fiel auf die letzten Worte in Johns Brief. „Vielleicht werden wir eines Tages sagen können, dass Gott alles zum Guten gewirkt hat." Das schien ihr unmöglich. Gott schien so weit von ihr entfernt zu sein, außerhalb ihrer Reichweite.

Vertraue, vernahm sie die stumme Botschaft in ihrem Herzen, aber im Augenblick war ihr das unmöglich.

Das Tagebuch

In der ersten Woche ließ John sich einfach nur treiben. Er lebte wie im Traum. Nur der Schmerz tief in seinem Innern erinnerte ihn daran, dass er noch am Leben war.

Es war alles so unerwartet gekommen. Obwohl er sich, wenn er zurückschaute, jetzt fragte, warum er nicht schon viel früher angefangen hatte, einige der Puzzleteilchen zusammenzufügen.

Der Planwagentreck, das Massaker und das Feuer. Die Tatsache, dass sie beide keine richtigen Eltern hatten. Ja, es hätte ihn zum Nachdenken bringen müssen. Aber wer hätte auch an so etwas gedacht?

John betrachtete das kleine Kästchen mit einer Mischung aus Liebe und Hass. Zu viele Geheimnisse waren darin verborgen. Eines davon hatte seine Welt bereits auseinander brechen lassen.

„Es war besser, dass wir es noch vorher erfahren haben", sagte er sich immer wieder. „Es wäre schrecklich gewesen, wenn …" Aber ganz im Geheimen war sich John dessen nicht sicher.

Es fiel ihm schwer, zu beten, deshalb las er in der Bibel seiner Mutter. *In der Bibel unserer Mutter,* korrigierte er sich. Vielleicht würden er und Lisa eines Tages in der Lage sein, gemeinsam darin zu lesen, wenn Gott ihnen half.

Nein. Er verwarf diesen Gedanken sofort wieder. Ich kann einfach nicht; ich kann sie nicht als meine Schwester sehen.

Nachdem eine Woche vergangen war, machte John eine innere Bestandsaufnahme.

„Ich muss mein Leben wieder in den Griff bekommen", sagte er sich. „Ich muss das überwinden."

Zuerst fiel es ihm schwer, sich zu überlegen, was er tun wollte. Doch dann erinnerte er sich an den Rancher. Der Mann hatte gesagt, falls er jemals einen Job brauchte – nun, er brauchte jetzt dringend einen Job. John sattelte also sein Pferd, verstaute seine Sachen auf dem Packsattel und ritt los.

Als er einige Zeit später an die Tür des Ranchhauses klopfte, wurde John herzlich willkommen geheißen.

„Ich habe gehofft, dass Sie zurückkommen würden", sagte der Rancher. „Hatte allerdings die Hoffnung schon fast aufgegeben. Aber Sie hätten zu gar keinem besseren Zeitpunkt kommen können. Der Vormann ist gerade gegangen. Hat nun so viel Geld zusammen, dass er sich eine eigene Farm kaufen kann. Aber keiner der Männer, die für mich arbeiten, könnte seinen Job übernehmen. Ich fürchtete schon, ich müsste mein eigener Vormann werden. Das viele Reiten liegt mir nämlich nicht."

Er brach ab und holte Luft. „Wenn Sie den Job wollen, gehört er Ihnen."

John nickte.

„Der Vormann hat übrigens sein eigenes Zimmer. Diese kleine Hütte dort unten am Weg. Sie können ihre Sachen dort hinbringen."

John war dankbar, ein Zimmer für sich alleine zu haben. Das war sehr viel besser, als mit einer Gruppe von Karten spielenden, Tabak kauenden und Whisky trinkenden Cowboys eine Unterkunft teilen zu müssen.

„Vielleicht bin ich einfach nur ein Feigling", warf er sich vor, „aber ich bin noch nicht bereit, Kontakte zu anderen Leuten zu knüpfen."

Er warf sein Bettzeug auf die Pritsche, packte seine wenigen Habseligkeiten aus, brachte seine Pferde auf die Koppel und machte sich auf die Suche nach einem Besen. Die kleine Hütte war vollkommen verdreckt. Er wollte sie erst gründlich sauber machen, bevor er sie sein Eigen nannte.

*

Die Tage zogen sich endlos hin. Lisa hatte wegen der bevorstehenden Hochzeit ihre Stelle in der kleinen Schule aufgegeben, sie konnte sich also nicht einmal mit ihrer Arbeit ablenken.

Aber es war ja ohnehin alles anders gekommen, als geplant

war. Eigentlich hätte sie sich jetzt eine Menge Gedanken um ihre Hochzeit machen sollen, aber nun wollte sie nicht einmal an Weihnachten denken. Es würde ein sehr trauriges Weihnachten werden – ja, bedeutungslos.

Lisa schüttelte den Kopf. Nein, so durfte sie nicht denken. Weihnachten hatte noch genau dieselbe Bedeutung wie immer. Es war schließlich die Geburt Christi, die sie feierten. Ihre Lebensumstände hatten daran nichts geändert.

Doch als Lisa die Taschenuhr betrachtete, die sie für John gekauft hatte, fiel es ihr schwer, Weihnachtsfreude zu empfinden.

Sie musste etwas tun. Irgendetwas, damit sie ihr Leben wieder in den Griff bekam. Sie konnte nicht einfach nur herumsitzen und weinen.

Zwei Tage vor Weihnachten zog sie deshalb ihr schönstes Kleid an, wusch ihre verquollenen Augen und leistete ihrer Familie beim Frühstück Gesellschaft.

Alle schienen den Atem anzuhalten. Würden sie es wagen, ganz normal mit ihr zu reden? Worüber konnten sie sich unterhalten? Bei welcher auch nur beiläufigen Bemerkung würden die Tränen wieder zu fließen beginnen?

Lisa brachte ein schwaches Lächeln zustande und nahm die Hand ihrer Mutter.

„Ich habe eine Entscheidung getroffen", sagte sie einfach. „Ich werde mit euch nach Hause kommen."

Alle blickten sie erstaunt an. Vier Augenpaare wandten sich ihr zu, um zu sehen, ob sie noch bei klarem Verstand war.

„Das ist die einzige Möglichkeit", erklärte sie ruhig. „Da die Bande zerschlagen ist, gibt es für mich keinen Grund mehr, mich hier zu verstecken. Ich habe meine Stellung hier in der Schule aufgegeben und eine neue Lehrerin ist bereits verpflichtet worden. Ich werde also einfach mit euch nach Hause fahren."

Allmählich begriffen alle am Frühstückstisch, dass sie tatsächlich recht vernünftig dachte und dass sie durchaus in der Lage war, eine Entscheidung zu treffen. Ihre Mutter drückte ihr die Hand. Ihr Vater strahlte vor Freude. Ihre Tante Molly schien den Tränen nahe zu sein, während ihr Onkel Jack sich lautstark räusperte.

„Wir werden dich vermissen, Liebes", sagte Tante Molly.

„Es wird schön sein, dich wieder zu Hause zu haben. Ich bin ohne dich so einsam gewesen", gestand ihre Mutter.

„Ihr wolltet doch am dritten abreisen", fuhr Lisa fort.

„Ich werde dann auch bereit sein." Ihre Augen umwölkten sich.

„Da ist nur noch ein Problem", fuhr sie fort.

Ihre Mutter drückte ihr tröstend die Hand. Sie befürchtete, es könnte neue Tränen geben.

„Der kleine Apfelschimmel", fuhr Lisa fort, und obwohl ihre Stimme ein wenig zittrig klang, gelang es ihr, sich zu beherrschen und ihre Tränen zurückzuhalten.

Ihr Onkel Jack hatte eine Lösung parat. Vielleicht fürchtete auch er einen erneuten Tränenausbruch. „Ich würde ihn gern hier behalten, bis du ihn dir holen kannst", bot er an und räusperte sich erneut.

Lisa lächelte ihn dankbar an. „Vielen Dank, Onkel Jack", erwiderte sie ruhig.

Diese Angelegenheit schien also geregelt.

*

John gewöhnte sich schnell an seine neue Verantwortung. Während der ersten Monate saß er von morgens bis abends im Sattel. Er wollte die ganze Ranch kennen lernen, jeden Landstrich, jeden Berg und jedes Tal. Er überprüfte die Wasserversorgung, die Weidesituation, den gesamten Viehbestand und er wusste um jedes neue Kalb, das geboren worden war. Schließlich konnte er schlecht eine Ranch führen, die er nicht genau kannte, sagte er sich. Sein Boss war deshalb mit ihm sehr zufrieden.

„Wird mal ein guter Rancher", sagte er zu seiner Frau. „Zu schade, dass er kein eigenes Land hat."

„Er ist noch jung", erwiderte seine Frau. „Dafür hat er noch viel Zeit."

Als die Tage im Frühling langsam länger wurden, fühlte sich John in seinem neuen Verantwortungsbereich so sicher, dass er den anderen Cowboys Aufgaben zuweisen konnte.

Auf diese Weise hatte er selbst mehr freie Zeit – was ihm jedoch eigentlich nicht recht war.

Also fing er wieder an, die Gottesdienste in der kleinen Gemeinde zu besuchen. Weil ihm das als Ablenkung nicht ausreichte, las er in seiner Freizeit noch mehr in der Bibel seiner Mutter. Das half ihm schließlich, sein Leben wieder in den Griff zu bekommen – doch Lisa konnte er dabei nicht vergessen. Es war ihm einfach unmöglich, sie als seine Schwester zu betrachten und er fragte sich, wie lange es wohl dauern würde, bis er dazu wirklich in der Lage sein würde.

Weil er sich immer noch sehr einsam fühlte, holte er eines Tages erneut das kleine Kästchen seiner Mutter hervor. Würde er dort Trost für seine tiefe Traurigkeit finden? Würde er das Verbindungsstück finden, das ihn in die Lage versetzte, Lisa als Teil seiner Familie zu betrachten?

Lustlos nahm er jedes Taschentuch, jeden Knopf, jedes kleine Erinnerungsstück in die Hand. Es war nichts da. Nichts, das die Gefühle in seinem Herzen änderte.

Er hatte das kleine Kästchen komplett geleert und wollte gerade seinen Inhalt wieder zurücklegen, als er bemerkte, dass der Boden ein wenig lose war.

Handwerklich war er nicht besonders geschickt, doch vielleicht konnte er das kleine Kästchen irgendwie reparieren, damit es nicht auseinander fiel.

Er ließ seinen Finger über die lose Stelle gleiten und fühlte etwas, das ihm bisher noch nicht aufgefallen war. Vorsichtig nahm er das Kästchen in die Hand und sah es sich näher an. Verblüfft fand er einen kleinen Haken, der ihm bisher entgangen war. Er drückte darauf, rüttelte ihn vorsichtig und drückte erneut. Dann zog er daran. Und plötzlich sprang der Boden des Kästchens auf. Das Kästchen hatte einen doppelten Boden.

John konnte kaum glauben, was er da sah. Der ganze Boden des kleinen Kästchens war voller Geldscheine. Dicke Stapel, wenn auch mittlerweile wegen ihres Alters ganz mürbe. Es war seltsames Geld. Auf jeden Fall hatte er solche Scheine noch nie gesehen.

„Ich glaub es nicht", murmelte er vor sich hin. „Mama hat ja ein Vermögen gehabt."

Vorsichtig warf er einen Blick über seine Schulter zurück. Er wollte bei seiner Entdeckung nicht unbedingt beobachtet werden.

Die Tür war geschlossen und schnell zog er auch noch die Vorhänge zu. Dann setzte er sich wieder an den Tisch und nahm die alten Geldscheine heraus.

Ganz unten in dem Geheimfach entdeckte er außerdem ein kleines Buch. Hatte sie in diesem Buch vielleicht ihre Vermögensverhältnisse festgehalten? John blätterte die Seiten durch. Nein, dort standen keine Zahlen. Es war voll geschrieben. Vielleicht handelte es sich um ein Tagebuch. Doch zunächst legte er das Buch beiseite und begann das Geld zu zählen.

Es waren Tausende von Dollar, bestimmt genug für eine eigene Ranch. Genug, um Lisa …

Hier brach er seinen Gedankengang ab. Wann würde er je aufhören, an Lisa zu denken?

Er stand vom Tisch auf und ging in seinem kleinen Zimmer auf und ab. Das Geld hatte nun jegliche Anziehungskraft verloren. Wozu war es noch nütze?

Und doch war es da. Er musste etwas damit anfangen. Schnell packte er das Geld in das Geheimfach und verschloss es wieder. Das kleine Buch und einen Geldschein behielt er zurück. Das Buch legte er zwischen die Knöpfe und Taschentücher. Eigentlich sollte er Lisa die Sachen schicken, denn Sie passten eher zu einer Dame als zu einem Mann.

John legte das Kästchen zurück in sein Versteck, öffnete die Vorhänge und betrachtete sich in dem gesprungenen Spiegel an der Wand. Er würde einfach in die Stadt reiten und dort zur Bank gehen. Vielleicht konnte man ihm dort sagen, um was für eine Währung es sich handelte.

*

„Wo haben Sie denn das her?“, fragte der Zigarren kauende Mann hinter dem Schreibtisch.

„Meine Mutter hat mir ein Kästchen hinterlassen“, erwiderte John. „Ich habe den falschen Boden darin erst heute entdeckt.“

„Und das war darin?“

John nickte. Er brauchte dem Mann nicht zu erklären, dass dieser Geldschein nur einer von vielen war.

„Hab solche Scheine schon eine Weile nicht mehr gesehen“, sagte der Bankier und drehte und wendete den Geldschein in der Hand.

„Ist das denn echtes Geld?“, fragte John.

Der Mann drehte mit der Zunge seine Zigarre im Mund herum und lächelte ihn amüsiert an.

„Richtiges Geld, allerdings“, erklärte er und John wollte gerade erleichtert aufatmen, als er fortfuhr. „Aber es ist keinen Penny wert. Es ist Geld aus den Südstaaten. Die Nordstaaten haben vor einiger Zeit beschlossen, dass es nichts mehr wert ist. Sie können es also dazu verwenden, Ihr Feuer im Kamin anzuzünden.“

*

Also war doch kein Schatz in Mamas Kästchen, dachte John, als er zurück nach Hause ritt. Es war eine Enttäuschung, aber nach all dem, was er bereits durchgemacht hatte, war es auch egal.

Er überließ es seinem Pferd, die Gangart zu bestimmen. Er hatte keine Eile, irgendwohin zu kommen. Was sollte er auch tun, wenn er wieder zu Hause war? Nichts? Vielleicht würde er hinausreiten und die westliche Weide überprüfen. Vielleicht würde er aber auch nach dem neuen Fohlen auf der Ostweide sehen. Wahrscheinlicher war es jedoch, dass er einfach nur in seinem Zimmer herumsaß – es war ihm eigentlich egal.

Und dann erinnerte er sich an das kleine Buch. *Vielleicht sollte ich es mir ansehen, beschloss er. Die Schrift schien die einer Frau zu sein. Vielleicht hat Mama es geschrieben. Wenn dies ihr Tagebuch war, dann könnte es Informationen enthalten. Vielleicht sogar ein paar Antworten.*

John trieb daraufhin sein Pferd zur Eile an. Jetzt konnte er es plötzlich kaum noch erwarten, nach Hause zu kommen.

Die Antworten

Als er die Ranch erreichte, nahm er seinem Pferd schnell den Sattel ab und versorgte es für die Nacht, damit er sich ausschließlich dem Büchlein zuwenden konnte. Mit jeder Meile, die er geritten war, hatte sich seine innere Spannung gesteigert.

Jetzt konnte er es kaum erwarten zu lesen, was in dem kleinen Buch stand. Welche Geheimnisse seiner Vergangenheit – und Lisas Vergangenheit – es enthielt.

Er betrat sein Zimmer und schloss die Tür. Nachdem er sich an seinen Holztisch gesetzt hatte, schlug er die erste Seite auf.

„Für meine liebe Tochter Lavina Ann Bradley zu ihrem vierzehnten Geburtstag am 10. Juli 1836", stand da in steiler Schrift geschrieben. Darunter waren die Worte zu lesen: „Sei immer die gottesfürchtige Frau, die in 1. Petrus 3,4 beschrieben wird. Dein dich liebender Vater, Winston O. Bradley."

John blätterte um. Die Handschrift war jetzt eine ganz andere. Er konnte sich beinahe vorstellen, wie das kleine Mädchen mit nachdenklich zusammengezogenen Augenbrauen an seinem Schreibtisch saß.

„10. Juli 1836: Heute ist mein vierzehnter Geburtstag. Ich kann es kaum glauben. Mama hat mir ein wunderschönes blaues Kleid geschenkt. Es ist mein erstes richtiges Erwachsenenkleid mit hübschen Puffärmeln und einem weiten Rock mit vielen Petticoats und über und über mit blauen Rüschen besetzt. Mama sagte, ich dürfte mir auch das Haar aufstecken, wenn ich das Kleid anziehe. Ist es zu fassen. Ich – erwachsen. Papa hat mir das Pferd geschenkt, das ich mir schon so lange gewünscht habe, und einen Damensattel dazu, damit ich auch reiten kann, wie es sich für eine Dame schickt. Und er hat mir dieses Büchlein geschenkt. Ich solle ein

Tagebuch führen, sagte er. Ich glaube, er hat das Gefühl, ich sei zu impulsiv, und er hofft, ich würde mich auf diese Weise beherrschen lernen. (Er möchte, dass ich täglich etwas hineinschreibe, aber das scheint mir dann doch ein wenig zu viel. Fast wie eine Hausaufgabe in der Schule. Ich denke, ich werde nur etwas hineinschreiben, wenn etwas Wichtiges passiert.) Wie heute zum Beispiel. Der heutige Tag ist so aufregend gewesen. Sogar Ethan hat sich mit mir gefreut. Und Brüder tun so etwas nicht oft."

John blätterte um.

„11. Juli 1836: Eigentlich wollte ich heute gar nichts in mein Tagebuch schreiben, aber Papa hat mich am Frühstückstisch gefragt, ob ich es schon getan hätte. Da ich noch keinen Eintrag gemacht hatte, versicherte ich ihm schnell, dass ich das noch nachholen würde. Das schien ihn zufrieden zu stellen. Aber ich weiß wirklich nicht, was ich heute schreiben soll. Gestern war ein so aufregender Tag, dass der heutige Tag so schrecklich langweilig erscheint. Kaum zu ertragen. Und es ist so schrecklich heiß und stickig. Ich glaube, ich werde noch an der Hitze sterben. Ich habe Papa gefragt, ob wir nicht in unser Haus in Charleston fahren könnten, wo der Wind vom Meer die Hitze ein wenig erträglicher macht. Aber er hat mir noch keine Antwort gegeben.

12. Juli 1836: Es ist noch immer heiß und unerträglich. Sogar Mama ärgert sich über die Hitze. Ich hoffe, dass sie mir hilft, Papa zu überreden. Vielleicht bringt er uns ja nach Charleston.

13. Juli 1836: Wir fahren nach Charleston. Welche Freude! Ich kann es kaum erwarten. Mama sagte, sie könnte die feuchte Hitze auf der Plantage einfach nicht mehr ertragen. Ich werde mein neues Kleid mitnehmen und um ein Fest beten, damit ich es tragen kann. Ethan ist sauer, weil Papa sagte, er könnte nicht mitkommen. Er muss zu Hause bleiben und auf der Plantage helfen. Papa sagt, dies sei die Pflicht eines Mannes. Ich glaube nicht, dass Ethan mit sechzehn schon gern ein Mann ist."

Der nächste Eintrag trug das Datum vom 29. September 1836.

„Es war einfach wundervoll in Charleston. Jeden Tag haben wir neue Leute kennen gelernt. Noch nie habe ich so viele Feste besucht, aber Mama ist dort auch ziemlich bekannt. Papa fuhr sofort wieder zur Plantage zurück. Ich habe noch mehr Kleider bekommen. Sie sagt, eine junge Dame müsse immer angemessen gekleidet sein. Ich kann kaum glauben, wie erwachsen ich jetzt aussehe, nach diesem kurzen Sommer. Ich fühle mich übrigens auch erwachsen und ich habe viele nette Komplimente von den jungen Herren bekommen. Mama erlaubt mir aber noch nicht, dass ich Verehrer habe. Sie sagt, damit müsse ich noch bis zum nächsten Jahr warten. Das scheint mir noch sehr lang. Morgen fahren wir wieder nach Hause. Nach dem Leben in der Stadt wird es auf der Plantage bestimmt sehr still und langweilig werden.

15. Februar 1838: Etwas Wundervolles ist heute passiert. Ich dachte immer, das Schönste, das einer jungen Dame passieren könnte, sei ein Heiratsantrag. Nun, ich hatte Unrecht. Ich habe eine andere Liebe entdeckt. Mein ganzes Leben lang haben meine Eltern immer sorgfältig darauf geachtet, dass ich die Gottesdienste in unserer Kirche besuche, dass ich vor dem Frühstück in der Bibel lese und Teile aus der Bibel auswendig lerne. Ich habe ihren Glauben immer als eine Tatsache akzeptiert, aber heute habe ich zum ersten Mal selbst erfahren, dass Gott lebt. Ich habe ihn mit meinem Herzen erfahren, nicht nur von ihm gelesen. Ich habe ihn um Vergebung gebeten. Unvorstellbarer Frieden und unglaubliche Freude zogen in mein Herz ein. Ich werde nie mehr dieselbe sein. Ich will es auch gar nicht mehr.

2. März 1838: Mein Glaube wächst. Er erfüllt mich mit überwältigender Freude, aber gleichzeitig bricht er mir auch das Herz. Ich trauere um all jene, die noch nicht auf Gott gehört haben und an ihn glauben. Ich habe Papas Erlaubnis, eine kleine Bibelstunde für die Kinder der Sklaven zu beginnen. Sie sind so niedlich und begreifen so schnell, wofür ich so lange gebraucht habe.

22. März 1838: Mein erstes kleines ‚schwarzes Schaf‘ hat Jesus angenommen. Was für eine Freude war es, mit diesem Kind zu beten. Ich glaube, dass seine Mami es schon vorbereitet hatte.

12. September 1838: Ich habe gerade den nettesten jungen Mann auf der Welt kennen gelernt. Vielleicht hätte er mir schon vor langer Zeit auffallen sollen. Seinem Vater gehört die Plantage auf der anderen Seite des Flusses. Wir kennen die Familie schon seit vielen Jahren und ich erinnere mich auch tatsächlich schwach an ihn, aber ich habe ihn noch nie so richtig wahrgenommen. Er ist

groß und sehr gut aussehend und hat gute Manieren. Ich bin fasziniert von ihm. Allerdings weiß ich noch nicht so genau, was er für mich empfindet. Ich habe ihn in meine Gebete eingeschlossen. Gott weiß, was richtig für mich ist. Ich muss lernen, ihm auch in dieser Angelegenheit zu vertrauen.

4. April 1839: Turner Lawrence III hat meinen Papa um die Erlaubnis gebeten, mir den Hof zu machen, was ihm gern gestattet wurde. Ich bin so dankbar. Ich kann mein Glück kaum fassen. (Papa sagt, ich solle diesen Ausdruck nicht benutzen. Für ein Kind Gottes gebe es kein Glück, sondern nur die Gnade Gottes.)

19. Juli 1839: Wir fahren wie in jedem Sommer nach Charleston, doch dieses Mal würde ich lieber hier bleiben. Es hat mir Spaß gemacht, Turner näher kennen zu lernen. Unsere Gespräche haben mir gezeigt, dass wir eines Sinnes sind. Auch er verabscheut den Besitz von Sklaven. Er sagt, wenn er in dieser Angelegenheit etwas zu sagen hätte, dann würde er seine Sklaven freilassen. Aber sein Vater führt die Plantage. Seine Mutter ist am Sumpffieber gestorben, als Turner acht Jahre alt war. Wie traurig ist es für ein Kind, ohne Mutter aufzuwachsen. Allerdings liebt er seine Amme. Sie hat ein Herz für alle Kinder Gottes. Ich kann verstehen, warum Turner so viel für sie empfindet.

8. Dezember 1839: Papa hat zugestimmt, dass wir im Frühling heiraten. Ich bin so glücklich. Nie hätte ich gedacht, dass das Herz eines Menschen so übervoll sein kann.

10. Mai 1840: Heute ist mein Hochzeitstag. Papa hat die Spitze für mein Kleid in Spanien bestellt, und Mama hat es in Charleston nähen lassen. Es ist das eleganteste Kleid, das ich je gesehen habe. Es besteht aus elfenbeinfarbenem Satin und ist mit dieser herrlichen Spitze überlegt. Die vollen Puffärmel laufen in schmalen Manschetten aus, die unten geknöpft sind. Der Rock ist weit und hinten gerafft, das Oberteil eng anliegend und hochgeschlossen. Die neue Kette aus Saphiren und Diamanten, die Papa mir geschenkt hat, wird auf diesem Kleid wundervoll zur Geltung kommen. Eines Tages werde ich dieses herrliche Kleid an meine Tochter weitergeben. Ich kann mir beinahe vorstellen, wie sie darin durch die Kirche schreiten wird.“

John rutschte unruhig auf seinem Stuhl hin und her. Vor seinem inneren Auge sah er Lisa in diesem wunderhübschen Kleid, wie sie den Gang der kleinen Kirche entlanggeschritten kam und sich neben ihn vor den Altar stellte. Er musste schnell weiterlesen.

„Mama ist sicher, dass sich ganz Charleston für die Hochzeit interessieren und von dem Kleid schwärmen wird und ich habe das Gefühl, dass ihr das sehr wichtig ist. Es wäre wohl sehr undankbar von mir, wenn ich nicht all das zu schätzen wüsste, was Papa und Mama für uns tun – aber ich wäre genauso glücklich, wenn ich meinen Turner ohne großen Aufwand und Pomp heiraten würde. Er ist der wundervollste Mann, den ich je kennen gelernt habe. Dies ist der Beginn eines herrlichen Lebens. Wir haben miteinander gebetet, sehr oft, und Gott gemeinsam gebeten, unsere Verbindung zu segnen – uns in ihm wahrhaftig eins zu machen.

Papas Geschenk an mich war eine neue Familienbibel. Er war so lieb, als er sie mir überreichte. ‚In jedem Haus muss es eine Bibel geben', hat er gesagt. ‚Ein Haus kann auf keinem anderen Fundament stehen – egal wie groß die Liebe der Hausbesitzer ist.' Er schlug die Seiten der Familiendaten auf und ermahnte mich, jedes Datum sorgfältig einzutragen. Ich habe ihm versprochen, es zu tun.

5. August 1840: Ich bin nun eine Ehefrau. Es fällt mir noch immer schwer, das zu glauben. Nach einer aufregenden Reise ins Ausland haben wir uns auf der Roseberne-Plantage niedergelassen. Turners Vater hat mir gesagt, ich sei nun die Herrin des Hauses. Ich bin froh, dass Mama ihre Pflichten sehr ernst genommen und mir alles beigebracht hat, was ich brauche, um diese Aufgabe zu erfüllen. Trotzdem bin ich noch immer ein wenig nervös. Turner ist wundervoll und macht mir immer wieder Mut.

2. Dezember 1853: Heute war ein sehr schwieriger und trauriger Tag. Vater Lawrence ist gestern Abend plötzlich gestorben. Der Arzt sagte, es sei sein Herz gewesen. Turner ist sehr traurig. Obwohl er nicht in allem mit seinem Vater einer Meinung war, hat er ihn doch sehr geliebt. Ich weiß nicht, was uns die Zukunft bringen wird.

5. September 1854: Es ist entschieden. Turner wird Roseberne verkaufen. Er kann den Gedanken, Sklaven zu besitzen, nicht ertragen, aber ohne sie ist die Plantage leider nicht zu führen. Es ist

eine unhaltbare Situation. Er wollte aber auch nicht die Sklaven zusammen mit dem Besitz verkaufen. Er gab ihnen die Freiheit und einen kleinen Geldbetrag, damit sie sich woanders niederlassen können. Es war eine traurige Zeit. Wir haben alle zusammen geweint. Mir ist diese Entscheidung nicht leicht gefallen. Auch ich halte nichts von der Sklaverei, aber ich habe Angst vor der Zukunft. Turner ist zuversichtlich. Wir werden von hier weggehen. Er hat sich als unsere neue Heimat St. Louis ausgesucht. Ihm gefällt die Unruhe nicht, von der der Süden zur Zeit ergriffen ist. Er hat Angst, dass es Krieg geben wird. Er hat versucht, mit Papa und Ethan darüber zu sprechen, aber beide sind fest entschlossen zu bleiben. Ich bin so aufgewühlt und verwirrt, aber Turner erinnert mich immer wieder daran, dass Gott uns führen wird.

6. Juni 1855: Wir haben uns in St. Louis niedergelassen. Es ist eine hübsche kleine Stadt, obwohl man sie keinesfalls mit Charleston vergleichen kann. Ich vermisse das Leben auf der Plantage und vor allem meine Familie. Manchmal frage ich mich, ob wir das Richtige getan haben. Aber die Gerüchte wollen einfach nicht verstummen. Turner ist sicher, dass es zum Krieg kommen wird. Ich bete, dass er Unrecht hat.

Ich hatte gehofft, bald Mutter zu werden, aber das sollte wohl nicht sein. Turner erinnert mich immer wieder daran, dass Gott unsere Gebete erhört. Ich habe das Gefühl, dass mein Herz mit jedem Jahr ein wenig mehr auseinander bricht. Es fällt mir so schwer, geduldig zu sein.

3. Februar 1860: Ich kann es kaum glauben. Ich werde bald Mutter sein. Ich hatte den Gedanken daran schon beinahe aufgegeben. Im Alter von siebenunddreißig sah es so aus, als würde ich keine Kinder bekommen können. (Ich werde achtunddreißig sein, wenn unser Kleines geboren werden wird.) Ich kann mich nur demütig vor Gott neigen und ihm danken.

10. August 1860: Das Wunder ist tatsächlich geschehen. Ich bin Mutter und welche Freude empfinde ich dabei! Unser Sohn wurde um zehn Uhr an diesem Morgen geboren. Ich weinte, als ich ihn in den Armen hielt. Er ist so hübsch. Ich glaube, er wird einmal sehr groß werden, wie sein Vater. Aber Turner beharrt da-

rauf, er hätte meine Augen. Er ist gerade erst geboren worden, doch ich würde bereits mein Leben für ihn hingeben. Gott ist so gut.

2. Januar 1861: Weihnachten war in diesem Jahr etwas ganz Besonderes. Der kleine Burke hat unserem Leben einen neuen Sinn gegeben. Ich musste immer wieder daran denken, wie groß die Liebe Gottes zu uns ist. Wie konnte er mich so lieben, dass er seinen eigenen Sohn für mich geopfert hat? Wenn ich meinen eigenen Sohn anschaue, ist dies eine Liebe, die ich nicht verstehen kann. Ihn so zu lieben, dass ich für ihn sterben würde – ja – tausendmal ja. Aber so zu lieben, dass ich ihn in den Tod schicken würde – so rein, so stark könnte ich niemals lieben. Wie wundervoll ist die Liebe Gottes! Ich bete, dass Gott meinen Jungen immer unter seinen Schutz nimmt."

John spürte, wie seine Augen feucht wurden. Seine Mutter sprach von ihm. Wie sehr wünschte er sich nun, dass er sie gekannt hätte. Wie sehnte er sich danach, den Herzschlag seiner Mutter zu spüren.

Auf der folgenden Seite war kein Datum zu finden. Die normalerweise ordentliche Schrift wirkte oberflächlich. Der Eintrag schien in aller Eile vorgenommen worden zu sein.

„Es ist genau, wie wir es befürchtet haben. Unser geliebtes Land befindet sich im Krieg. Norden gegen Süden. Bruder gegen Bruder. Ethan ist fort. Mama sagt, es sei seine Pflicht. Ich verstehe diese Pflicht nicht, die einen Mann dazu bringt, gegen seine eigenen Landsleute zu kämpfen. Mein Herz ist betrübt. Ich bin froh, dass ich nicht schon vorher einen Sohn bekommen habe. Der kleine Burke liegt noch sicher in seiner Wiege. Ich bete, dass der Tag niemals kommen möge, an dem er ein Gewehr benutzen muss, um sein Leben zu retten.

14. Oktober 1861: Turner hat beschlossen, dass wir weiter nach Westen ziehen. Er hat Angst, dass die Auswirkungen des Krieges auch in St. Louis zu spüren sein werden. Ich bete, dass er Unrecht hat, aber ich habe ihm nicht widersprochen. Ich bin bereit zu gehen, wohin er es für richtig hält. Meine ganze Sorge gilt dem kleinen Burke. Er ist meine einzige Freude. Er wächst so schnell. Turner hat Recht, er hat tatsächlich meine Augen.

18. November 1861: Turner hat eine Gruppe von Leuten ausfindig gemacht, die vorhaben, nach Westen zu ziehen. Er trifft Vereinbarungen, dass wir uns dem Zug anschließen können. Ich habe ihn zu einer der Versammlungen begleitet, weil er darauf bestanden hat. Er wollte nicht, dass ich mich gedrängt fühle, mitzugehen, wenn ich das eigentlich gar nicht möchte. Anschließend war ich wirklich beeindruckt. Es scheint eine sehr freundliche und gottesfürchtige Gruppe von Leuten zu sein. Der Wagenmeister und seine Scouts scheinen sehr kompetent. In ihrer Begleitung werde ich mich sicher fühlen.

26. November 1861: Es hat noch ein weiteres Treffen mit den Leuten aus dem Wagenzug stattgefunden. Ich habe eine sehr nette junge Frau kennen gelernt. Sie heißt Katie Oliver. Gemeinsam mit dem Mann, den sie heiraten will, wird sie sich uns im kommenden Frühling anschließen. Sie kann es kaum erwarten, ihren Preston zu heiraten und erinnert mich an mich, als ich vor meiner eigenen Hochzeit stand. Auch ich habe mit glänzenden Augen zu Turner aufgeschaut. Leider hat sie keine Mutter mehr, die ihr bei den Hochzeitsvorbereitungen hilft. Ich habe ihr deshalb gesagt, dass ich ihr helfen würde, so gut ich könnte. Die Hochzeit soll am Heiligabend sein.

25. Dezember 1861: Es war eine wunderschöne Hochzeit gestern Abend, obwohl sich nur wenige Leute in der kleinen Kirche zusammengefunden hatten. Die Gäste waren überwiegend die Leute, die mit uns nach Westen ziehen werden. Katie hat ihren Preston Whitehall geheiratet. Sie war eine strahlende Braut. Ich war froh, dass ich daran gedacht habe, ihr mein Kleid zu leihen. Bestimmt wird meine zukünftige Tochter nichts dagegen haben, dass wir das Kleid an eine andere Braut ausgeliehen haben. Katie ist ein so nettes kleines Ding. Ich freue mich darauf, dass sie uns auf dieser langen und ermüdenden Reise begleiten wird.

4. März 1862: Der Krieg wütet noch immer. Die Nachrichten sind nicht gut. Mama versucht, uns auf dem Laufenden zu halten, aber jeder Brief, den wir bekommen, betrübt uns noch mehr. Ich habe Angst um die Sicherheit meiner Familie. Turner hatte Recht. Ich bin so dankbar, dass wir von der Plantage weggezo-

gen sind und dass Burke in Sicherheit sein wird. Wann immer ich ihn ansehe, fließt mein Herz vor Liebe über.

6. März 1862: Heute kam Katie mit einer freudigen Nachricht zu mir. Sie erwartet ein Baby. Wir beide beten, dass unsere Reise gut verlaufen möge und wir unser Ziel erreicht haben, bevor das Baby geboren wird. Welche Freude wäre es, wenn es ein Junge würde. Es wäre schön, einen Spielkameraden für Burke zu haben. Zwar wäre Burke zwei Jahre älter, aber zwei Jahre ist bei Kindern kein allzu großer Altersunterschied. Ich bete täglich für Katie. Ich habe das Gefühl, dass ich ihre Freude teile.

4. Juni 1862: Nächste Woche brechen wir zu unserer langen Reise nach Westen auf. Im Augenblick sind wir damit beschäftigt, noch die letzten Dinge einzukaufen, und die Sachen, die wir nicht mehr brauchen, zu verkaufen, alles zusammenzupacken und zu planen. Turner hat zwei stabile Planwagen gekauft und einen zusätzlichen Fahrer eingestellt, sodass ich einige meiner wertvollen Besitztümer mitnehmen kann. Er sagt, ich solle nicht das Gefühl haben, jeglicher Zivilisation den Rücken gekehrt zu haben. Er möchte, dass sein Sohn, wenn er erwachsen ist, die guten Manieren eines Südstaatlers hat, auch wenn wir gezwungen waren, den Süden zu verlassen.

Gestern musste ich eine schlimme Enttäuschung einstecken. Der Arzt hat mir bestätigt, dass ich kein weiteres Kind mehr bekommen kann. Ich habe den ganzen Abend über geweint, obwohl Turner versucht hat, mich so gut es ging zu trösten. Dann sah ich Burke an und ich machte mir Vorwürfe, denn Gott hat mich über all das hinaus gesegnet, was ich verdient habe."

Das verstehe ich nicht, überlegte John. *Wie kann das sein? Was ist mit Lisa?* John konzentrierte sich wieder auf das Buch in seinen Händen und las weiter. Der Arzt hatte sich anscheinend geirrt.

16. August 1862: Wir sind nun schon, wie es scheint, eine Ewigkeit unterwegs. Manchmal frage ich mich, wie viel ich noch aushalten kann. Auf so etwas bin ich nicht vorbereitet gewesen. Es ist sehr viel schwieriger, als ich mir vorgestellt hatte. Aufgrund des schlechten Wetters sind wir nicht so gut vorangekommen, wie wir gedacht hatten. Ich mache mir Sorgen um Katie. Ihr Kind

soll im September geboren werden, aber die Reise ist für sie sehr anstrengend gewesen. Ich fürchte, dass das Baby früher auf die Welt kommen wird. Ich bete jeden Tag für sie. Ich habe den Eindruck, dass wir Gott mit unseren vielen Gebeten ganz schön auf Trab halten. Aber ich bin froh, dass es ihm nichts ausmacht.

29. August 1862: Katies Tochter ist in der vergangenen Nacht geboren worden. Sie kam gut zwei Wochen zu früh und obwohl sie sehr klein ist, scheint sie kräftig genug zu sein. Gott sei Dank. Katie ist so aufgeregt. Ich kenne das Gefühl. Ich empfand dasselbe, als Burke auf die Welt kam.

17. September 1862: Wir hatten gehofft, unser verheißenes Land mittlerweile erreicht zu haben, aber das anhaltend schlechte Wetter hat unsere Ankunft noch weiter verzögert. Turner versichert mir jedoch, dass wir ihm immer näher kommen. Ich mache mir Sorgen um Katie. Sie scheint nicht so schnell wieder zu Kräften zu kommen, wie sie sollte. Eine liebe Frau, deren Mann bei einer Flussüberquerung ertrunken ist, kümmert sich ein wenig um sie. Immer wieder werden wir daran erinnert, dass wir uns in Indianerland befinden, doch unser Wagenmeister versichert uns, dass wir uns keine Sorgen zu machen brauchen. Ich spreche mir immer wieder den Vers vor, den ich auf diese Reise mitgenommen habe: ‚Verlass dich auf den Herrn von ganzem Herzen.' Manchmal kann ich mich nur noch an diesen Vers klammern. Nicht um mich habe ich Angst. Ich bete nur, dass Burke vor dem Bösen dieser Welt bewahrt bleiben möge. Nur er zählt. Ich bete jeden Tag, dass Gott ihn beschützen möge.

26. September 1862: Katie ist heute aufgestanden, aber sie ist noch immer sehr schwach. Ich bete, dass Gott ihr Kraft schenken möge. Wir haben beschlossen, uns in der uns noch verbleibenden Zeit jeden Tag zu treffen, um für unsere Babys zu beten: für ihre Sicherheit, ihre Zukunft, aber vor allem dafür, dass Gott ihnen das Herz für seine Stimme öffnen und sie vor den falschen Wegen dieser Welt bewahren möge. Der Westen erscheint mir so erschreckend rau, dass ich manchmal um meinen Sohn bange. Aber Gott hat den jungen Mose erhalten. Bestimmt kann ich ihm auch meinen kostbaren Burke anvertrauen.

Wir sind nun bald an der Stelle angekommen, wo sich unsere Wege trennen werden. Die Whitehalls planen, nach Süden zu gehen, während Turner beschlossen hat, nach Norden zu reisen. Ich war so enttäuscht, dass ich fast den ganzen Tag geweint habe. Ich habe versucht, es vor Turner zu verbergen, aber ich fürchte, er errät es. Ich habe eine Entscheidung getroffen. Ich werde Katie das Hochzeitskleid schenken.“

Johns Herzschlag beschleunigte sich. Schnell las er weiter.

„27. September 1862: Ich habe heute mein wunderschönes Hochzeitskleid zusammengepackt und zu Katie gebracht. Dies ist unser letzter Abend, den wir gemeinsam verbringen werden. Morgen werden sich unsere Wege trennen. Sie war so gerührt, als ich ihr mein Geschenk überreichte, dass sie weinte. Ich weinte mit ihr. Auch allein in der Abgeschiedenheit meines Wagens hatte ich schon geweint, denn ich hatte den Eindruck, dass ich nicht nur ein Kleid fortschenkte, sondern auch meine Erinnerungen und meine Hoffnungen und Träume für die Zukunft. Aber es tut mir nicht Leid. Ich werde nie eine Tochter haben, die dieses Kleid tragen könnte, und die kleine Lisa scheint mir fast wie eine eigene Tochter zu sein. Ich weiß, dass sie eines Tages eine wunderhübsche Braut sein wird.“

John las schwer atmend diesen Absatz noch einmal. Lisa – Lisa war Katies Baby, Katies Tochter. Sie war nicht seine Schwester. Wie konnte das sein? Sagte dieses Buch die Wahrheit? Er wandte sich schnell wieder dem kleinen Tagebuch zu.

„Als Katie und ich gemeinsam das Kleid noch einmal betrachteten, musste ich feststellen, dass eine der Manschetten fehlte. Zuerst wusste ich nicht, wo sie sein konnte, doch dann erinnerte ich mich daran, dass einer der Knöpfe sich gelockert hatte. Ich hatte die Manschette beiseite gelegt, um den Knopf festzunähen. Ich kann mich nicht entsinnen, wo ich die Manschette hingelegt habe. Vielleicht ist sie ja in meinem kleinen Kästchen im Koffer.

Später. Ich habe die Manschette gefunden. Sie war tatsächlich in dem kleinen Kästchen, das alle meine ‚Schätze‘ – auch dieses Tagebuch, wenn ich nicht gerade hineinschreibe – enthält. (Ich bin nicht so treu gewesen, wie Papa es gern gesehen hätte, aber dieses kleine Buch ist mir sehr kostbar geworden, wenn ich auch nicht verstehe, was ihm diesen Wert verleiht.) Ich habe den Knopf angenäht, damit ich Katie die Manschette morgen bringen kann, bevor sie losfährt."

Danach war kein Eintrag mehr zu finden. Er sah zurück zum Datum des letzten Eintrags. Seine Mutter hatte den erwähnten Morgen nicht erlebt. Bei Sonnenaufgang hatten die Indianer angegriffen.

John spürte Übelkeit in sich aufsteigen. Seine Mutter, seine geliebte Mutter, die ihn geliebt und ihn in ihre täglichen Gebete eingeschlossen hatte, war in dieser Nacht umgebracht worden. Er durfte nicht einmal daran denken. Und Lisa – auch sie hatte ihre Mutter verloren. Katie, Katie Whitehall. Sie beide waren als Waisen zurückgeblieben und beide gerettet worden.

John tauchte aus seiner Träumerei auf.

Lisa. Lisa muss es erfahren!

Seine Gedanken wanderten von dem Schrecken des Massakers zu der Tatsache, dass Lisa nicht seine Schwester war. Sie hatten zwei verschiedene Mütter – Frauen, die nur freundschaftlich verbunden waren und sich ein wunderschönes Hochzeitskleid geteilt hatten. Es war ein Wunder, ein großes, überwältigendes Wunder. Das Geheimfach in dem kleinen Kästchen hatte einen Schatz enthalten, der sehr viel wertvoller war als das Südstaatengeld. Er hatte darin den Schlüssel zum Geheimnis seiner Vergangenheit gefunden – und zu Lisas Vergangenheit.

Er steckte das Buch ein und begann seine Satteltaschen zu packen. Er konnte es kaum erwarten, zu Lisa zu kommen und ihr die Neuigkeiten zu berichten, die er entdeckt hatte. Sie waren frei. Sie waren nicht miteinander verwandt. Sie waren nicht Bruder und Schwester, sondern frei, eine Ehe einzugehen. Sie waren frei, sich als Mann und Frau zu lieben.

*

Lisa hatte eine Hand auf die Fensterbank gelegt und beobachtete die kleinen Eichhörnchen, die durch das Gras im Garten huschten. Sie wirkten so verspielt und energiegeladen. Trotz ihrer Traurigkeit konnte sie ein Lächeln nicht verbergen.

„Lisa“, rief ihre Mutter aus dem vorderen Teil des Hauses. „Du hast Besuch.“

Ihre Stimme klang fröhlich. Lisa wunderte sich darüber, als sie sich vom Fenster abwandte und den Vorhang zurückfallen ließ.

Sie ging den Flur entlang zum Wohnzimmer und rechnete damit, einen ihrer Sonntagsschüler oder vielleicht sogar den Vorsitzenden des Schulvorstandes vorzufinden. Vielleicht waren sie zu dem Schluss gekommen, dass sie sie doch in der Schule wieder brauchen konnten. Allerdings hoffte sie, dass es nicht unbedingt Bernard Dikerson sein möge. Seit ihrer Rückkehr war er ihr nämlich sehr lästig geworden.

Doch es war ein großer junger Mann, der dort mit dem Hut in der Hand im Wohnzimmer stand. Lisa hätte ihn überall wiedererkannt, auch ohne sein Gesicht zu sehen.

„John!“, hauchte sie.

Ihre Gedanken überschlugen sich. Er hatte gesagt, er würde erst zurückkommen, wenn er eine Bruder-Schwester-Beziehung akzeptieren könnte. Falls er ihre Liebe schon überwunden hatte, dann ging es ihm sehr viel besser als ihr, dachte sie. Sie war noch nicht bereit, ihn als den Bruder zu sehen, den sie nie gekannt hatte.

Er trat vor und ergriff ihre Hand, aber Lisa zog sie zurück. Es war ihr unmöglich. Sie warf einen Blick über die Schulter zurück und wünschte sich, ihre Mutter würde eingreifen. Doch ihre Mutter war nirgendwo zu sehen. Lisa spürte nun Panik in sich aufsteigen.

„Ich habe etwas gefunden“, sagte er und zog das kleine Büchlein aus seiner Tasche. „Ich dachte, ich würde vor Freude platzen, bevor ich dich erreiche. Ich bin zuerst bei deinem Onkel gewesen. Ich …“

Lisa ließ ihren Blick zum Fenster wandern. Sein treues Pferd und ein Packpferd waren an dem Anbindepfosten festgebunden und daneben entdeckte sie den kleinen Apfelschimmel. Ja, er war tatsächlich bei ihrem Onkel gewesen. Sie wandte sich ihm wieder zu, aber sie konnte noch immer nicht begreifen, was er sagte.

„Es steht alles hier drin“, begann er mit aufgeregter Stimme und klopfte auf das kleine Buch, das er in der Hand hielt. „Es ist …“

Er brach ab und sah sie sehnsüchtig an.

Lisa schüttelte langsam den Kopf. „Du hast gesagt, du würdest erst wiederkommen, wenn …" Sie brach ab und leckte sich über die Lippen. „Ich bin nicht bereit …"

Er kam näher und legte seine Hände auf ihre Arme. „Das brauchst du auch nicht zu sein", beeilte er sich zu sagen. „In diesem Buch steht die ganze Geschichte. Wir sind keine Geschwister. Unsere Eltern – wir stammen aus zwei vollkommen verschiedenen Familien."

Lisa wich zurück und blickte ihn mit weit aufgerissenen Augen an. Sie brachte keinen Ton heraus.

„Ehrlich!", fuhr er fort. „Unsere Mütter waren nicht dieselben. Es steht alles hier drin."

Sie war fassungslos.

„Bist du sicher?", flüsterte sie.

„Ich bin absolut sicher. Ehrlich."

Im nächsten Augenblick lag sie in seinen Armen und weinte an seiner Brust.

„Ich kann es kaum glauben", begann sie, aber ihre Tränen erstickten ihre Worte.

„Es ist wahr, es ist wahr. Die Gebete unserer Mütter haben uns aus einem ganz bestimmten Grund beschützt. Das fühle ich ganz deutlich. Ich weiß zwar nicht, weshalb, aber wir werden es herausfinden. Wir sind frei, gemeinsam Gott zu dienen. Ehrlich."

Seine Arme legten sich um sie und er barg sein Gesicht in ihrem Haar.

„In Mamas Buch habe ich deinen Vers gefunden: ‚Verlass dich auf den Herrn von ganzem Herzen'."

Lisa hob ihr tränenüberströmtes Gesicht zu John und er zog sie noch fester an sich und beugte sich zu ihr herab, um ihre feuchte Wange zu küssen.

Nun stand ihnen beiden nichts mehr im Weg, gemeinsam eine Familie zu gründen. Dafür waren sie Gott von Herzen dankbar!